dtv
premium

Ich liebte eine schöne Frau

Miniaturen

von Gyula Krúdy, Ernő Szép und Antal Szerb

Herausgegeben und aus dem Ungarischen
übersetzt von Ernő Zeltner

Mit einem Vorwort
von György Dalos

Deutscher Taschenbuch Verlag

Der Verlag dankt der Hungarian Book Foundation
für die Förderung der Übersetzung.

HUNGARIAN BOOK FOUNDATION

Editorische Notiz
Auf Deutsch erschienene Titel der drei Autoren
sind in den biografischen Überblicken durch
einfache Anführungszeichen gekennzeichnet.

FSC www.fsc.org MIX Papier aus verantwortungsvollen Quellen FSC® C013736

Deutsche Erstausgabe 2011
Deutscher Taschenbuch Verlag GmbH & Co. KG,
München

Umschlagkonzept: Balk & Brumshagen
Umschlaggestaltung: Wildes Blut, Atelier für Gestaltung,
Stephanie Weischer unter Verwendung des Bildes ›Maika‹ (1929)
von Christian Schad (akg-images VG Bild-Kunst, Bonn 2010)
Fotonachweis: © Petőfi Literaturmuseum, Budapest
Gesetzt aus der Granjon 11,25/14,5˙
Satz: Greiner & Reichel, Köln
Druck und Bindung: Kösel, Krugzell
Gedruckt auf säurefreiem, chlorfrei gebleichtem Papier
Printed in Germany · ISBN 978-3-423-24865-5

Inhaltsverzeichnis

Genius Loci – Budapest

»Gott mit dir, o Budapest, du süßes, unser süßes Leben, Gott mir dir …«, sang die Schauspielerin Vera Sennyei in dem ersten ungarischen Musical, ›Drei Nächte einer Liebe‹, das 1960 uraufgeführt wurde. Das vom Schicksal des ungarisch-jüdischen Dichters Miklós Radnóti inspirierte Stück sollte der seligen Vorkriegszeit mit ihrer blühenden Kultur und freimütigen Atmosphäre ein Denkmal setzen. Die Verheerungen des Krieges – die unter anderem die Zerstörung sämtlicher Donaubrücken zur Folge hatten – bedeuteten auch eine symbolische Zäsur in der Geschichte der Metropole. Alles, was davor gewesen war, erschien wie ein Idyll, so wie es Radnóti in einem erst nach seinem Tod entdeckten Gedicht heraufbeschworen hatte:

»Milde Abende einst, zu Erinnerung ihr euch veredelt!
Glänzend mit Dichtern und jungen Ehefrauen bekränzter
Tisch, wohin schlitterst du auf dem Schlick der vergangenen Zeit?«

Dabei war jenes Budapest, das im Zweiten Weltkrieg unterging, nur noch ein Schatten der Stadt, die um die Jahrhundertwende an der Donau florierte. Dies gilt vor allem für die schönen Künste und Geisteswissenschaften, deren wahre moderne Renaissance noch der heutigen Generation Impulse gibt.

Im Zentrum der ungarischen Moderne stand die 1908 gegründete Literaturzeitschrift ›Nyugat‹ (Der Westen) mit einer Plejade hervorragender Autorinnen und Autoren, deren Leitstern der Lyriker Endre Ady war, ein Erneuerer der dichterischen Sprache und zugleich Befürworter radikaler Änderungen in der damals noch stark feudal geprägten ungarischen Gesellschaft. Budapest als einzige Großstadt in der östlichen Hälfte der k. u. k. Monarchie, in der sowohl das Großkapital als auch die Arbeiterbewegung präsent waren, spielte gewissermaßen die Rolle des Zugpferdes gegenüber der verschlafenen Provinz, und die kosmopolitische Aura der »Westler« konnte sich nur hier entfalten. ›Nyugat‹ wurde in der ersten Etage des im Stadtzentrum gelegenen Cafés *New York* redigiert. Auf der dortigen Galerie hatte der asketische Redakteur Ernő Osvát seinen Stammtisch. In den folgenden Jahrzehnten veröffentlichte er zwar kaum selbst etwas in seinem Journal, doch warteten vor ihm auf dem »Beichtstuhl« zukünftige Klassiker – damals oft ängstliche Anfänger – auf sein Urteil zu ihren Manuskripten. Von dort schwärmten die Literaten in ihre eigenen Cafés aus, von denen es in Budapest nur so wimmelte.

Die Strahlkraft der Zeitschrift ›Nyugat‹ erstreckte sich nicht nur über mehrere Generationen, sondern erfasste auch andere Bereiche der Moderne: Zeitgleich gediehen die Laufbahnen der großen Komponisten Béla Bartók und Zoltán Kodály, bedeutender Maler wie József Rippl-Rónai, des Philosophen Georg Lukács und nicht zuletzt des Begründers der Budapester Psychoanalytischen Schule und Weggefährten Sigmund Freuds, Sándor Ferenczi.

Letzterer fühlte sich besonders stark mit Budapest verbunden. Kurz vor dem Zusammenbruch der Doppelmonarchie wollte ihn Freud dazu bewegen, nach Wien zu übersiedeln: »Ziehen Sie Ihre Libido rechtzeitig vom Vaterlande ab und bringen Sie sie in der Psychoanalyse unter, sonst werden Sie sich unbehaglich fühlen müssen«, warnte der Wiener Meister seinen Kronprinzen in der Donaustadt. Dabei entging Freud offensichtlich, dass Budapest nicht mit Ungarn gleichzusetzen war. Die Stadt verkörperte vielmehr die zukünftigen Möglichkeiten des Landes, war eine Art Ungarn im Konjunktiv: modern, westlich, dynamisch und liberal. Vielleicht hätte das Land sich auch dahin entwickelt, wenn das 20. Jahrhundert nicht eben das 20. Jahrhundert gewesen wäre.

Nach dem Scheitern der Republik 1918 sowie der Räterepublik 1919 ritt Admiral Miklós Horthy auf einem Schimmel in Budapest ein und schickte eine merkwürdige Botschaft voraus: »Hier, am Donauufer, rufe ich die ungarische Hauptstadt zu Gericht. Diese Stadt hat ihre tausendjährige Geschichte verleugnet, diese Stadt hat die Heilige Krone und die Farben der Nation in den Dreck gestoßen (...) Trotzdem sind wir geneigt, dieser in Sünde gefallenen Stadt zu verzeihen, wenn sie zum Dienst an der Heimat zurückkehrt.« Die Bezeichnung Budapests als »sündige Stadt« im Gegensatz zum »reinen Dorf« war eine Konstruktion, der angesichts des jüdischen Bevölkerungsanteils der Metropole von 24 Prozent eine unverhohlen antisemitische Konnotation anhaftete.

Kein Wunder, dass die Millionenstadt der Generation von Gyula Krúdy und Ernő Szép jüngeren Autoren wie Antal Szerb (und fügen wir hinzu: Attila József, Miklós Radnóti und Sándor Márai) weniger weltoffen erschien. Bürgerlichkeit und Urbanität waren in der Zwischenkriegszeit verpönt, und die lebendigen Geister litten zudem unter Klaustrophobie im nach dem Frieden von Trianon (1920) enger und provinzieller gewordenen Ungarn. Hinzu kam die wachsende Armut der Zwanziger- und frühen Dreißigerjahre, die bereits am Straßenbild abzulesen war: der Menschenmarkt, auf dem Unternehmer nach billigen Arbeitskräften Ausschau hielten, sowie die endlosen Schlangen vor der Suppenküche des Philanthropen »Onkel Robert«. Von der Entstehung eines akademischen Proletariats zeugten Annoncen wie diese: »Mann mit Diplom würde gerne die Frau heiraten, die ihm zu einer Stelle verhilft.«

Dennoch: »Gott mit dir, o Budapest, du süßes, unser süßes Leben, Gott mir dir …« Die Nostalgie war und blieb begründet und überdauerte auch spätere Zeiten. Besonders die Literatur versuchte selbst unter dem Druck von repressiver Kulturpolitik und Zensur an ihren Traditionen festzuhalten. Einige Cafés blieben noch in den Sechziger- und Siebzigerjahren Zentren der schreibenden Zunft, so auch das legendäre *New York*, obwohl es wegen des verdächtig klingenden amerikanischen Namens in *Hungária* umgetauft wurde. Als sich dann die politische Wende abzeichnete, zogen die ersten freien Literaturzeitschriften mangels eigener Räumlichkeiten sogleich in die Cafés und konnten während der Redaktionssitzungen mit einem Rabatt auf Kaffee oder Cognac rechnen. Und obwohl der marktwirtschaftliche Rahmen und die Neuen Medien das Schreiben in eine schwierige und undankbare Tätigkeit verwandelten, vermag es hoffentlich der Genius

Loci, dass sich das literarische Schaffen seinen handwerklichen Charakter und vorindustriellen Charme bewahren kann.

György Dalos

Gyula Krúdy (1878–1933)

Eigentlich standen diesem Glückskind alle Türen offen: Gyula Krúdy, geboren 1878 im Landstädtchen Nyíregyháza im Nordosten Ungarns, war der Älteste von zehn Geschwistern und wuchs in einem geordneten Elternhaus auf. Allerdings war seine Mutter, das bildhübsche Stubenmädchen, erst nach der Geburt des achten Kindes die legitime Ehefrau des wohlbestallten Advokaten Crudi geworden. Gyula besuchte die besten Schulen der Gegend, erhielt seine Erziehung und Ausbildung bei den Jesuiten und Piaristen. Er war noch keine fünfzehn Jahre alt, als in einer Regionalzeitung seine ersten literarischen Versuche abgedruckt wurden, und bald darauf erschienen sogar in Blättern der Hauptstadt Reportagen, Glossen und kleinere Erzählungen aus seiner Feder. Mit siebzehn war er bereits fest angestellter Redakteur bei einer Zeitung in Debrecen.

Hungrig nach Erfolg, nach Unabhängigkeit und sicherlich auch nach Liebesabenteuern zog es ihn 1896, im Jahr der großen Millenniumsfeiern in Ungarn, nach Budapest. Hier erreichte er tatsächlich fast alles, was er sich vorgenommen hatte. Er war noch keine zwanzig, als der erste Novellenband und in einem Pester Wochenblatt sein erster Roman in Fortsetzungen erschienen. Doch trotz dieser Anfangserfolge erwies sich bald, es war ein hartes Brot, das er sich in der Hauptstadt mit Schreiben verdienen musste, denn der von der »unseriösen Laufbahn« des Sohnes enttäuschte Vater versagte ihm jegliche finanzielle Unterstützung.

Noch nicht volljährig, heiratete Krúdy mit einer gefälschten Zustimmungserklärung der Eltern eine bekannte, attraktive, aber zehn Jahre ältere Journalistin. Obwohl aus der Verbindung drei Kinder hervorgingen, war die Ehe mit der anspruchsvollen Partnerin schon nach wenigen Jahren zerrüttet. Die Rolle des Ehemanns und Familienvaters konnte oder, besser gesagt, wollte Krúdy nicht ausfüllen. Er setzte seinen alten Lebensstil als Nachtschwärmer, Glücksspieler und gelegentlicher Liebhaber außer Haus fort. Eine gewisse Unabhängigkeit, ja sogar Eigenbrötelei hat er sich lebenslang bewahrt, offenbar waren sie Voraussetzung für seine Kreativität und Schaffenskraft.

Indessen arbeitete Krúdy mit großem Elan an seiner beruflichen Anerkennung und daran, die Familie über Wasser zu halten. Es gab in der Hauptstadt so gut wie keine Redaktion, keinen Verlag, wo er sich nicht anbot. Er schrieb unablässig, verfasste Jugendgeschichten, anekdotische Novellen, impressionistische Essays, Reportagen, Theaterkritiken, Romane. Und allmählich wurde er von der schreibenden Zunft zur Kenntnis genommen.

Der große schriftstellerische Erfolg stellte sich allerdings erst mit den Sindbad-Geschichten (1911 und 1912) und dem Roman ›A vörös postakocsi‹ (1914; ›Die rote Postkutsche‹, 1999) ein. Bis dahin waren Glossen, Anekdoten und Kurzgeschichten für Zeitungen und Zeitschriften sowie Novellen seine bevorzugten literarischen Gattungen; seine Bibliografie weist bis dahin nicht weniger als 1400 Novellen aus. Rätselhaft bleibt, wann er bei der ihm eigenen Lebensführung nicht nur all diese Erzählungen, sondern sein gesamtes umfangreiches Werk geschaffen hat, denn er verbrachte seine Tage und Nächte ja nicht nur mit Arbeit; vielfach belegt sind seine nächtelangen Spiel- und Zechgelage, spontane, oft Tage dauernde »Irgendwohin«-Ausflüge, unzählige, oft abenteuerliche Liebesgeschichten.

Zsuzsa Krúdy, seine jüngste Tochter aus zweiter Ehe, beschrieb ihren Vater mit folgenden Worten: »Bei den Frauen hatte der zwei Meter große, bärenstarke Herzensbrecher mit dem rotbraunen Teint, den bernsteinfarbenen Augen, den wohlgeformten Händen und der sonoren Stimme großen Erfolg. Einer Dame über längere Zeit den Hof zu machen, war nicht seine Art ... Einige Frauen versuchten, sich seinetwegen umzubringen, andere gerieten sich in die Haare, schlugen einander mit Schuhen und Schirmen ...«

Unter seinen Romanzen, durch die er oft in skandalträchtige Situationen geriet, die ihn allerdings auch zu manchen Romanhandlungen und -figuren inspirierten, ist die Affäre mit einer attraktiven, klugen und großzügigen Dame der Gesellschaft erwähnenswert. Sie war nicht nur die Gattin des Direktors des *Grand Hotel Royal* (in dem Krúdy als »Freund des Hauses« von 1915 bis 1918 logierte), sondern auch die Mutter jener neunzehnjährigen Zsuzsa, die Krúdy unter seltsamen Umständen aus dem Elternhaus entführte und nach seiner Scheidung heiratete. Doch auch diese Ehe, aus der zwei Kinder hervorgingen, sollte nicht glücklich werden. Krúdy war für ein Familienleben nach bürgerlichen Maßstäben offenbar nicht geschaffen.

Das ungleiche, aber anfangs glückliche Paar floh vor dem Groll der Eltern und dem literarischen und politischen Trommelfeuer der Hauptstadt auf die damals noch stille Margareteninsel. Doch auch dort – so heißt es – gab Krúdy sein Doppelleben eines unentwegt Schreibenden und unverbesserlichen Bohemiens nicht auf.

Nach dem Ersten Weltkrieg und der nur kurz dauernden Räterepublik haben Zeitungen und Verlage Krúdy auf Druck der literarischen Rechten zu zeitweiligem Silentium verurteilt. Dann aber folgten Jahre, in denen die Popularität des Autors die der meisten seiner Schriftstellerkollegen weit übertraf: Zu seinem 25-jährigen Schriftstellerjubiläum im Jahr 1924 erschien eine zehnbändige Auswahl seiner Werke, für die der Autor allerdings persönlich Subskribenten werben musste. Belegt ist zudem, dass er bis 1926 bereits 25 Romane geschrieben hatte.

Doch es kamen Zeiten, in denen Krúdys Stern allmählich zu verblassen schien, auch die Literaturkritik schenkte ihm nicht mehr die volle Aufmerksamkeit.

In seinem letzten Lebensjahrzehnt, das von Krankheit und drückenden Schulden überschattet war, entstanden allerdings wieder bedeutende Werke, unter anderem seine historischen Romane wie die Königstrilogie; sie erschienen aber zunächst nur als Fortsetzungen in Tageszeitungen.

Nach zehn Jahren eines zeitweise durchaus idyllischen Lebens auf der Insel verschlug es die Krúdys 1930 in den kleinstädtischen Ortsteil Óbuda; dort lebten sie in bescheidensten Verhältnissen. Krúdy genoss jedoch die neue Umgebung und hat sie in vielen Novellen thematisiert. Trotz schwerer Gesundheitsprobleme und widriger Umstände stürzte er sich auch dort gleich wieder in die Arbeit, aber die Zeiten waren nicht günstig. In seinen letzten drei Lebensjahren erschienen immerhin noch wichtige Werke, etwa der Roman ›Boldogult úrfikoromban‹ (1930; ›Meinerzeit‹, 1999) und im Selbstverlag der Erzählungsband ›Az élet álom‹ (1931, Das Leben ein Traum); die längst gepfändeten Honorare gingen allerdings stets an seine Gläubiger.

Und wieder Zsuzsa Krúdy:

»Vater hat sein Leben lang unerhört viel gearbeitet, regelmäßig, gewissenhaft. Ja, leidenschaftlich, aber so schwer er sein Geld verdiente, so leicht glitt es ihm auch durch die Finger. Er war seit vielen Jahren heillos verschuldet, stopfte das eine Loch mit dem nächsten und konnte sich nie mehr wirklich herauswinden …«

Voller Anerkennung hat sich auch Antal Szerb seinerzeit über den unermüdlich schaffenden Schriftstellerkollegen geäußert: »Er wollte eigentlich nur Geld verdienen, stattdessen schuf er Meisterwerke.«

Sein letztes Lebensjahr war für Krúdy ein einziger Kampf – mit Verlegern und Redakteuren, mit seinen Alltagssorgen und Gläubigern, mit körperlichem und seelischem Schmerz.

Nachdem ihm wegen Mietrückständen auch seine letzte Zuflucht gekündigt worden war, traf ihn noch eine weitere Demütigung: Der Chef des Presseamtes der rechtsautoritären Regierung zitierte ihn zu sich und warf ihm höchst unpatriotisches Verhalten vor, weil er der neu erscheinenden ungarischen Zeitung in Prag, wie andere Kollegen auch, einen Artikel geliefert hatte.

In der darauffolgenden Nacht starb Krúdy, er wurde 54 Jahre alt. Das offizielle Ungarn der Horthy-Zeit nahm davon kaum Notiz.

In dem Roman ›Szindbád hazamegy‹ (1940; Sindbads Heimkehr) beschreibt Sándor Márai die letzten Tage des verarmten, müden, kranken Krúdy und hat damit seinem Lieblingsautor und Freund ein wunderbares Denkmal gesetzt.

Ernő Zeltner

Rosina oder Ich liebte eine schöne Frau

Sindbad – der Träger dieses schönen Namens, der zur Zeit unserer Großmütter auch in Ungarn aus den Märchen von ›Tausendundeiner Nacht‹ allseits bekannt war – fuhr traumverloren der Bahnstation entgegen, wo er von einer Frau erwartet wurde.

Mit Kölnischwasser wischte er sich den Ruß aus dem Gesicht, steckte ein sauberes Schnupftuch in die Tasche, spülte sich den Mund und prüfte die Blumen, die er, in Seidenpapier verpackt, aus Pest mitbrachte – dabei hatte er bis zu der kleinen Station noch eine Stunde zu fahren. Er legte sich lang, stand wieder auf, zählte zerstreut die vorbeihuschenden Pappeln und überlegte, ob es sich am Ende wohl gelohnt haben würde, diese lange Bahnfahrt auf sich zu nehmen, nur weil Rosina sich vor Mäusen fürchtete.

Rosina, die Gattin eines Goldschmieds, hatte im Winter und während des Frühjahrs an Sindbads Arm die Umgebung von Pest durchwandert, sie küssten sich in verborgenen Gässchen von Buda, die nur Verliebte kennen, und Sindbad stand dann oft ernst und mit verschränkten Armen im Hintergrund ihrer Theaterloge. Rosina also zog sich während der heißen Sommermonate in das Landhaus zurück, wo ihre Großmutter, eine Dame aus der Zeit der Achtundvierziger Revolution, tagein, tagaus Staub und Spinnweben von den Familienporträts wischte.

»In der Stille dort werde ich meine Ruhe finden und Sie zu vergessen suchen«, hatte Rosina geseufzt, als sie zum

Abschied noch einmal in den Bergen von Buda drei Meilen weit spaziert waren. Sindbad hatte den ganzen langen Nachmittag seine Schuhspitzen betrachtet und sich traurigen Herzens gefragt: »Verlässt sie mich, wird sie mich jetzt tatsächlich verlassen?« In diesen Minuten glaubte er wirklich, Rosina nähme sein Leben mit sich fort; doch auf wundersame Weise kehrte nach Abreise der Goldschmiedsgattin Ruhe in sein Leben ein. Er atmete auf, als wäre er nach langer Gefangenschaft freigekommen. »Ich werde mir eine Tänzerin suchen, die soll meine Geliebte sein!«, überlegte er gerade, als überraschend ein dringlicher Brief von Rosina eintraf: »Ich flehe Sie an, kommen Sie sofort, die Mäuse lassen mich nicht schlafen!« Und Sindbad war, ohne lange zu überlegen, aufgebrochen.

Gleich neben der Bahnstation befand sich ein Gärtchen – es schien, als hätten sämtliche Bahnhofsvorsteher des Landes die Fuchsie zu ihrer Lieblingsblume erkoren. Und mitten in diesem gepflegten Garten stand, wie aus einer deutschen Illustrierten ausgeschnitten, Rosina unter ihrem Sonnenschirm. Sindbad küsste ihr beide Hände, murmelte gerührt sinnlose Worte und betrachtete hingebungsvoll die drei Sommersprossen, die ihr die ländliche Sonne ins Gesicht gezaubert haben musste.

»Sie lieben mich also noch?«, fragte Sindbad Rosina ernst und bedeutungsvoll.

»Kann man Sie denn vergessen!«, erwiderte sie, hakte sich bei ihm unter und schlenderte mit ihm zum Dorf.

Diese Frau könnte auch dann nicht mutiger und selbstsicherer sein, dachte Sindbad, wenn er ihr angetrauter Gatte wäre, der gerade von einer langen Reise zurückgekehrt war. Und die ländlichen Pappeln auf dem großmütterlichen

Besitz nickten ihm zu, die zotteligen Hirtenhunde wälzten sich zu seinen Füßen. Die Apfelbäume in den Gärten bewunderten Rosinas weiße Beine, wie sie mit hochgehobenem Rock durchs taufrische Gras wandelte. Unter der zwischen zwei Nussbäumen gespannten Hängematte lugte ein kleines, vorwitziges gelbes Blümlein hervor, um die junge Herrin von unten zu beäugen, die Amsel im Geäst wollte herausfinden, woran die Frau mit den geschlossenen Augen wohl dachte.

»Wir sind da«, sagte Rosina vor einem alten Herrenhaus, wo im Hof an einem vertrockneten Baumstumpf ein mottenzerfressener Soldatenmantel hing.

»Ich liebe alte Häuser, nachts hört man aus dem Gemäuer die verstorbenen Hausbewohner reden, denn sie haben ihre Stimmen dort zurückgelassen.«

Rosina seufzte:

»Dieses Haus hat tatsächlich noch mein Urgroßvater gebaut. Es gibt in dieser Gegend viele Nüsse, daher haben sich die Mäuse so schrecklich vermehrt. Und hier versteht sich anscheinend keiner darauf, Mausefallen aufzustellen oder sonstwie der Plage Herr zu werden; da habe ich an Sie gedacht, Sindbad, Sie sind ein so geschickter Mann, wissen in allen Situationen Rat.«

Nicht ohne Selbstgefälligkeit entgegnete Sindbad:

»Als Kind, ja, da war ich ziemlich geschickt.«

(Natürlich, wer wäre denn nicht schon Arzt, Krankenpfleger, Tischler, Schuhmacher oder Spengler gewesen, wenn seine Herzensdame sich dies wünschte? Männer, vornehmlich Verliebte, sind allesamt Kinder, die von Heldentaten träumen. Um ihrer Liebsten willen schlagen sie einen Nagel mit derselben Feierlichkeit in die Wand, wie sie sich, wenn es sein muss, einem Bären zum Ringkampf stellen.)

Sindbad entledigte sich seiner Jacke.

»Wo sind also diese Mausefallen?«, fragte er voller Tatendrang und streifte sich die Hemdsärmel hoch.

»Ob sie überhaupt etwas taugen?«, rätselte Rosina, als sie die aus Holz und Draht gefertigten Käfigfallen hervorkramte.

Die alte Dame aus der Revolutionszeit stand, auf einen dicken, knorrigen Stock gestützt, auf der Veranda und beobachtete hinter ihrer runden Brille, wie sich Sindbad an den seltsamen Apparaten zu schaffen machte.

»Ein hübscher Honvéd«, wisperte sie ihrer Enkelin zu.

Über dem fernen Wald ging der Mond auf, und die Großmutter humpelte, nachdem sie mehrmals ihren Krückstock der tollpatschigen Magd hinterhergeworfen hatte, brummelnd und seufzend zu Bett.

»Gib nur acht, dass uns dieser Honvéd nicht wieder ausrückt!«, ermahnte sie Rosina hinter vorgehaltener Hand.

Auf der Veranda schien der Mond durch den wilden Wein Rosina ins Gesicht. Es war bleich und verträumt wie das einer Schauspielerin, wenn es der Beleuchter aus der Kulisse ins Visier nimmt. Fasziniert betrachtete Sindbad das vom Mond angestrahlte Antlitz der Frau, denn erst im hohen Alter kam er dahinter, dass Frauen ihr Gesicht mithilfe eines unsichtbaren Spiegels jederzeit im Blick haben. Und mit verhaltenen, leisen Worten, in denen sein erhabenes Gefühl lag wie der ferne Klang einer kleinen Glocke hinter dem Fluss, sprach er zu Rosina davon, dass er schon seit seiner Kindheit auf der Suche nach diesem Gesicht gewesen sei ... In den Träumen seiner Jugendjahre, wenn er das Licht am Studiertisch gelöscht hatte, sei dieses Frauenantlitz strahlend vor ihm aufgetaucht. Auf all seinen Reisen, während seiner ziellosen Irrfahrten habe es nach ihm gerufen, ihn gelockt. Dieses Gesicht, das schon mit ihm geboren wurde und von der Wiege an in seiner Seele zugegen war, bis er es endlich im Mannesalter auf dem Balkon eines Hauses in der Goldhand-Gasse erblickte.

»Señora!«, sprach Sindbad mit großem Ernst, »ich könnte nie mehr ohne Sie leben.«

Rosina erwiderte Sindbads Händedruck.

»Reden Sie nur weiter«, seufzte sie leise. »Ihre Worte umschwirren meinen Kopf wie der wundersame Gesang unsichtbarer Vögel.«

Sie neigte den Kopf ein wenig zur Seite, als folge sie der Bahn des Mondes. Hin und wieder öffnete sie ihre dunklen Augen, verwundert, als wüsste sie nicht, wo sie sei. Sie klammerte sich fest an den Arm des Mannes und sagte in weinerlichem Ton mit tränenerstickter Stimme:

»Ich habe niemanden, nur Sie ... Wenn auch du mich verlassen würdest, Sindbad, wäre ich eine Waise. Sprich zu mir, zärtlich. Als würdest du mich wirklich lieben.«

Sindbad schaute auf eine Wolke, die gerade am Mond vorüberzog, und er war fest davon überzeugt, dass auf dem jaspisfarbenen Segel die Worte geschrieben standen, die ihm gerade in den Sinn gekommen waren ... Liebe ... Liebe ...

Die Frau schauderte, sprang auf und deutete mit der Hand in die Dunkelheit:

»Eine Maus! Eine Maus!«, rief sie voll Entsetzen. Sie wurde totenblass, ihre Hand zitterte, und sie schluchzte verzweifelt.

»Eine Maus!«, wiederholte sie erschüttert.

Sindbad lächelte heldenhaft, zündete eine Kerze an und griff sich die erste Mausefalle, die schon so gute Dienste geleistet hatte, und er warf sie samt der Maus in den Hof hinaus.

»Sie Teufel!«, schrie Rosina zitternd vor Zorn. »Wollen Sie denn, dass ich auch den Hof nicht mehr betreten kann! Ich ekle mich vor Mäusen. Sie widern mich an.«

Sindbad lächelte hilflos.

»Eine kleine Maus«, murmelte er.

»Gehen Sie! Ich will Sie nicht mehr sehen! Sie haben ein Mäuschen getötet. Sie Mörder!«, rief die Frau mit erstickter Stimme. »Ich hasse Sie, kann Sie gewiss nicht mehr lieben. Rühren Sie mich nie mehr an. Verschwinden Sie!«

»Ein Mäuschen«, wiederholte Sindbad leicht indigniert, wie es Verliebte manchmal sind, nahm Hut und Mantel und ging. Draußen vor dem Haus wartete er noch eine Weile, ob seine Herzensdame ihn zurückriefe. Das Haus blieb still. Und Sindbad schlenderte, verständlicherweise verstimmt, in Richtung Bahnstation, um mit dem Nachtzug abzureisen.

Später, als Gespenst, war er auf Mäuse schlecht zu sprechen.

(1915)

Zum Roten Ochsen

Der Gasthof hatte auch auf der Rückseite ein Tor. Es öffnete sich zu einem krummen Seitengässchen, wo oft streunende Hunde herumlungerten und in knöcheltiefem Morast bei den Abfällen nach Fressbarem suchten. Es schien, als gäbe es den Eingang nur, damit die Zigeuner zu nächtlicher Stunde hier ihre Bassgeige und das Zimbal, dieses unförmige Möbel, hereinschaffen oder sich an nebligen Winterabenden Wanderburschen mit leeren Taschen einschleichen konnten, um im Stall unterm Stroh zu nächtigen. Nach ländlicher Sitte waren an dem Tor allerlei Kritzeleien, Hieroglyphen mit roter und weißer Kreide, angebracht, der Name des Bassgeigers oder ein eingekerbtes Herz zum Andenken an die Liebschaft des Stallburschen mit der Magd; niemand hätte es für möglich gehalten, dass durch diesen zwielichtigen Hintereingang schon Damen geschlichen waren, Gräfinnen beinahe, wobei sie die traumhaften Rüschen ihrer Röcke über den zierlichen Schühchen hochrafften, in dieser unwirtlichen Umgebung die Hand ans Herz pressten und ihre Lippen unter dem Schleier bebten, während sie an dem Laternenpfahl vorbei hineinschlichen, unter dem vielleicht noch in dieser Nacht irgendein Reisender mit einem Dolch in der Brust verblutete: Sie alle kamen, um für immer von Sindbad Abschied zu nehmen.

Sindbad durfte zu jener Zeit den Gasthof *Zum Roten Ochsen* nicht verlassen. Er hatte in der Stadt eine gewisse Verwirrung gestiftet; einen Scheidungsprozess ausgelöst, der dann mit Aussöhnung der Partner endete, auch musste ein Fräulein seinetwegen ins Kloster gehen, weil sie um jeden Preis Selbstmord begehen wollte; einige Jahre später war sie allerdings Mutter von einem halben Dutzend hübscher Kinder.

Als der dahingeschiedene Sindbad weise geworden war und den *Roten Ochsen*, wo er sich in der Jugend verstecken musste, als Gespenst neuerlich besuchte, fand er in dem Zimmer mit dem heimeligen Gewölbe alles in der schönen alten Ordnung vor. Der in die Wand eingelassene Schrank ließ sich jetzt ebenso schwer öffnen wie einst, ganz so, als würde ein ermordeter Handlungsreisender die Tür von innen zuhalten. Unter dem Bett lugte wie ein lauerndes Hündchen der Stiefelknecht hervor. Im Gewölbebogen verbreitete die Hängelampe dasselbe trübe, traurige Licht, als schiene sie auch heute noch ins aufgewühlte Gesicht eines schlaflosen Mannes, der die aufs Dach fallenden Regentropfen zählte oder den Revolver unter seinem Kopfkissen wärmte. Einstmals aber hatten sich die Blicke eines Liebespaares auf den lichten Halbkreis geheftet, den die Lampe an die getünchte Wand warf; irgendwo im Haus hat man vergessen, ein Fenster zu schließen, der Wind schlägt es unerbittlich hin und her. Das Türschloss sieht aus, als sei es aus einer Mönchszelle entwendet worden, und vom kühlen, mit Ziegeln ausgelegten Gang sind schon die sich zaghaft nähernden leichten Schritte zu vernehmen. Nach Parfüm und Salz schmeckt der erste Kuss, den die fremde Gräfin dem Mann gewährt, mit dem sie in langen Briefen dieses Treffen bei einem Zwischenhalt ausgemacht hat. Dann sind sie weitergereist in der Postkutsche oder per Schiff, sie nach Norden, er in den Süden, und im Gasthof *Zum Roten Ochsen* ist nichts weiter zurückgeblieben als eine verlorene Haarnadel; irgendwann hat ein schlafloser Reisender sie gefunden, sie nachdenklich zwischen den Fingern gedreht und hätte gern die Geschichte ihrer einstigen Besitzerin erfahren.

»Hörst du das Rauschen des Windes?«, fragte sich Sindbad, als er eines Sonntagnachmittags im Winter dieses Zimmer bezog und im Ofen, der vom Gang aus beschickt wurde, die Holzscheite mit solchem Knistern, Prasseln und Knacken brannten, als wären unter der schneefeuchten Rinde der Fichtenscheite die erstarrten, irrlichternden Waldgeister erwacht, die jetzt mit ihren Fäusten gegen die Ofenwand hämmerten.

Im Gang hängt immer noch derselbe Geruch alter Bierfässer, ist das Pörkölt zu riechen, das es tags zuvor als Gabelfrühstück gab und das die Reisenden mit von der Kälte geröteten Gesichtern auf ihre Messerklingen zu spießen und mit gutem Appetit zu verzehren pflegen. Im Hof lassen die Pferde, ihre Mähnen schüttelnd, die Glöckchen klingen, als wären sie am Weihnachtsabend irgendwohin unterwegs und hätten noch einen weiten Weg vor sich; die grauhaarige adelige Dame in einem Herrenmantel schlürft würzigen Glühwein; das Mittagsläuten vom Turm der fremden Stadt hat einen ungewohnten Klang, und der erkergeschmückte Turm mit seinen grünen Mauern protzt, als wollte er auf seine verrückten alten Tage noch jemandem gefallen. Das Glockengeläut setzt immer ein, wenn am Nordtor der Zylinder des Postkutschers aufzutauchen pflegt und das unförmige gelbe Gefährt auf seinen hohen Rädern feierlich lärmend über die steinerne Brücke rattert, durch die schneebedeckte Gasse vorbei an allerlei Lädchen, in denen sich die Besitzer schon geschäftig die Hände reiben, als hofften sie immer noch, dass mit der Post eines Tages der reiche Kunde einträfe und nicht immer nur die knausrige Lehrerin vom Dorf oder der Notar mit dem schief sitzenden grünen Hut, zusammen mit anderen Honoratioren, für die im *Ochsen* jeden Mittwoch und Samstag frisches Bier gezapft wird. Durch die saubere Gasse neben dem *Ochsen*, in der es nach Mönchskutten riecht, sieht Sindbad im Vorbeifahren durchs vereiste Fensterchen eine zunderbraune Reisemütze kommen, zu der ein langer Wolfsfellmantel gehört, graue Offiziershandschuhe und halbhohe Stiefelchen. Da ist sie, Franziska, die in ihrer Mädchenzeit zur winterlichen Ballsaison die begehrteste Tänzerin war; sie wohnte mit ihrer Mutter, wenn sie vom Land ins Städtchen kamen, im Eckzimmer 7, und unter dem nach Fürst Thököly benannten Erker erklangen von unten aus dem oft bis an die Hüften reichenden Schnee die Ständchen der Nachtschwärmer. In einer Winternacht, als sich der Geruch des Glühweins mit Düften aus den Ballkleidern der Damen mischte, die Frisuren der Tänzerinnen sich auflösten, die Haare flatterten wie langstielige Gräser im Wind und die süßlichen Walzerklänge selbst verschlossene Frauenlippen zum Mitsummen zwangen: da war Franziska viel gnädiger zu Sindbad, als der Seefahrer dies je verdient hätte. In jener vergangenen Ballnacht, als sie für kurze Zeit aus dem Ballsaal verschwand, hat Sindbad sie sich für immer verpflichtet; und noch eine Stunde später stammelte Sindbad wie ein schüchterner Student etwas von ewiger Treue, als Franziska ihn während der Quadrille, die sie tanzte, mit scharfen, kalten und verletzenden Blicken maß. »Verlassen Sie mich, gehen Sie doch, ich bin schlecht gelaunt!«, sagte das Mädchen. Im Morgengrauen ist Sindbad abgereist. Er drückte seinen schmerzenden Kopf, die brennende Stirn in die Ecke der verdunkelten Postkutsche, und die Ballmusik verhallte hinter ihm. Noch ein, zwei Tage danach trug der Wind manche Klangfetzen der Hochzeitsmusik an sein Ohr, als käme sie über einen Berg herüber, aus den Fenstern eines illuminierten Schlosses … Im Nachbarzimmer klopfte jemand drei Mal an die Wand. Auf dieses verabredete Zeichen hin wurde Sindbad so erregt und ängstlich wie immer, wenn er in seinem langen Leben zu einem Stelldichein gegangen war.

»Wie weiß Ihre Haare geworden sind!«, sagte Franziska, nachdem sie Sindbad von Kopf bis Fuß gemustert hatte. »Seit damals habe ich oft versucht, mir Ihre Gestalt heraufzubeschwören, wenn ich an langweiligen Winterabenden vor dem Kamin saß und mir die Füße am Eisenrost wärmte. Doch es gelang mir nicht, ich kam stets nur bis zu Ihrer Stimme. Nur die Stimme eines Rosstäuschers, der mir einmal meine Halbblutstute abschwatzen wollte, hörte sich an wie die Ihre.«

Sindbad lächelte wehmütig:

»Ich habe dich niemals ganz vergessen.«

»Das Lügen hätten Sie sich schon abgewöhnen können, Sie wissen doch sicher, dass Ihnen an Ihrem jetzigen Aufenthaltsort im Jenseits dafür das Eisen droht.«

Der Blick der Frau war nun noch schneidender, härter, befehlender als zu ihrer Mädchenzeit. Vielleicht hatten schon einmal Räuber mit geschwärzten Gesichtern des Nachts ihre Tür aufgebrochen und waren von ihr kaltblütig über den Haufen geschossen worden, wer weiß? Oder hatten durchgegangene Pferde ihre Kutsche mitgerissen, während der Kutscher vom Bock fiel und sie die Zügel ergriff … Oder hatte eine Seuche ihre Kinder dahingerafft und sie den Kopf eines kleinen Toten die ganze Nacht in ihrem Schoß gehalten … Sindbad steckte die Flöte, die er zur Ehre der Frau ertönen lassen wollte, wieder in die Tasche und wandte sich mit der kalten Stimme eines Examinators an Franziska.

»Hast du es nicht bereut, dass du gelebt hast? Warst du glücklich oder unglücklich?«

»Beides war ich, denn wer sich sein Leben in Gleichförmigkeit einrichtet, ist dumm. Ich war verliebt, ich wurde geliebt, ich habe geliebt, ich bekam, ich schenkte. Ich habe geweint. Dann habe ich mich wieder über den Morgen gefreut, der mich mit frischem, kaltem Wasser aufmunterte, und der kühle Tau auf den Blättern der Bäume ließ mich vergessen, dass ich nachts auf einem Ball gewesen war, in drückend heißer Luft, dass zitternde Hände an meiner Taille lagen und begehrliche Küsse auf meinem Nacken bebten und ich so verrückt war zu glauben, ich hätte wirklich das schönste Haar im Lande. Kaltes Wasser, Reinlichkeit, die mochte ich immer sehr, die Seife habe ich mir selbst gekocht und mein Schlaflager stets eigenhändig aufgebettet. Vielleicht war ebendas der Grund dafür, dass ich weder aus Trauer noch vor Freude gestorben bin. Ich besitze noch alle meine Zähne, Sindbad. Ja, mir ist vor gar nicht so langer Zeit noch ein neuer Zahn gewachsen. Und Sie? Sie sind umgefallen wie eine Vogelscheuche im Schnee«, entgegnete Franziska und streichelte Sindbads Gesicht.

»Aber ich war Ihnen niemals ernsthaft böse, übte stets Nachsicht, sagen wir nach Art der alten Weiber, wenn ich mir Ihre Erscheinung nicht vergegenwärtigen konnte, sosehr ich sie mir auch herbeiwünschte.«

Sindbad nickte verständnisvoll:

»Hättest du mich geliebt, ich wäre gekommen. Aber jetzt ist es einerlei. Sag mir, wenn du einen Wunsch hast. Ich stehe mit den Toten auf freundschaftlichem Fuße, falls irgendein streunendes Gespenst oder ein lästiger Poltergeist hier herumspuken sollte.«

»Ach, ich fürchte mich weder vor den Toten noch vor den Lebenden. Bin vierzig Jahre alt und finde schon seit Längerem mein Vergnügen daran, dass sich im Frühjahr meine Haustiere lieben.«

»Einst liebtest du den Tanz, stimmungsvolle Musik. Sag, hörst du denn nie aus den verlassenen Gärten die Klänge der gläsernen Glocken?«

Franziska lachte leise:

»Ein Pörkölt vom Kalb möchte ich essen und dazu schäumendes Bier trinken. Ich liebe das Tiefrot der Paprikasoße, und die Wirte in den Straßenschenken erzählen mir von ihren Sorgen und Beschwerden, weil ich ein freundliches Gesicht habe. Lass uns Mittagessen gehen, der Abend kommt immer so schnell, und ich will daheim in meinem Dorf sein, bevor es dunkel wird.«

Leben – dachte Sindbad –, liederliches, heiliges, heiliges Leben und Überdruss! Wie gut es doch wäre, noch einmal zurückzukehren. Noch einmal darin einzutauchen, darin zu versinken!

(1915)

Mai – Monat der Liebe

I

»Wie man schon vor sehr langer Zeit festgestellt hat, ist der Mai der Monat der Liebe, gleichsam der menschlichen Wiedergeburt. Selbst in fest verriegelte, zu ewiger Einzelhaft verurteilte Herzen ziehen jedes Jahr im Mai ungewohnte Gefühle ein. Und wenn sonst nichts weiter, so beginnt doch in diesem Monat das Herz wieder heftiger zu pochen, obwohl wir glaubten, die sogenannten großen Gefühle längst hinter uns zu haben«, so begann Sindbad seine tiefsinnigen Betrachtungen.

»Und natürlich sehnt sich auch der Magen, getreuester Gefährte des Herzens zur Erhaltung des Lebens, mit dem Einzug des richtigen Frühlings im Mai nach Abwechslung. Dieser Magen, der die winterlichen Gerichte, die schweren, fettigen, auch die frischen oder geräucherten, auf jeden Fall aber stark gewürzten Speisen mit dem Eifer eines Ackergauls verarbeitet, verdaut und eifrig im ganzen Organismus verteilt hat, dieser Magen will ebenfalls den Winter vergessen.«

»Wenn der Mai, die Zeit der Wiedergeburt, naht, müssen wir uns nicht nur unseres Herzens, sondern auch des Magens annehmen.«

In dieser Weise hat sich Sindbad, der übrigens auch sonst ein ziemlich gescheiter Mensch war, geäußert, als er seine Erfahrungen bezüglich des Magens, der Küche und der

Ernährung zu erläutern begann; umso naiver aber war er, wenn er auf Herzenssachen zu sprechen kam. Er gab nämlich immer den Verliebten recht.

Doch hier soll es ums Essen und den Magen gehen, und so können wir Sindbad nun getrost folgen.

2

»Im Mai beglückt die Prinzenfamilie unter den Speisen unseren Magen, den es nun schon so sehr nach Verjüngung verlangt«, erklärt Sindbad einem magenschwachen vornehmen Herrn, der sich in einem Gartenlokal unter duftenden Bäumen, Linden, Platanen und Fliederbüschen, wo die Tische in Rot, Blau und anderen gefälligen Farben gedeckt waren, ihm zugesellt hatte.

»Natürlich spürt man auch in den Privathaushaltungen den Anbruch des Frühlings, denn dort ändern sich ja die Koch- und Essgewohnheiten ebenfalls«, unterbrach ihn der Herr, dem bekannt war, dass Sindbad das ihn umgebende Gasthausleben zu preisen pflegte, weil er ja einen großen Teil seines Lebens in Gasthäusern (oder, wie er es nannte, in Wirtshäusern) verbrachte.

»Ach, die ›Privathaushaltungen‹!«, seufzte Sindbad, als jetzt seine Aufmerksamkeit auf die herrlichen, längst vergangenen Zeiten gelenkt ward und er sich der Jahre entsann, da er noch in kleinen, bescheidenen Häusern Erbsensuppe, Spargelsuppe, Dillsuppe, Kohlrabisuppe, Sauerampfersuppe, Karfiolsuppe, Kartoffelsuppe (aus heurigen Kartoffeln mit Majoran) gelöffelt hatte, und dann das Hammelgulasch!, mit dem die »Privathaushaltungen« regelmäßig die Ankunft des schönen Mai zu feiern pflegten. »Ja, alles war fein, und besonders das Hühnerfrikassee mit frischem Grünzeug und Kräuterwerk! Doch mit Verlaub, verehrter gnädiger Herr, im Vergleich mit der im Mai üblichen Selleriesuppe ist doch einer Krebssuppe, mit der die ›Privathaushaltungen‹ kaum aufwarten können, unbedingt der Vorzug zu geben; oder der Junggänsebraten mit dem passenden Salat aus Gurken und Dill und dem gefüllten Kohlrabi; von Erdbeeren und den dazugehörigen Getränken ganz zu schweigen.«

»Ich weiß«, antwortete der Herr, »dass Sie stets die Partei der Gastwirte nehmen, die aufgrund ihrer materiellen Möglichkeiten natürlich viel großzügiger einkaufen können als die armen Hausfrauen ...«

»Nein, das ist keine Frage der Partei, mein Herr, doch der Magen begehrt einfach auf bei einem üppigen Festmahl, das beispielsweise zum Geburtstag des Familienoberhauptes im Privathaushalt aufgetragen wird, wenn dieser in den Monat Mai fällt. Sicher, man ersteht zu diesem Anlass eine junge Gans, doch mit der geschieht dann so vielerlei, dass einem tatsächlich der Appetit vergehen kann. Aus dem Gänseklein wird eine Suppe gekocht, danach serviert man ein Risotto mit der Gänseleber, erst darauf folgt der eigentliche Gänsebraten. Nein, mein Herr, selbst von einer jungen Gans ist dieses Allerlei zu viel. Und am Abend droht dann noch die kalte Gans, dazu statt des mittäglichen Gurkensalats nun ein mit Mayonnaise angemachter Blattsalat. Während der Gast im Wirtshaus dem lieben Gott schon dankt, wenn er nur den schweren Gänsebraten geschafft hat. Der ist nämlich als Alltagsspeise absolut ungeeignet.«

»Sie haben ja recht«, entgegnete der Herr, »doch Sie wissen sicherlich auch, dass der Mensch bestrebt ist, geladenen Freunden und Bekannten möglichst das Beste zu bieten. Sie sollen ihn als Gastgeber ja in angenehmer Erinnerung behalten. Aber jetzt, Herr Sindbad, erzählen Sie, wie Sie sich ein gelungenes Mittagsmahl im Mai vorstellen würden, wenn, sagen wir, Ihr Geburtstag auf einen Tag in diesem Monat fiele.«

3

»Ich muss vorausschicken, dass ich kein Kind des Monats Mai bin, so kann ich mich auch nur theoretisch zu dieser Frage äußern«, sprach Sindbad, ließ den Blick genießerisch über die blühenden Bäume im Wirtshausgarten schweifen und schlürfte ein paar Züge von der appetitanregenden Luft, in der sich die Düfte des Frühlings mit den Wohlgerüchen aus der Küche mischten.

Der Herr allerdings, in ständiger Zwietracht mit seinem Magen, hätte gut auf die Küchendüfte verzichten können, doch Sindbad versuchte es mit sanfter Überredungskunst (es war ja auch die Vor-Mittagszeit, in der man noch gern übers Essen spricht):

»Sollte man die Tafelfreuden nicht vielleicht mit einer Krebssuppe, der Suppe der Fürsten, eröffnen?«

»In der Küche ist man tatsächlich dabei, eine Krebssuppe zu bereiten, und das scheint mit einigem Aufwand verbunden zu sein«, erwiderte der herrschaftliche Gast, der sich auch schon ein wenig in der Küche umgesehen hatte. »Die Köchin arbeitet mit einem verbundenen Finger, der anscheinend zwischen die Krebsscheren geraten ist, und eine Küchenmagd zerstößt gerade die Krebsschalen im Mörser.«

»Nun, so ein kleines Malheur kann schon passieren, denn bei der Zubereitung der Krebssuppe sind Streitereien in der Küche beinahe unvermeidlich, der Aufwand ist groß und das Küchenpersonal so gefordert wie vielleicht bei keiner anderen Suppe der Welt. Doch ist sie der Mühe wert.«

Sindbad fuhr sodann in seinen Erläuterungen fort:

»Es gibt Weibspersonen und auch manche Wirtinnen, die die Zubereitung der Krebse um keinen Preis jemand anderem überlassen würden, und zwar von dem Augenblick an, da die schwarzen Gesellen im sanften Gewimmel, das ja von ihrer Lebensfreude zeugt, im Bast- oder Weidenkorb auf Brennnesseln gebettet ins Haus gebracht werden. Die Arbeit mit ihnen beginnt auf der Stelle, man muss sie sogleich sortieren, auf der einen Seite die kleinen sogenannten Theiß-Krebse (an deren Wohlgeschmack die anderen nicht herankommen, man kann an einem Sommernachmittag bis zu hundert von ihnen verspeisen, doch sollte man beim genüsslichen Essen zwischendurch ein Fußbad nehmen) und auf der anderen Seite separat die großen Exemplare, sogenannte Solokrebse, sie kommen aus Transdanubien und heißen eigentlich Zalaer Krebse. Diese große Sorte ergibt die eigentliche Suppe, die Kleinen dienen nur als Füllmasse.«

»Aber mit Verlaub«, unterbrach der Herr, »nun möchte ich es aber doch genau wissen. Wie, werden die Krebse gekocht?«

»Ja, gekocht. Natürlich in Rindsbrühe, nachdem man die lebenden Tiere zuerst so sauber gebürstet hat wie sonst nur die Husarenstiefel. Sicher, der Krebs hat es gar nicht gern, wenn man ihm den Bauch bürstet, und er schnappt mit seinen Scheren verzweifelt nach der einen Hand, die ihn dabei am Rücken hält, und der anderen, die bürstet. Aber diese Prozedur muss sein. Er braucht dann noch ein Bad, bevor er in die brodelnde Fleischbrühe gelangt.«

»Kommt er etwa bei lebendigem Leibe in die siedende Brühe?«, fragte der Herr mit großen Augen.

»Nun, da sind die Bräuche ganz unterschiedlich. Manche, vor allem die weichherzigeren Frauen, machen ihm den Garaus, bevor sie ihn in die kochende Suppe geben, sie brechen ihm den Schwanz aus, was seinen unmittelbaren Tod zur Folge hat. Ich persönlich aber bevorzuge Krebse, die noch zappelnd, also lebendig, in die brodelnde Suppe kommen, weil nämlich schon ein einziges halb oder ganz verendetes Exemplar den heiß erwarteten Gaumengenuss verderben kann. Außerdem führt die kochende Brühe augenblicklich zum Tod des Krebses ... Im Topf aber wartet er jetzt auf das nötige Salz, den Kümmel, Petersilienwurzel und alle weiteren Ingredienzen, mit denen zusammen er noch eine halbe Stunde lang kochen oder besser: ziehen muss. Wenn er dann herausgehoben wird, ist er, insbesondere der von der kleineren Sorte, so gefügig, dass man mit ihm alles anstellen kann: Schwanz und Scheren ausbrechen, schwarze und bittere Teile aus den Schalen entfernen und an ihrer Stelle den mit Petersilie und Ei vermengten Reisbrei einfüllen. Nur die gelben Teile bleiben in der Schale. Danach kommen die Krebse zurück in die inzwischen abgeseihte Brühe und müssen noch bis zum Auftragen weiter ziehen. Manche Genießer ziehen es vor, Bauchseite, Scheren und Schwanz des Krebses auszulutschen, die Füllung mithilfe eines Löffelchens herauszuholen und sie zusammen mit einem Löffel Suppe zu verzehren. Dies also wäre die Geschichte des kleinen, des Theiß-Krebses.«

4

»Aber, aber!«, rief der Herr, der Sindbads Ausführungen bislang aufmerksam gefolgt war. »Sie sprachen doch auch von den großen, den Solokrebsen. Was geschieht mit ihnen?«

Diese Forderung nach Rechenschaft beantwortete Sindbad folgendermaßen:

»Das wäre der Punkt, an dem man den Unterschied zwischen den verschiedenen Krebssuppen feststellen könnte. Die großen Krebse fressen die kleinen.«

»Auch noch im gekochten Zustand?«, fragte der Herr mit ungläubiger Miene.

»Dann erst recht. Denn wohin sollten die kleinen Krebse fliehen? Sie gelangen unweigerlich samt und sonders in die Schale der großen Krebse. Weil nämlich die Köchin diese kleinen Krebse, wie gesagt, als Füllmasse verwendet; mit dieser Masse aus Krebsfleisch, Knochen, Reisbrei und einer Einbrenne aus Butter und Grieß werden die Schalen der großen Krebse gefüllt, die man dann natürlich in der Brühe (angereichert mit saurem Rahm und verquirltem Ei) zusammen mit dem Krebsfleisch serviert. Der kleine Krebs fällt also dem großen zum Opfer. Und er wäre, weil er ja nicht mehr da ist, längst vergessen, kennten wir nicht seinen Geschmack von früher her, als dieser Krebs noch und nur am Oberlauf der Theiß vorkam. Wüssten wir nicht, dass er den im stehenden Gewässer heranwachsenden Großen geschmacklich weit hinter sich lässt, da er ja aus dem fließenden Wasser kommt – wüssten wir nicht, dass er aus dem gemeinsamen Brennnesselbett im Bastkorb herausspringen kann, während der Große träge darin verharrt, wir würden vielleicht gar nicht an seine Existenz glauben. – Und jetzt mag der verehrte gnädige Herr selbst entscheiden, mit welcher Suppe wir diesen so viel Wunderbares versprechenden Mai begrüßen wollen!«

So sprach Sindbad und verfiel dann auch selbst ins Nachdenken.

(1932)

Ein Porträt von mir

Die erste Geschichte

Es war die Zeit um Neujahr, als Dr. Armin Múrányi den Entschluss fasste, mich – beziehungsweise mein geschätztes Porträt – als einen der profilierten Vertreter der lebendig sprudelnden Literatur in seinem ›Neuen Ungarn‹ vorzustellen.

Die Sache hat mich ein wenig nervös gemacht, ganz genau erinnere ich mich nicht, aber ich glaube, dass ich damals ziemlich angespannt vor der Apparatur des Fotografen auf dem Stuhl herumrutschte. Schließlich ist es kein Kinderspiel, sagte ich mir, wenn dir dann in den ersten Januartagen zehntausend oder mehr Menschen in die Augen blicken werden.

Mein Porträt ist in der Neujahrsnummer erschienen. Sie, werter Leser, wie man wohl zu sagen pflegt, haben diesen brünetten Herrn, der Ihnen zwar ein wenig unscharf, doch auf jeden Fall ziemlich aufgeräumt von der letzten Seite des Blattes entgegenlächelte, wahrscheinlich längst vergessen. Als Beigabe zum Porträt gab es auch eine sehr schwache Kurzgeschichte, für die ich mich vor meinen Bekannten lange Zeit geniert habe.

Diese Episode in meinem Leben war schon in Vergessenheit geraten, und ich behielt auch weiterhin ein so durchschnittliches Allerweltsgesicht wie auf dem ominösen Porträt.

Es war gegen Ende Februar, als mich ein Herr mit Künstlermähne im Kaffeehaus mit Namen ansprach.

Ich sah ihn mit leichtem Erstaunen an:

»Hatte bislang nicht die Ehre …«, murmelte ich verlegen.

Der Herr mit der auffallenden Mähne aber streckte mir freundschaftlich die Hand entgegen.

»Ich bin Lonkai, Tihamér Lonkai«, und er fügte selbstbewusst hinzu, »der Dichter Lonkai, bitte sehr.«

»Auch mit dem Dichter Lonkai hatte ich bislang nicht die Ehre. Doch womit kann ich dienen?«

Lonkai, der Dichter, legte mir lächelnd seine Hand auf den Arm.

»Entschuldigen Sie, Herr Kollege …«

Ich maß ihn von oben bis unten und dachte in diesem Augenblick mit einem gewissen Bedauern an die ungarische Literatur. Der Dichter Lonkai hatte nämlich seine von Inspirationen erfüllte Seele in einen ganz leichten Sommeranzug gehüllt, obwohl draußen grimmige Kälte herrschte. Auch war die Krawatte des Herrn Lonkai nicht ganz rein.

»Gestatten Sie mir, einen Augenblick Platz zu nehmen …«, sagte er überaus verbindlich.

»Bitte schön.«

Der Dichter kramte aus einem Packen von Briefen und zerknitterten Papieren mein unglückseliges Porträt hervor.

»Bitte sehr, ich erlaube mir nur die Frage, warum man dem Publikum Ihr Porträt präsentierte, aber das von Tihamér Lonkai übergangen hat …«

Die Sache begann mir lästig zu werden.

»Was geht das mich an? Was habe ich damit zu tun?!«

Lonkai machte eine beschwichtigende Handbewegung.

»Bitte. Welche Verdienste hat der werte Herr um die ungarische Literatur?«, fragte er.

»Gar keine, verehrter Herr Lonkai. Geradezu keine.«

Der Dichter Lonkai langte triumphierend nach einem Glas Wasser.

»Nun. Und?! ...«

Ich wollte diesen etwas verwahrlosten Menschen unbedingt loswerden. Was sollten sich meine honorigen Bekannten denken, wenn sie mich mit dieser Person von fast polizeiverdächtigem Äußeren hier zusammen sähen!?

»Und was wollen Sie dazu von mir hören?«

Der Dichter Lonkai wiegte trübsinnig das Haupt.

»Dass ..., dass auch ich Verdienste habe und übergangen werde.«

»Ich habe damit nichts zu tun.«

Gereizt fuhr sich der Dichter mit gespreizten Fingern durchs Haar.

»Aber das Porträt ... Schließlich ist ein veröffentlichtes Porträt ...«

Ärgerlich unterbrach ich ihn:

»Wissen Sie, lieber Freund, Porträts von Dichtern werden vor allem veröffentlicht, damit das Publikum, also Schneider, Schuster, Zimmervermieter, Wirte, sie wiedererkennt und ihnen keinen Kredit mehr gibt. Hier haben Sie einen Forint und guten Abend!«

Der Dichter wollte sich empören, dann erschien es ihm aber doch zweckdienlicher, zuerst den Forint diskret verschwinden zu lassen, und nach einer Minute verschwand er lächelnd auch selbst.

Eine Stunde später lief an der Ecke jemand hinter mir her. Es war Lonkai.

»Bitte …«

»Ja?«

Der Dichter Lonkai war vermutlich rot geworden, aber in der Dunkelheit konnte ich es nicht sehen. Er wollte sich noch einen Forint borgen, weil er, wie er sagte, den ersten verloren hätte.

Doch ich wollte ihn freundlicherweise nicht zur Kenntnis nehmen. Bog in die Gasse ein, in der ich wohnte, hörte aber noch, wie jemand hinter mir herrief:

»Verfluchter! … Elender Wucherer.«

Letztere Berufsbezeichnung erschien mir ganz und gar unverständlich.

Das war die erste Geschichte.

Die zweite Geschichte

Die nächste Geschichte ist viel weniger kurios. Zumindest habe ich persönlich sie nie von dieser »komiko-historiko«-Seite gesehen, wie es einer meiner Bekannten einmal ausgedrückt hat.

Jetzt, in diesem Frühjahr, so habe ich meinen Freunden eröffnet, würde ich mich für einige Wochen nach Trouville begeben, also in diesen Nobelbadeort, wo die vornehme Gesellschaft ihre April- und Mai-Langeweile totzuschlagen pflegt. Und ich fuhr nach Gesztenyés, sprich Kastanienhain.

Wer noch nie in Gesztenyés war, kann sich von dem Ort einfach kein Bild machen. Vielleicht kennt man im *Verband der Budapester Handlungsreisenden* dieses Gesztenyés, aber gewiss ist auch das nicht. Sicher ist vielmehr, dass die Handlungsreisenden ein höchst reges, pulsierendes Leben dorthin zu bringen pflegen. Sonst aber verirrt sich kein Fremder hierher.

Es war Abend und dunkel, als der gemächlich dahintuckernde Bus in der Einfahrt des *Goldenen Bären* hielt, und auch ich tuckerte mit, denn ich saß in besagtem Autobus.

»In welcher Branche reist der Herr?«, fragte der Kellner zutraulich, als er mir das Zimmer aufschloss.

»Ich reise in Romanen.«

Um Missverständnisse zu vermeiden, sollte ich vielleicht Folgendes vorausschicken:

Eines Nachts gegen zwei war mir im Kaffeehaus *Odeon* in Budapest plötzlich aufgegangen, dass es an der Zeit wäre, das große Werk zu beginnen, das meine Freunde, die Kritiker, von mir erwarteten. Ich überflog die Biografien all unserer großen Literaten. Dabei stellte sich heraus, dass die lärmende, brodelnde Hauptstadt mit ihrer mystischen Atmosphäre und Hektik nicht der passende Ort war, um ein großes Werk zu schaffen. Auf dem Land, in dieser jungfräulich reinen Umgebung! ... Ja, diese rieselnden Bächlein, die duftenden Wälder, der wärmende Sonnenschein! – das waren die richtigen Voraussetzungen für ein solches Werk.

Als Nächstes bat ich um ein Verzeichnis der ungarischen Eisenbahnen, schlug es aufs Geratewohl auf, da stach mir auf einer Seite am untersten Rand die *Gesztenyés-Balla-Lokalbahn* ins Auge. Über Balla wusste ich nur so viel, dass dort die wüstesten, rauflustigsten Burschen des Landes zu Hause sind, die sich sonntags zum Vergnügen die Köpfe einschlagen, doch Gesztenyés war mir gänzlich unbekannt.

»Gesztenyés, Gesztenyés!«, flüsterte ich leise vor mich hin.

Ich ahnte, ja ich fühlte es, dass Gesztenyés der einzige

Punkt auf dem Globus war, oder wie die Dichter zu sagen pflegen: im irdischen Jammertal, wo man etwas Bedeutendes schaffen konnte.

In der darauffolgenden Nacht schlief ich schon in einem Eisenbett in der ersten Etage im *Hotel zum Goldenen Bären*. In der ersten Etage deshalb, weil das Hotel keine weiteren hatte.

Zwei Tage vergingen. Ich besorgte mir Papier, brauchbare Tinte anstelle der bleichen Essigtöpfchen des Hotels – doch ich arbeitete nicht.

Interessiert sah ich am Vormittag vom Fenster meines Zimmers auf den lauten Wochenmarkt hinunter, später unternahm ich einen Spaziergang durch die Gassen von Gesztenyés. Das Resultat war, dass ich mit bis unters Knie verdreckten Hosen zurückkehrte. Und Gesztenyés verfluchte.

An einem Nachmittag nach dem Essen, ich saß in der Konditorei und rührte gerade gedankenverloren in meinem Kaffee, setzte sich ein mir bis dahin Unbekannter an meinen Tisch. Er grüßte höflich und bestellte sich auch einen Kaffee.

Später fing er dann eine Unterhaltung an. Über das Wetter, den Straßendreck, über Gesztenyés, den schwarzen Kaffee und über das Leben im Allgemeinen. Er sprach nett und eigentlich ziemlich vernünftig. Ich entschloss mich, mein frostiges Inkognito abzulegen, ebenso wie meine Absicht, in Gesztenyés allein und zurückgezogen zu weilen.

»Ist der Herr denn aus Gesztenyés?«, fragte er mich.

»Nein, ich bin hier fremd.«

»Ich bin Vük, der Postmeister.«

Auch ich stellte mich vor. Herr Vük ließ mich wissen, dass Gesztenyés noch keinen lebenden Schriftsteller zu Gesicht bekommen habe und ich damit rechnen könne, dass meine Anwesenheit ein gewisses Aufsehen erregen würde. Er betrachtete interessiert den Schnitt meines Jacketts.

»Aber ich wünsche keineswegs, Aufsehen zu erregen. Möchte vielmehr unauffällig und in aller Stille hier weilen und arbeiten.«

Dann verriet ich, in welcher Absicht ich in dieses entlegene Städtchen gekommen war.

Herr Vük schüttelte missmutig das Haupt:

»Dafür sind wir kein geeigneter Ort, glauben Sie mir, absolut nicht. In Gesztenyés pflegt man sogar die Handlungsreisenden groß zu feiern, weil sie Fremde sind.«

Dessen ungeachtet versprach er mir, dass er mein Inkognito respektieren und mich nicht verraten wolle.

Ich hatte eine düstere Vorahnung und ging am nächsten Tag nicht in die Konditorei. Am Abend, als ich im Speisesaal des *Goldenen Bären* friedlich mein Paprikahuhn verspeiste, überfiel mich Vük.

»Warum sind Sie heute nicht in die Konditorei gekommen? Am Nachmittag war die ganze Intelligenz da. Und jetzt erwartet man Sie dort noch immer.«

Mir blieb der Bissen im Hals stecken, indigniert klopfte ich mit dem Messergriff auf den Tisch.

»Sie haben mich also doch verraten?«

Vük stürzte nervös ein Glas Bier hinunter.

»Nein, da brauchte es keinen Verrat. Seit Tagen wird in der Stadt Ihr Porträt von Hand zu Hand gereicht. Selbst auf der Straße fahndet man nach Ihnen. Das Bild stammt aus irgendeinem illustrierten Blatt …«

Schlagartig ging mir auf, dass jetzt das Schicksal über mein geplantes großes Werk entschieden hatte. Eitel war ich ja nie. Habe mich nicht danach gesehnt, in meinem Refugium Gesztenyés wie ein Meeresungeheuer bestaunt zu werden. Denn wenn sie in Gesztenyés noch kein Meeresungeheuer gesehen haben, dann ist ihnen hier erst recht noch kein Schriftsteller begegnet. Also werden sie beides bestaunen.

Ich habe den verflixten Vük, der sich mit hängendem Kopf verzog, ordentlich geschimpft.

Von dieser Minute an war es mit der Ruhe und Beschaulichkeit vorbei.

Ging ich durch die Straßen, blickte man mir nach: Knechte, Herren, Frauen und Schulmädchen; sie gafften mir ins Maul, wenn ich aß, eine alte Jungfer hielt, wie mir Anton, der Lohndiener, berichtete, stundenlang auf dem Gang des Hotels nach mir Ausschau. Es war frühmorgens, und nur die verdreckten Schuhe standen vor der Tür meines Zimmers. Ein Fräulein stieß mit der Spitze ihres Sonnenschirms meine Schuhe an und dachte vermutlich, sieh an, auch Dichter gehen in schmutzigen Schuhen.

Gesztenyés, Gesztenyés!

Nach einer Woche bekam ich einen Brief. Eine Dame: Sie bat unter *Miranda poste restante* um Korrespondenz. Ein Herr, Jonas Porkoláb, suchte in mir einen Partner zum Callabra-Spiel. Ich bekam eine Einladung zum Ball der Handwerksjugend von Gesztenyés, das Lokalblatt brachte mich (von Kollege zu Kollege) in der Rubrik Personalien. Ja, an einem Samstagabend fand ich zwei Feuerwehrmänner in Galauniform vor meiner Tür. Die Unglückseligen dachten in mir ihren künftigen Fahnenvater zu finden.

Vük informierte mich fleißig über alles. Eines Abends, ich war bereits eingeschlafen, weckte er mich:

»Mein Herr, die Bevölkerung von Gesztenyés ist maßlos enttäuscht von Ihnen. Warum halten Sie sich so kühl und desinteressiert von allem fern? Heute hat August Vancser im Kasino von Ihnen gesagt, ›ein Schriftsteller, bitte sehr, schreibt Gedichte‹, und er äußerte den Verdacht, Sie seien wohl gar kein richtiger Schriftsteller und hätten sich diese Berufsbezeichnung unrechtmäßig zugelegt.«

»Tut mir leid, Verehrtester, ich interessiere mich einfach nicht sonderlich für Gesztenyés und erwarte auch nicht, dass sich Gesztenyés für mich interessiert.«

Das brachte Vük aus der Fassung:

»Aber ich muss doch sehr bitten, das ist ja geradezu unerhört! Was wollen Sie? Erwarten Sie vielleicht, dass man Sie zum Bürgermeister von Gesztenyés wählt … oder gar zum Feuerwehrhauptmann macht?«

Ich sprang auf. Das brachte mich in Rage. Ich kleidete mich an.

»Wo befindet sich diese sogenannte Intelligenz von Gesztenyés?«

»Im *Lamm*.«

Ich war entschlossen, dem ersten Menschen, dem ich begegnete, ins Gesicht zu sagen, ich wolle weder Bürgermeister noch Feuerwehrhauptmann von Gesztenyés werden. Man solle mich also in Ruhe lassen. Meinetwegen könne ganz Gesztenyés zur Hölle fahren.

Gesztenyés fuhr nicht zur Hölle, doch ich ging zum *Silbernen Lamm*. Dort war Ball. Der Ball der Feuerwehr im *Lamm*. Ganz Gesztenyés wiegte sich im Walzertakt zur Melodie von ›Fischerin, du Kleine …‹. Am Eingang streckte mir ein kahlköpfiger Herr einen Bogen Papier mit Namen entgegen. Vük stieß mich in die Seite:

»Eintritt und Spende.«

Fünf Forint.

Wir gingen weiter. Erneut ein kahlköpfiger Herr mit einem Bogen. Und wieder ein Stoß von Vük.

»Volksbildungsverein Gesztenyés. Zur Förderung von Kunst und Literatur …«

Zehn Forint.

Da waren wir noch gar nicht im Saal. Schließlich hatten wir es geschafft.

Drinnen drehte sich immer noch alles in Walzerseligkeit. Doch als ich eintrat, verstummte plötzlich die Musik. Es wurde still. Ich erinnere mich noch genau an diesen erhebenden Augenblick meines Lebens. Das modisch geschnittene, eng anliegende Jackett schmiegte sich an meine stattliche Gestalt, wie George Ohnet es ausdrücken würde. Ein seidenes rotes Einstecktüchlein trug ich über dem Herzen. Nur ein Zipfelchen davon lugte hervor. Leicht hätte man es für das Band eines Ehrenzeichens halten können.

Vük wollte sich bei mir einhaken, doch ich wehrte ab.

Jetzt kam ein Herr auf mich zu, kahlköpfig; ich erwartete den nächsten Spendenbogen.

Vük stellte vor:

»Herr Pál Hámbor … der Bürgermeister unserer Stadt.«

Auch ich sagte freundlich meinen Namen.

Und dann kam noch ein Herr. Etwas weniger kahl, dafür korpulent:

»Gergely Éber, Stadthauptmann.«

Innerhalb einer halben Stunde wurde mir zweihundert Mal freundlich die Hand gedrückt. Und zweihundert Mal war ich sehr erfreut.

Demeter Csillogó, sprich der Schillernde, seines Zeichens

Redakteur des Lokalblatts, hängte sich vertraulich bei mir ein.

»Herr Kollege, Sie würden mich sehr verpflichten.«

»Bitte sehr?!«

»Einen kleinen Beitrag! Für die nächste Nummer bitte ich Sie um einen hübschen kleinen Beitrag.«

Ich habe ihn dem netten Kollegen zugesagt.

Der unerfreuliche Teil des Abends – schon das Bisherige war mir unangenehm genug – kommt jetzt.

Die besorgten Mamas sprengten den Ball. Ich hatte einigen jungen Damen ein paar durchaus konventionelle Komplimente gemacht. Vielleicht hatten sie etwas zu viel hauptstädtische Würze. Mag sein, jedenfalls begannen die Mütter mit roten Köpfen laut zu protestieren.

»Er will dir nur den Kopf verdrehen, Rosi!«, rief die Frau des Bürgermeisters.

»Ein Skandal!«, sprang ihr ein älterer Mann zur Seite.

»So etwas gehört sich nicht!«, setzte eine alte Jungfer hinzu.

»Wir sind hier nämlich nicht ›Solche‹! Nein!«, ereiferte sich Frau Balló, die Gattin des Richters beim Kreisgericht.

Die Herren dagegen bildeten lachend einen Zirkel um mich.

»Lassen Sie nur. Nichts Besonderes. In Gesztenyés endet jeder Ball so«, tröstete mich ein gesetzter älterer Herr, dessen Namen ich vergessen habe.

Auch Vük sah mir gut gelaunt in die Augen.

»Kümmern Sie sich nicht um die. Ein stockdummes, gottverlassenes Nest, dieses Gesztenyés; sehen Sie, so benimmt man sich hier.«

»Zeig's ihnen nur, Kollege!«, schrie Csillogó, der schon ein wenig beschwipste Redakteur des Lokalblatts.

Ein blonder, hochgewachsener Herr, der sich nur als »Sekretär« vorgestellt hatte, beugte sich vertraulich an mein Ohr:

»Pflegt der Herr gelegentlich zu callabrieren?«

Es ging vermutlich schon auf Mitternacht zu, denn die Zigeuner spielten bereits den Souper-Csárdás.

»Sehr gelegentlich, also selten.«

»Lassen Sie diese Bagage doch stehen«, sagte der Sekretär. »Kommen Sie, spielen wir eine Partie.«

Ich ließ mich überzeugen und folgte ihm.

Bald musste ich erfahren, dass man in Gesztenyés sehr erfolgreich jede Art des Kartenspiels pflegte. Der Sekretär gab, ich hob ab, er goutierte sein Blatt; morgens um drei war ich davon überzeugt, dass Gesztenyés tatsächlich ein sonderbares Nest ist. Eine Stunde später war ich schon so ausgeplündert, dass ich anderntags um acht noch ganze zweiundvierzig Kreuzer besaß, als ich es mir in einem Coupé des in Richtung Budapest fahrenden Zuges bequem machte und Gesztenyés für immer Adieu sagte.

Das ist die zweite – und vermutlich letzte – Geschichte, die ich meinem Porträt verdanke.

Doch seither erkläre ich, wann immer jemand behauptet, er habe da oder dort mein Porträt gesehen, diesen Vorwurf zur infamen Verleumdung. – Leiden ist schließlich keine Bagatelle!

(1896)

Die Frau mit den grünen Strümpfen

Miesmann fristete sein Leben in Budapest längere Zeit damit, dass er ältere Damen beriet, sich ihrer kleinen und größeren Sorgen annahm, ihnen einen Arzt besorgte, eine Kleinanzeige aufsetzte, wenn das Dienstmädchen gewechselt werden musste, der Schoßhund abhanden gekommen oder streunen gegangen war; Miesmann behielt für sie die Zahlen des Brünner Lottos im Auge, notierte die Losnummern der Klassenlotterie in seinem Notizbüchlein, schrieb in ihrem Auftrag Beschwerdebriefe an säumige Handwerksmeister, telefonierte mit der Gasgesellschaft, die Uhr hat er manchmal gleich selbst repariert, und falls erforderlich, beschimpfte er auch den Hausmeister als argen Lumpen. Miesmann war zur damaligen Zeit schon mit einem Bein im Ruhestand, schmarotzte ständig bei den Frauen, trug den Tänzerinnen ihre Schuhe nach, strich um die Garderoben der Schauspielerinnen herum, nahm sich der frisch aus der Provinz gekommenen Mädchen an, die sich in der Hauptstadt noch fremd fühlten, besorgte den Schneiderinnen Kundschaft, war mit alten Kellnern per Du, half, die Fasanen aus dem Vorjahr zu verkaufen, und drückte sogar ein Auge zu, wenn die Rechnung der Gäste etwas überhöht war. Er unterstützte jedes Blumenmädchen und die Kaffeehaus-Pianisten. Die Fiakerkutscher grüßten ihn, wenn er in Gesellschaft war, schon von Weitem. In manchen Sommernächten saß er gegen Morgen auf einer Bank am Andrássy-Boulevard, fragte die aus den Lokalitäten des Stadtwäldchens heimkehrenden Mädchen über die konsumierten Champagnermarken und über die Liebhaber aus; alles, was mit dem Nachtleben zu tun hatte, fand sein Interesse, gelegentlich trat er mit seinem Spazierstöckchen vor ein Fiakergespann, wenn er darin betuchte Bekannte entdeckte. Besonders abgesehen hatte er es auf den raizischen Millionär, dessen Anwesenheit in der Hauptstadt ihm seine Zuträger sogleich meldeten. Miesmann sah auf seiner Bank am Andrássy-Boulevard, seiner Sache gewiss, auf die Uhr und erwartete unter den schimmernden Morgenwolken, die über das Stadtwäldchen zogen, die braunen Füchse des Serben. Der Raize, wie man einen Serben damals nannte, war bis zum Morgen stets volltrunken und folgte Miesmanns Anordnungen ohne Widerrede. Er kramte seine Brieftasche hervor und übergab ihm das Darlehen. Miesmann steckte mit einer gewissen Erregung das Geld ein und befahl anschließend dem Kutscher seelenruhig:

»Bringen Sie dieses Schwein nach Hause!«

Auch stöberte er gern in den Taschen seiner Bekannten, sobald diese bei einer allzu feuchtfröhlichen Lustbarkeit eingenickt waren, die Ohren der Damen küsste er nur, um dabei die Verschlüsse der diamantenbesetzten Ohrringe in Augenschein zu nehmen; er kannte jeden Gassenhauer und besaß einen wehmütig klingenden Bariton, doch verachtete er jedermann, spottete über alle und redete ihnen übel nach, er war charakterlos wie ein Zigeuner-Acteur in Saloniki und weise wie ein Eremit, der nur von Baumrinde lebt, doch konnte er verliebt sein wie ein Barbiergehilfe oder ein Dichter. Im Winter schlich er um die Tische der Kartenspieler, spionierte Familiengeheimnisse aus, erpresste die Falschspieler, stritt mit seinen Gläubigern bis aufs Messer, seinem schmächtigen Schneider nötigte er dank seiner körperlichen Überlegenheit sogar einen neuen Anzug ab. Und dem Kaffeekoch vom Land drohte er, seine Frau verführen zu lassen, nachts schlich er geräuschlos an den Hauswänden entlang heimwärts – niemand wusste, wo er wohnte –, und er dachte oft daran, sich bis zum Morgen das Leben zu nehmen. Aber er verabscheute den Tod genauso wie das Leben. Liebte kühle Stuben, wo er an Sommernachmittagen ohne Hemd und Hose rauchen konnte, er mochte Menschen, die er nicht kannte, also solche, die tagsüber leben und für die Familie anständig und in Ehren arbeiten, er liebte Frauen, über die er nichts Schlechtes zu sagen wusste, die sich nicht modisch kleideten, sondern in ausgetretenen Schuhen gingen, Kinder aufzogen und im abgetragenen Hauskleid daheim saßen. Jede Nacht ließ er sich auf Kosten seiner Freunde mit den erlesensten Getränken bis zum Hals volllaufen, obwohl er den Champagner aus Frankreich hasste, lieber hätte er einen leichten Sommerwein mit Sodawasser getrunken, nur wenige Gläser auf der Veranda eines Bauernhauses. Wenn er gelegentlich zu Geld kam, ging er, weit weg von seinem Wohnviertel in der Josefstadt, in Wirtshäuser, wo er es genoss, dass man ihn für einen anständigen Menschen hielt, der nach seinen drei Achteln heim und ins Bett geht. Er politisierte ausgiebig mit den Bürgern, spielte mit den Hausierern und diskutierte über die städtische Bautätigkeit; leider ergaben sich solche Geselligkeiten im Leben von Miesmann jetzt seltener, immer mehr Stunden musste er, um in diesen schweren Zeiten zu überleben, in den nächtlichen Amüsiervierteln verbringen. Viel lieber hätte er sich am Morgen rasiert, und auch nur an Sonntagen wie die Männer auf dem Land, doch er musste jeden Abend zum

Barbier gehen! Die Zigeunermusik hasste er inzwischen so sehr, dass er dies nicht den fiedelnden Musikern, sondern sich selbst übelnahm. Er war fünfzig und trug Halbschuhe mit erhöhten Absätzen, färbte sich das Schnauzbärtchen und die Haare, polierte seine Fingernägel und rauchte teure Zigarren, dabei bereitete ihm der Duft des Eau de Cologne geradezu physische Schmerzen.

Diana, die Blumenfrau des Etablissements, die einer verwelkten Kamelie ähnlich sah, bat Miesmann eines Morgens im verwaisten Tanzsaal, als von draußen noch das Poltern der davonfahrenden Kutschen zu hören war:

»Kommen Sie doch morgen Nachmittag zu mir, Józsi-Bácsi, ich benötige einen guten Rat von Ihnen.«

Diana empfing den Gast, der sonst nur in Häusern mit junger Weiblichkeit bei flüchtigen Liebschaften anzutreffen war, ein wenig gerührt und in einem schwarzseidenen Hausanzug. Ihr Zimmer war schlicht bürgerlich möbliert, über dem Bett das Bild der Muttergottes, an der Wand ein Behälter fürs Weihwasser, darin noch ein Zweiglein vom Palmsonntag; von vergilbten bäuerlichen Fotografien blickten sonderbare Menschen herab, altmodische Frauen, aus der Ecke, in der die mit einer bestickten Zierdecke geschützte Ottomane stand, meldete sich ein Hanfkörner knackendes Vögelchen in seinem grünen Käfig; als Diana den Kleiderschrank öffnete, um Briefe hervorzukramen, strömte ländlicher Duft daraus hervor.

(Miesmann entdeckte auch noch eine schwarz gerauchte Meerschaumpfeife, mit der sich ein Bauer oft sein Leben lang die Zeit vertreibt. »Sie hat meinem Vater gehört und ist das einzige Erinnerungsstück an ihn«, und sie nahm Miesmann die Pfeife aus der Hand.)

»Also, worum handelt es sich?«, fragte er und ließ sich in einem Ohrensessel nieder. »Du weißt doch, dass ich wegen irgendwelcher blöder Weibergeschichten nur sehr ungern schon am helllichten Tag aufstehe!«

Gerührt stimmte ihm Diana zu:

»Gerade deswegen habe ich mich doch an Sie gewandt, Józsi-Bácsi. Weil ich weiß, dass Sie ein ernster Mensch sind. Meine jüngere Schwester, die Lehrerin, heiratet.«

Wie die meisten besonnenen Menschen sagte auch Miesmann einen Augenblick lang keinen Ton. Die Lehrerin war jene ganz Bestimmte, die in seinem Herzen seit etwa zehn Jahren genau das Eckchen einnahm, das auch bei den Gehenkten ein heiliger, unberührter Platz bleibt. Dieses Kämmerlein gibt es im Herzen des Menschen schon von dem Augenblick an, da er das Licht der Welt erblickt, und es hat die Aufgabe, in der Stunde des Todes, während der müden Minuten des Sterbens, dem Scheidenden Trost, Ruhe und eine letzte Nische für seine Gedanken zu bieten. Miesmann hat die Lehrerin zuweilen – zur Winterszeit, wenn der Tag spät anbricht – von Weitem verfolgt, wenn sie bei Schneetreiben zur Schule unterwegs war.

Einmal hatte er Glück, durfte ihr vom Omnibus herunterhelfen. Damals trug die Lehrerin grüne Strümpfe. Im Herzen von Miesmann hat sie seit diesem Morgen immer grüne Strümpfe getragen, mal waren sie hellgrün wie das Wasser des Bächleins am Waldessaum, mal dunkelgrün wie die Wiesen im Abendwind. Gewiss haben sich diese Strümpfe sanft an die ganz sicher schönen sauberen Beine geschmiegt. Ach, hätte Miesmann nur einen einzigen Kuss auf ihre fleißigen Hände drücken dürfen, auf die Hand, die täglich schöne runde Buchstaben an die schwarze Schultafel schreibt und hübsche Kinderköpfe streichelt, für einen Lohn, um den man beschwipsten Tänzerinnen Blumenbuketts zu kaufen pflegt, damit sie sie auf dem Heimweg lachend aus dem Wagenfenster werfen. Vielleicht trug diese Frau mit den grünen Strümpfen Schuld daran, dass Miesmann so gern ein ordentlicher, anständiger Mensch geworden wäre. Die billigen Strümpfe, die kleine Lehrerin, sie haben den alten Betyár oft fast zum Weinen gebracht, besonders wenn er sich wieder einmal etwas hatte zuschulden kommen lassen ... Wie schade, dass er nie ein paar Worte mit der Lehrerin gewechselt hatte!

»Also, hier ist die Fotografie des Bräutigams, da sind seine Briefe«, erklärte Diana. »Ich weiß, Józsi-Bácsi würde niemals zustimmen, dass Margareta eine schlechte Partie macht.«

Miesmann schüttelte immer noch stumm den Kopf. Mein Gott, zum allerletzten Mal – vor einem Jahr –, sie war wie eine kleine Schwalbe, als er sie im Omnibus sah. Einen winzigen schwarzen Schleier vor dem Gesicht, die Hände in billigen Handschuhen, ihre Schuhe etwas strapaziert und der schwarze Rock ein wenig glänzend vom vielen Sitzen auf dem Katheder. Ach, wie schön wäre es, Kind zu sein und bei ihr in der Schulbank zu sitzen!

Später ging Miesmann zum Fenster, er litt es nicht, dass Diana ihren Blick so beharrlich auf ihn richtete, holte eine Brille in schwarzer Fassung hervor und las aufmerksam und nachdenklich die Briefe des Postangestellten. Nachdem er auch das letzte Schreiben ins Kuvert zurückgesteckt hatte, nickte er ernst und sagte mit Überzeugung:

»Mir scheint, der Postangestellte ist ein ordentlicher Mensch.«

»Also sollten wir Margareta mit ihm verheiraten?«, fragte Diana immer noch zweifelnd.

»Besser mit dem als mit einem verrückten Komödianten oder Kaffeehaus-Pianisten«, antwortete Miesmann indigniert.

Diana griff mit beiden Händen nach Miesmanns Rechter: »Danke, Józsi-Bácsi! Wir, unsere Familie, meine Freundinnen und die ernsthafteren Damen der Nacht, wir alle wussten, dass Józsi-Bácsi sich für meine Schwester interessiert.« (Miesmann winkte ab.) »Und wir alle waren der Meinung, wir sollten Sie fragen, Ihr Einverständnis zu dieser Ehe einholen.«

»Ja, natürlich, gebt sie ihm nur, dem Postler. Ich glaube, er ist ein anständiger Kerl«, sagte Miesmann resignierend.

Seit diesem Ereignis hat József Miesmann stark an Ansehen bei den Damen gewonnen, die zwar einem nächtlichen Beruf nachgehen, doch in ihrer Moral alle anständig geblieben sind. Die Blumenverkäuferinnen, die Frauen, bei denen die Tänzerinnen Quartier haben, die Schneiderinnen, die ihnen die Kleider nähen, ja auch die Besitzer der Etablissements begegneten dem selbstlosen Miesmann mit einem gewissen Mitgefühl. Von jetzt an wurde er stets nach seiner Meinung gefragt, wenn es um wichtigere Dinge ging, und man griff seine Empfehlungen mit Freude auf. Es schien, als hätte er mit dieser einzigen Tat, indem er auf die Frau mit den grünen Strümpfen verzichtete, alle Sünden seines Lebens abgebüßt.

(1914)

Pest

In den Reisebüchern steht über Budapest geschrieben, dass die Stadt eine prachtvolle blühende Jungfrau an den Ufern der alten Donau sei. Und im Frühling dufte sie nach Veilchen wie die Damen auf dem Pester Korso. Zur Herbstzeit aber bestimmt Buda die Stimmung der Stadt. Kastanien fallen klatschend auf die Bastei-Promenade, in der fast ländlichen Stille hallen vom Garten des Kiosks Melodiefetzen der Militärkapelle herüber, der Herbst und Buda sind von derselben Mutter geboren.

Ich bin vor fünfzig Jahren in die Stadt gekommen, wie ein Jüngling aus einem Dumas-Roman mit einem Taler in der Tasche und den unbeschreiblichen Ambitionen eines Sechzehnjährigen. Der Zug kam in den frühen Morgenstunden an, und schon in der Vorstadt, in Rákos, spürte man den Geruch von Budapest in der frühherbstlichen Luft. Damals sorgten noch Fabrikschlote und die mit Grünzeug, Obst und Gemüse handelnden Marktweiber für das Odeur der Stadt. Auf der Kerepeser Straße fuhr die Pferdeeisenbahn, und die Gäule wurden von so eisgrauen alten Kutschern gelenkt, dass man den Eindruck haben konnte, hier läge ständig herbstlicher Raureif über allem. Zuweilen ertönte, wie in alten deutschen Städten, auch ein Horn, und in der Váci-Straße sorgte die *Alte Krone* für Bier- und Würsteldunst. In der *Uhr* saßen allabendlich die altmodisch gewandeten Ladeninhaber, und in der Pariser Gasse dekorierten sechzigjährige Putzmacherinnen die

Hüte ihrer Kundschaft. Ach, war dieses Budapest damals eine vergreiste Stadt! Und das Fräulein Schneider daselbst die allerschönste Dame.

Fány Schneider wohnte in der ehemaligen Hut-Gasse und saß den ganzen Tag vor dem Spiegel. Sie hatte so blondes Haar wie die Wachspuppenköpfe in den Fenstern der Coiffeure – »Pariser Blond« nannte der Kenner einst dieses rötlichblonde Haar –, dazu einen weißrosa Teint und Augen so blau wie die Donau bei Wien. Meine allererste Geliebte. Für mich war sie der Inbegriff von Liebe und, selbst als Dame von Welt, mir zugetan, meine Gönnerin und Erzieherin zugleich, das Fräulein Schneider. Ich hatte bei ihr ein kleines Zimmer gemietet, vor dessen Fenster zum Hof im Frühling der Essigbaum blühte und im Winter, dick in Stroh gehüllt, ein eiserner Brunnen stand, sein Pumpenschwengel quietschte, als würde irgendwo ein sangesfreudiger, sehr alter Mann vor sich hin tirilieren. Die Möbel hatten allesamt nach außen gestellte Beine wie Möpse, gehäkelte Deckchen waren über jedes erdenkliche Möbelstück gebreitet. An den Sonntagen erklang im Speisezimmer eine alte Spieluhr, und auf dem Bücherbord prangten Kisfaludys in Rot und Gold gebundene Abenteuergeschichten aus der ungarischen Vergangenheit. Das Fräulein Schneider hielt sich einen in Rosenholz gefassten Spiegel vors Gesicht und war in einen schmucken Offizier mit weißem Überwurf verliebt, der bei Mailand lag. In Büchern und Romanen sind die Zwanziger- und Dreißigerjahre – des 19. Jahrhunderts – längst abgehandelt, doch noch vor zwanzig Jahren konnte man in der Hut-Gasse an dem einen oder anderen alten Kavalier den blauen Frack der napoleonischen Zeit entdecken. Als gingen dort die

Uhren fünfzig Jahre nach, und Fräulein Schneider sah mir gedankenverloren in die Augen.

»Möchten Sie nicht auch Soldat sein? Dichter und Soldat in einer Person?«

Ihre Kleider dufteten stets nach Flieder, sie führte Tagebuch und ging sonntags in einem weiten geblümten Rock zur Kirche. Nach der Messe kamen verschiedene Onkel, die Fredi und Henry hießen, sowie Tanten, die als Suzanne und Rosi angeredet wurden, zu Besuch; am Nachmittag erschien ein Offizier in schäbigem Waffenrock und Weitschaftstiefeln, wie man sie auf Provinzbühnen trägt, zur Visite. Den Offizier ließ Fräulein Schneider schon mal im kleinen Salon in Gesellschaft der hundert Mal betrachteten oval gerahmten Fotografien und Alben warten, bis sie ihre Toilette beendet hatte. Ihr Antlitz war wie aus feinem Porzellan, sie bewegte sich mit Trippelschritten, hielt den Fächer in der Hand und konnte beeindruckend tief seufzen; das kurze Viertelstündchen, welches nachmittags, also zwischen dem Anzünden des Petroleumlichts und dem Abend, die Zeit überbrückte, verbrachte sie genauso mit Küsschengeben und Händchenhalten, leisen Schwüren oder indem sie das Köpfchen sanft auf eine Männerschulter legte, wie dies zu Anfang des vergangenen Jahrhunderts jedes Fräulein tat, das etwas auf sich hielt und den ›Himfy‹-Zyklus oder Lord Byron gelesen hatte.

Als hätte das Leben in der einstigen Innenstadt keinen anderen Sinn als den Sonntagnachmittag! In die sonderbaren Stuben dieser alten Häuser senkt sich weich die Abenddämmerung hinter die weißen, wie Schmetterlingsblüten gerafften Gardinen und die krummbeinigen Stühle, die in der nachmittäglichen Nüchternheit sonst mit respektablem

Abstand voneinander herumstehen, rücken auf unsichtbaren Rädern näher zusammen. Durch die gewundenen Gässchen schlurfen vermummte, knorrige alte Frauen und Männer, aufrecht wie die Initialen alter Bibeln, von der Vesper nach Hause, in den Fenstern erwachen hinter gewölbten schmiedeeisernen Körben für Augenblicke die auf die Scheiben geklebten farbigen Zeichnungen zum Leben, ganz so, als ginge auf der rosa Bühne der Vorhang hoch. Ein schmuckes Jagdhaus steht irgendwo, und aus dem kranzförmigen Wald hallt schwermütig das Jagdhorn ... In einem alten deutschen Städtchen rückt ein Regiment in ein fernes Land aus, die Militärmusik schmettert Märsche, die Soldatenröcke sind weiß, und der Tambourmajor wirft den Trommelschlägel in die Luft ... Oder es ist Tanz in den Mai, und der Frühlingswald duftet nach Maiglöckchen, die Schützen tanzen Walzer mit den Damen des Städtchens, unermüdlich intoniert die Bürgerkapelle den ›Klapka-Marsch‹.

Das Fräulein Schneider war bei solchen Reminiszenzen stets eine junge Dame und mit Henry in der bequemen Postkutsche nach Venedig unterwegs, dorthin, wo das Meer so schön blau schimmert.

Jungen Männern konnte man damals in Pest kaum begegnen, der weiße Vollbart und die rote Nelke des Frigyes Podmaniczky gaben der Stadt ihren weltmännischen Anstrich. In den verwinkelten Gässchen rüttelte der Wind an deutschen Zunftschildern, und ich hätte getrost damit rechnen können, dass mir der berühmte Notar von Peleske aus einem Seitengässchen entgegentritt – als hätte sich in der Stadt seit seinen Lebzeiten rein gar nichts verändert. Die Patrizierfamilien der Inneren Stadt beharrten noch demonstrativ auf ihrem Deutschtum, in den Kaffeehäusern lasen nur die aufsässigen Juristen ungarische Zeitungen, und danach gingen sie in den Museumsgarten zum Krachmachen. Der Patriotismus zeigte sich in der Stadt auf eigenartige, fast komische Weise, man trug zwar am Zylinder keine Hahnenfeder mehr, doch der Führer der Jugend hing immer noch den Parolen des Revolutionärs Szücs an. Die Pester Bürger amüsierten sich über die Späße der jungen Juristen. Auf der von ziemlich desinteressierten Bürgern bevölkerten Ringstraße, wo die heutigen Paläste damals noch unfertig als magere Skelette herumstanden, hatte ein Schuster die schönste Auslage, weil sie von gleich drei Lampen beleuchtet wurde, und die Urväter der eleganten Handlungsreisenden von heute gingen damals noch in Stiefeln und ungarischen Beinkleidern; der allerteuerste Hut in der Kronprinzenstraße kostete dreißig Forint, und der alte Stefan Kleh war der genialste Sparkassendirektor der Stadt.

Ach, wie still und alt war doch diese Stadt vor zwanzig Jahren! Plakate, die Damen vom Theater mit Dekolleté zeigten, wurden von der Polizei verboten, nur die Strizzis und die Schauspieler trugen bunte Hosen, Mädchenpensionate und Elementarschulen waren in hundertjährigen Gebäuden untergebracht, durch deren Dächer es hineinregnete, das Fahren wie das Gehen in den Gassen war beschwerlich, weil ständig Pflastersteine neu verlegt wurden – darüber habe ich mich in all den Jahren am meisten gewundert.

Vielleicht sind diese wie Zugvögel dahinfliegenden Jahre der Grund, dass man heutzutage in Pest kaum noch alten Leuten begegnet, denn jene Alten, die die hereinströmende neue Stadtbevölkerung einstmals schroff ablehnend oder zumindest mit viel Argwohn empfangen haben, gibt es nun nicht mehr. Die Ladenbesitzer in den Gassen, die es seinerzeit auf Kunden vom Land abgesehen hatten – Advokaten, Provisionsagenten, die sich mit scheelen Blicken in die Reihen der Neubürger drängten und die auf dem Land ohnehin schon pleitegegangenen Neu-Pester mit wertlosen Aktien und anderen unredlichen Geschäften hereinzulegen versuchten –, liederliche Frauenzimmer, die den ahnungslosen Landpfarrer zum Pfeiferauchen in die »Auslage« setzten, durchtriebene Ganoven der Nachtcafés, welche die Bauernfängerei noch in der Manier der Fünfzigerjahre am Spieltisch mit dem Champagner des zweifelhaften Lokals oder hinter den Röcken der Tänzerinnen betrieben – sie alle sind längst vergreist, abgetreten, ihre ordinären Stimmen stören die Stille der Kaffeehäuser nicht mehr. Auch heute sind solche Figuren in Pest nicht besser, dafür aber jünger und ansehnlicher. Was für Witzfiguren würden die Gecken von der Váci-Straße aus den Achtzigerjahren des alten Jahrhunderts heute abgeben!

Angefangen hat es auf der Ringstraße – wo sich diese Klondike-Jünglinge in den Kaffeehäusern einnisteten, wo man die ersten englischen Brocken zu hören bekam und ein allererster vorgeblich Amerika-erfahrener Maulheld das Sternenbanner entfaltete: Runter mit den Bärten!

Als ob die Barttracht der Männer die Stadt in ihrer Entwicklung behindert hätte! Die Barbiere wetzen ihre Messer, und die Stadt beginnt sich plötzlich zu verjüngen, zu wachsen und sich emporzuschwingen. Mit der angelsächsischen Mode bürgern sich amerikanische und britische Gewohnheiten ein, der noble Pferderennsport wird in verräucherte

Kaffeehäuser der Innenstadt abgedrängt, in die sämtliche Jockeys zum Zechen und Billardspielen gehen, auf der Ringstraße ertönt, wie das Trompetensignal heransprengender Reiter, das Fanal des körperertüchtigenden Sports. Noch sind die Husaren nicht im Blickfeld, werden vom aufwirbelnden Staub verhüllt, doch da und dort blitzen schon die Helme, und die berauschendste aller Sportarten kündigt sich an: der Fußball.

Nach den krumm-lässigen Dandy-Figuren der Achtzigerjahre, diesen mit ihrem Weltschmerz kokettierenden, auf eklige Weise vornehm tuenden jungen Männern an der Ecke der Hatvany-Straße erscheinen plötzlich breitschultrige, englisch gekleidete, sauber rasierte junge Herren in der Stadt. Der in Mode gekommene kurze Doppelkragen betont vorteilhaft die Nackenmuskulatur, an jeder Ecke hängen Zahnärzte ihre Ordinationszeiten hinaus, denn die vernünftige neue Ernährung erfordert ein gesundes Gebiss. Zuversichtliche junge Leute gehen zum Studium ins Ausland, Tageszeitungen schießen aus dem Boden, rütteln die Pester aus ihrem trägen, gleichgültigen Leben. In bislang stillen, ausgestorbenen Gassen erscheinen Pariser Auslagen, und quietschend rast ein Automobil an staunend gaffenden Droschkenkutschern vorüber. Wo hundert Jahre lang alte bis greise Bürger der Inneren Stadt den Alltag bestimmten, hat nun die Jugend ihre Herrschaft angetreten. Unter den leuchtenden Laternen wagt der Nachtwächter nicht mehr die Uhrzeit zu verkünden, und statt des morgendlichen Hahnenschreis reißt am Sonntag der schrille Pfiff eines Sportlertrupps Studenten und junge Arbeiter aus dem Schlaf. Mit Edisons schnurrenden Filmrollen gelangen nun Bräuche und Sitten fremder Völker, großartige Berichte von Reisen, die Kolosse von Ozeanriesen greifbar nah vor unsere Augen. Die Dampfloks der Pacific-Eisenbahn brausen vorbei, und die Niagarafälle donnern zu Tal. Ein zehnjähriger Junge kann an einem einzigen Abend die Überquerung des Atlantiks hinter sich bringen. Schade nur, dass stillose Geschäftemacher aus der großartigen Erfindung des amerikanischen Genies dumme und alberne Theaterklamotten fabrizieren, die den Pester Geschmack um Jahre zurückwerfen.

Obwohl es nun schon auf den Spätherbst zugeht, kann heute jeder beglückt durch Budapest wandeln. Aus einer mürrischen, nach Moder riechenden Stadt alter Menschen, in der bestenfalls eine an Kirchweihfeste der Schwaben erinnernde Drehorgel die lebendige Große Welt verkörperte, ist die funkelnde Stadt der Jugend siegreich hervorgegangen. Der frische Klang junger Hämmer, die Tatkraft begeisterter Männer und das präzise Werk flinker Arbeiterhände hallen aus den letzten Jahrzehnten wider. Tagsüber wurde stets gebaut, die Türme auf den Palästen strebten der Sonne entgegen, und nachts, als hätte man etwas zu Grabe getragen, transportierten unendliche Leichenzüge das vermoderte Material aus der Stadt – Überreste verblichener Menschen, verrotteter Häuser, uralter Gassen und Gewohnheiten.

Schade, dass in dieser wunderbaren Stadt, wo die Frühlingssonne auch im Winter oft über den Palästen strahlt, in dieser Stadt der gepflegten Männer und der allerschönsten Frauen – in ihren Augen funkelt die tiefe Nacht des Morgenlandes, und ihre Kleider verströmen das Parfüm eines raffinierten französischen Geschmacks, die willensstarken Männer wirken dagegen etwas hölzern, als hätten sie sich erst vor nicht allzu langer Zeit den Goldgräberschmutz von den Händen gewaschen –, ja, schade, dass bei der Arbeit am Amboss Herzensbildung und die Läuterung des Geistes etwas zu kurz gekommen sind.

Die Herzen nämlich, sie sind hier so traurig!

(1918)

Über den Dächern – Abschied vom alten Jahr

Von meinem Fenster aus blicke ich über die Dächer. Auf zylinderförmige Rauchabzüge, Dachluken und auf ein befremdliches Stangengewirr von Fernsprechleitungen, die wie langbeinige Watvögel die Dachlandschaft bevölkern und die Stimmen und Botschaften der Budapester von einem Stadtviertel ins andere transportieren. Zwischen diesen modernen Stelzenläufern dicht an dicht gespannte Schnüre, sie sind die Stimmbänder der Stadt. Während sich der matte Nachmittag wie ein müder Soldat auf der Landstraße zum Ausgang des Jahres dahinschleppt, erscheint zwischen den in Nebel, Rauch und Winter eingetauchten Türmen der Alleebäume weit entfernt wie im Märchen das Stadtwäldchen. In der herabsinkenden Dämmerung entschwinden langsam die Dächer und Rauchfänge nah und fern, als wollten sie sich wie Flöße einzeln über dunkle Wasser auf den Weg machen: Die aufgepflanzten Eisenstäbe stehen starr, mit weit gespreizten Beinen, die Stimmen der Stadt schulternd, diesen nie versiegenden Strom, der wie ein immerwährender Windhauch Tag und Nacht durch die Leitungen über der Stadt fließt. Unermüdlich kriecht und strömt das weltstädtische Stimmengewirr über die Dächer, vermittelt Geschäfte, transportiert Befehle, befördert Botschaften von Verliebten, trägt Klatsch und Weibergeschwätz hin und her.

Ja, wenn die Stimmen über den Dächern plötzlich zu leben begännen und die Kontakt miteinander Suchenden sich mit den Zeichen ihrer Zunft präsentieren würden!

Der Krämer mit der Dezimalwaage, der Anwalt mit dem Gesetzbuch, die Oma mit dem Strickzeug, Vázsonyi mit seiner eisernen Faust, mit Brille der Tisza, die Bürgerwehr mit der Hellebarde, die Dame mit ihrem neuen Hut, der Held des gestrigen Theaterabends in schneeweißer Reithose, die Schulmädchen mit ihren Ranzen, mit den Kursen die Börsianer, Feldzeugmeister Höfer mit dem Säbel, der Kanzler mit Helm, das niemals endende Geschwätz der Pester besten Freundinnen wie Kunstblumen, die Laternen der Lohndroschken als Wahrzeichen für ein Rendezvous, mit ihren Hausnummern die Garçon-Absteigen und das blutunterlaufene Auge für die betrogene Frau und den hintergangenen Mann … und noch so manches mehr wäre in der Dämmerung des winterlich ausklingenden Jahres unter den Masten der Telefondrähte zu erspähen. Wann wird wohl der friedliche Stern von Bethlehem zwischen den Leitungen aufleuchten, mit dem auf unsichtbaren Taubenschwingen die lang ersehnte Botschaft zu uns gelangt? …

Das Jahr ist zu Ende – die Seelenhirten listen ihre Toten auf, die in diesem Jahr zu bestatten waren –, und schon zum dritten Mal rollt Silvesters holperndes Gefährt die Landstraße hinunter, um sogleich hinter den Hügeln zu entschwinden: Die Gottesdiener stehen ratlos vor ihren Kirchenregistern. Denn wie könnte man mit Gewissheit sagen, wer von den Lebenden noch am Leben und wer unter den Verstorbenen schon tot ist? Die Grabregister sind dünner geworden, die Totengräber in Stadt und Land sitzen meist in den Schenken herum, und auch der Alt der Kantoren ist kaum mehr zu vernehmen, denn die würdige Beisetzung in der Heimat ist rar geworden.

Wenn sich in den stillen Nachtstunden die Fernsprechdrähte gelegentlich über die treulosen Damen der Stadt austauschen, über die Eitlen, die Betrüger, über Gute und über die Engel – denn diese metallenen Fäden da oben wissen ja mehr über Budapests Geheimnisse als einst der hinkende Teufel im Turm über Madrid –, dann erinnern sie sich vielleicht auch an die, deren Stimmen sie nie mehr transportieren werden. Auch wenn man sie noch gestern singend befördert und dann auf dem Sterbebett verabschiedet hat (ob wohl auch Sterbende telefonieren?). Sie sind fortgegangen, hinaus aus der Stadt, und haben sich ins Gras gelegt, während die anderen weitertelefonierten, die Eisenbahndämme entlang.

In diesen Tagen ist die alte Dame, die in Budapest am meisten telefoniert hat, endgültig verstummt. Sie hieß Júlia Matkovics und war fast dreißig Jahre in der Telefonvermittlung tätig. Gern hätte ich sie gekannt und mich mit ihr unterhalten, bevor sie starb.

Was diese Frau in den dreißig Jahren wohl alles mit angehört hat, worüber die Leute in Budapest reden! Mit der Telefonmuschel in der Hand konnte sie der sich rapide entwickelnden, wachsenden Großstadt gleichsam ins Maul schauen, wie eine Mutter im Mund ihres Sprösslings das Zahnen verfolgt. Sie war es, die an einem Tag im Januar als Erste in Pest die für den Ministerpräsidenten bestimmte Kunde vom Tod des Kronprinzen Rudolf vernommen hat. Kossuth, die Königin Elisabeth starben, und das Fräulein vom Fernsprechamt schickte die Meldung von ihrem Ableben durch die Leitungen. In der Sándor-Gasse hielt Apponyi seine denkwürdigen Reden, und die Gräfinnen informierten sich gegenseitig über den Stand der Abstimmung zu den kirchenpolitischen Anträgen im Oberhaus. Sie hat die Stimme des Ministerpräsidenten Wekerle zum Zeitpunkt seines Sturzes wie bei seiner Wiedereinsetzung gehört. Trauernachrichten, Freudenbotschaften, die Kunde vom gezogenen Gewinnlos, von glücklichen Eheschließungen, Liebschaften, Kriegen, Sorgen und Kümmernissen drangen an ihr Ohr. Sie hörte tausend und abertausend menschliche Stimmen in Augenblicken des Leids wie der unerwarteten Freude. Keiner hat die unzähligen Modulationen der menschlichen Stimme so gut gekannt wie die alte Júlia Matkovics. Sie hörte das Spiel des Schmerzes auf der G-Saite, das Rot des freudigen Lachens, die grell gefärbten Lügen des gelangweilten Zeitungsschreibers über eine nachmittägliche Fuchsjagd, auch das Kichern der Tänzerinnen, die ihre Kavaliere suchten, die miteinander telefonierenden Damen der Nachtcafés, erfuhr, dass der Pfarrer gerufen wurde, um einem Kranken die Letzte Ölung zu geben, wie jemand die Rettung alarmierte, inzwischen lag eine Frau in den Wehen, und Elek Vörös, der Zigeunerprimas, wurde dringend am Telefon verlangt. In einem stillen Zimmer spricht jemand leise in die Muschel, und eine gelangweilte Dame hört sich im Bett die nicht enden wollenden geistlosen Sätze an. Verliebte wünschen sich gegenseitig eine gute Nacht, am frühen Morgen tönt aus zwanzig Leitungen die Nachricht vom nahenden Zug des Königs, unterdessen sucht eine Kinderstimme im Haus des Toten einen Dirigenten mit Pepitaweste, der angeblich nachts betrunken in die Donau gegangen ist … In Buda wird das Hentzi-Denkmal gesprengt, und eine sonore Stimme meldet den Vorfall nachts auf mysteriöse Weise dem diensthabenden Redakteur – als ob der Täter höchstpersönlich über den Anschlag berichtete, sogleich schrillen sämtliche Apparate der Polizeihauptmannschaft von Buda in der alten Telefonzentrale ... Gábor Baross trifft seine Verfügungen über das gesamte Eisenbahnnetz ... Die Millenniumsausstellung wird am Ufer des Stadtwäldchensees aufgebaut, und per Fernsprecher meldet jemand, dass es zum Handkuss gekommen ist. Wochenlang ist man auf sämtlichen Leitungen hinter Kecskeméti her – Kaiser Wilhelm erkundigt sich von der Budaer Burg aus nach der Gesundheit seiner Kinder –, der Zeitungsreporter verfolgt den Selbstmörder Todor Jakabfy auf seinem Weg und meldet ordnungsgemäß fernmündlich den Pistolenschuss in der Esterházy-Gasse – berühmte Duellanten, sterbende Staatsmänner, Pferderennen werden am Telefonhörer verfolgt – der Durchstich des Simplontunnels oder Blériots Kanalüberquerung, der Selbstmord des Mimen Vidor oder der Einlauf beim Wiener Derby: All das währte im Leben von Júlia nur wenige Sekunden. Auf der großen Schiffsschaukel des Schicksals steigt ein neues Schiffchen empor, wieder ertönt die Klingel, Ereignisse, Leben, Meldungen, Schreie erreichen die alte Frau jeweils in Form einer Stimme. Im Alltag dieser pflichtbewussten, fleißigen, gewissenhaft funktionierenden ältlichen Jungfer hörten sich Tausende von Stimmen an wie der brausende Lärm der Straße von einem hohen Turm aus. Gewiss war ihr manche Stimme von Pest schon vertraut, und ihre Hand stellte die täglichen Verbindungen mechanisch her – zwischen Verliebten, Freunden, Geschäftspartnern ... Helle, brummige, traurig trübsinnige, Respekt einflößende, empfindsame, lüstern-sinnliche Stimmen, wie die Menschen eben miteinander zu reden pflegten: Sie gelangten an die Seele des Fräulein Matkovics ungefähr so, wie man oben im fünften Stockwerk das Klingeln der elektrischen Straßenbahn vernimmt.

Sie hat so viel gehört und wusste doch gewiss so gut wie nichts von dem, was sie hörte. Das pflichtbewusste alte Mädchen dachte, wenn sie sich abends ihren Milchkaffee wärmte, sicher nicht an das, was die Gräfin mit dem Grafen besprochen hatte, nicht daran, wo der Kavalier im Stadtwäldchen auf seine leichtsinnige Liebste warten würde und was ein kleines Fräulein seiner Freundin anvertraut hatte … Das ganze bunte, tausendstimmige, verworrene, unzufriedene und unstete Pester Leben ließ sie hinter sich, wenn sie ihren Dienstkittel auszog. Vielleicht hörte sie am Abend nur noch die Spieluhr an der Wand und spülte ihre erschöpften Stimmbänder mit lauwarmem Kamillentee. Jetzt ist sie gestorben und hat dreißig Jahre interessanter, wahrscheinlich hochinteressanter Geschichten aus der sich ausdehnenden Stadt mit ins Grab genommen. Ob sie da unten wohl mitbekommt, wie man hier oben mit dem Durchschalten und Vermitteln weitermacht?

An diesem Abend des alten Jahres spannen sich, in Nebel und Dämmerung gehüllt, über den Dächern des Viertels die Leitungen wie Sorgenfalten auf Budapests Stirn. Die Rauchfänge, diese gedrungenen Kerle, schmauchen schläfrig vor sich hin wie breitschultrige Lebensmüde, die das Treiben der Stadt und der Straße gar nicht mehr kümmert. Blinde Dachfenster, an denen Zugvögel oder umherirrende Seelen vergeblich Einlass begehren, dulden mit spleenigem Gleichmut, dass vier Etagen tiefer auf der abendlichen Gasse Mädchen ihre entblößten Knöchel zeigen, die Augen der Frauen funkeln und die Dame ihr mit duftendem Reismehl gepudertes Haar ordnet. Hier oben tun nur diese starren eisernen Vögel kühl und teilnahmslos ihre Pflicht. Die Stimmen der Langeweile, der sprudelnden Geschwätzigkeit, das staubtrockene Knattern der Geschäftsgespräche, Worte von Liebe, Gleichgültigkeit, Unglück, Sünde, Leid, Hoffnung – alles, was es in einer Großstadt zu hören gibt, wird mit dem monotonen Brausen des Windes über die Dächer fortgetragen.

(1916)

Cello-Töne

Ach, wäre es schön gewesen, auf dieser Erde zu sein, als es keine Kriege gab, als allenfalls Herzschlag, Altersschwäche, ein ritterliches Duell oder Liebeskummer dem Leben ein Ende setzte.

Ach, wäre es schön gewesen zu leben, als der Ostermorgen noch duftete wie das Haar junger Frauen. Der Lenz auf dem durchweichten Boden barfuß wie ein taufrisches Bauernmädchen daherkam. Die Häuser neu geweißelt wurden und das Wasser unter den kleinen Brücken sich flink wie ein gutgelauntes Hündchen dahinschlängelte. Da, bei den frisch gekleideten Sträuchern, den frauenfarbenen Kirschblüten, wo betörte Vögel sich jagen, konnte der gelockte Jüngling mit bestimmten Worten und in erregter Erwartung das Händchen seiner Holden fassen.

Ach, wäre es schön gewesen, zu einer Zeit in Pest zu weilen, als die Damen noch in echten Krinolinen dahinschwebten, Verliebte geduldig auf die Zeit setzten und nach dem ersten Kuss jahrelang schmachteten, als es niemand außer der Pferdebahn eilig hatte, der Frühlingsspaziergang für jedermann ein Erlebnis war, der Mensch noch Zeit fand, nach dem Stand des Mondes zu schauen. Als man im Leben hinter kleinen Zielen und großen Belanglosigkeiten her war, es um Herzenssachen, Liebschaften ging und die Menschen sich schon Monate im Voraus auf Weihnachten und Ostern vorbereiteten, Pläne für allerlei kalendarische Gedenktage schmiedeten. Ich wäre zu Ostern immer nur im Stadtwald umhergestreift: Blumen pflücken, träumen, unter einem Baum Gedichte schreiben, das geschäftige Umherkrabbeln der Käfer beobachten, und gewiss hätte sich irgendwo in der Stadt auch ein Fenster gefunden, in das jemand meinen Blumenstrauß gestellt hätte.

Ach, wäre es schön gewesen, zu einer Zeit in Ungarn zu leben, als man das Königreich noch »irdisches Kanaan« nannte, Marias Mantel sich schützend über Berge, Täler und Felder breitete und man in der Nacht im Spiegel der Theiß das mit Sternen besetzte Himmelszelt bewundern konnte. Als jedermanns Tisch reichlich gedeckt war, glückliche Zeiten zum Bestellen der Scholle herrschten, als das funkelnde Nass von Tokajs Hügeln die Sinne verzückte, zu der Zeit, da der junge Frühling befruchtete, was der ungarische Sommer sodann heranreifen ließ. Als der Herbst noch rosarot gähnte wie der Flurhüter oben auf dem Berg.

Ach, wäre es schön gewesen, verkleidet zum Faschingsball in die alte Redoute zu gehen, sich vom Zigeuner Patikárius aufspielen zu lassen, die erbaulichen Reden des Ignác Nagy zu genießen, den großen Vörösmarty persönlich zu kennen und träumend durchs Leben zu wandeln, wie wir es seinerzeit ins Poesiealbum geschrieben haben. Einmal hinter einer dämonisch schielenden, sommersprossigen Frau herlaufen, dann wieder das müde Haupt nach strapaziösem Pharaospiel einer sanften Brünetten in den Schoß legen. Die rötliche Färbung des September, das Ziehen der Schäfchenwolken zu Ostern aus dem Fenster eines alten Bauernhauses betrachten, wo dir der Großvater in düsterem Öl von der Stubenwand in die Augen schaut, der sich noch mit Sorgfalt die Krawatte gebunden hat, um vielleicht gar von der Königin wahrgenommen zu werden. Im Winter Schlittenfahrten mit Schellengeläut, beim Franzosen die Locken brennen lassen, in romantischer Anwandlung unter der Loge einer Dame stehen, tanzen, hofieren, ein Amulett mit Billett bekommen, sich in schönen, gepflegten Worten ausdrücken, lachen, weinen, schmachten, wie ein Mondsüchtiger auf dem Balkon stehen und im Duell für eine Frau sterben.

Ach, wäre es schön gewesen, einem Papagei anzügliche Sprüche beizubringen, in einsamen Stunden Tagebuch zu schreiben, ein Kind der Liebe im Bauernhaus der Mutter zu wissen und es, heranwachsend, von einem zuverlässigen Meister im Reiten, Fechten, Schießen, Tanzen und Hofieren unterweisen zu lassen. Vom Melodram einer Wandertruppe gefesselt zu werden und zu aufregenden Tierhatzen an der Alten Kerepeser Straße zu gehen. Róza Laborfalvi hat einen Dreiecksvolant unterm Knie, die Sängerin trägt ein Nesselhemd, die Augen der Mimi de Caux gleißen, und der Maler Barabás bemalt uns auf Bestellung ein Elfenbeinplättchen mit der Figur einer berückenden Aktrice.

Ach, wäre es schön gewesen, im *Kammon*-Kaffeehaus auf grünem Filz das Billardspiel zu erlernen, mit Gyula Indali herumzuziehen, für den ›Damenkurier‹ eine Erzählung zu schreiben, auf dem Pferderücken zur Weinlese zu reisen und heutzutage nur noch als Stahlstich in der Beilage eines Modejournals zu erscheinen, mit weihwasserreinen, Pfingstrosenduft hauchenden, heiligenbildchengleichen Damen zu lustwandeln; ein Strumpfband zur Erinnerung geschenkt oder ein mit *Fanny* besticktes Schnupftüchlein verehrt zu bekommen; in der einstigen Váci-Straße ein Dandy zu sein, ein abenteuerlustiger, launiger, glücklicher oder unglücklicher Ritter der Frauen; hartnäckiger Spieler im *Türkischen Kaiser*, ein mitternächtliches Gespenst in den dunklen, verwinkelten Gässchen der Inneren Stadt, wo Licht durch Fenstergitter sickert und die Hand auf weißem Kissen ein Gedichtbändchen hält.

Ach, wie wäre es schön gewesen, im alten, glücklichen, friedlichen und naiven Ungarn zu leben, Ostern im Kutschgespann durch frühlingsgrüne Felder zu reisen. Und ins Heute nur gelegentlich zurückzukehren, um im großen Wirrwarr Ausschau zu halten und sich im Schneesturm beruhigt zurückzuziehen hinter die eiserne Tür der Grabkammer.

Ach, wie schön wäre es, in fünfzig Jahren zu leben …

In einer Mondnacht – der Mond altert in fünfzig Jahren gewiss nicht sehr, leuchtet dem herumirrenden Kuruzenkrieger wie dem rebellierenden Proviantoffizier auf dem Soldatenfriedhof von Buda – einmal der Krypta zu entfliehen, wo du im schwarzen Salonrock, mit weißem Hemd und kurzen Seidenstrümpfen, den Rosenkranz zwischen den erstarrten Fingern, gelegen; mit seidenen Pantoffeln, in weiten Flatterhosen, das schwarze Seidenkäppi auf dem Kopf, das an der Schläfe den Einschuss verdeckt, wo dich die tödliche Kugel getroffen – einmal in die Stadt hineinschlendern, schauen, nach welcher Mode man sich heute kleidet und was sie in den Theatern spielen.

An der Mautstelle ist der Zöllner eingenickt, man kann unbemerkt passieren, seinen ergrauten Sohn, die silberlockige Tochter von ferne betrachten, nach den unrühmlichen Geschichten der dir fremd gewordenen Enkel sehen!

Gewiss ist in der nächtlichen Stadt viel Licht eingekehrt, und staunend wirst du unter fremden, nie gesehenen Menschen auf dir unbekannten Straßen stehen, wie der Söldner, der durch sämtliche Schlachten des Dreißigjährigen Krieges marschiert ist und dann vor der Jakobskirche in Leutschau stand. Der eine oder andere Rücken, Kopf oder Gang kommt dir vielleicht noch irgendwie vertraut vor: Seine Exzellenz der Stadtrichter Cornides oder der Pester Löwe Jenő Kohner? Eine vorbeihuschende Dame mit der gleichen Reiherfeder am Hut, wie sie Erzsébet Paulay trug, nur findest du unter dem Hut nicht mehr ihr elegisches Antlitz. Damen und Salonlöwen tummeln sich vor dem Opernhaus, drinnen im *Sibirischen Nachtasyl* produziert sich ein neuer Tenor, dreht wirbelnd die Ballerina des gastierenden Zarenballetts ihre Pirouetten auf den Brettern. Mit auf dem Rücken verschränkten Händen schlendert Herr Wiesendorf zum Hintereingang hinaus, um sich nach getaner Arbeit in seinem Stammlokal den Bierdurst zu löschen, doch rate ich, dem bekannten Fagottisten nicht freundschaftlich auf die Schulter zu tippen, befremdet und mit abweisenden Augen würde er dich, deine altmodische Garderobe mustern. Lautes Lachen, reges Geplauder auf dem Boulevard des berühmten Andrássy, die Damen kokettieren mit ihren Blicken, denn es ist ihr Metier, die Hüte nach der Altwiener Mode erinnern in der Form an ein Fluggerät, ihre Röcke, die Schühchen, die Handschuhe verströmen süßlichen Duft. In der Seitengasse ist Arm in Arm die Liebe unterwegs, und am verkehrsreichen Oktogon macht der Schutzmann einem mittelalterlichen Habsburg-Gespann den Weg frei, die spanische Hofetikette lebt und ist unverwüstlich.

Du hältst inne, beobachtest, lauschst und stellst erstaunt fest, keiner redet mehr vom berühmten großen Krieg, von

Limanowa, Görz, Dukla, Reims, vom U-12, Edward Grey und Verdun – doch schon zu deinen Lebzeiten während des langen Krieges hast du erfahren, dass die Menschen manche herzerschütternden wichtigen Ereignisse zu den Jahrestagen nur noch mit lauem Interesse zur Kenntnis genommen haben. Du lebtest noch, als Przemyśl schon zum Jubiläum wurde, nahmst an der Trauermesse teil, die zum Gedenken an die heldenhaften Husaren von Limanowa gelesen wurde; schon im zweiten Kriegsjahr begann man mit den sonderbaren Jahrestagen, die der gewissenhafte Zeitungsschreiber zu berücksichtigen und derer er in einem kurzen wehmütigen Artikel zu gedenken hatte. Doch in fünfzig Jahren wird nur noch die Schuljugend die einst so geläufigen Namen der Schauplätze des Krieges kennen; da und dort mag es noch einen geben, der mit achtzehn beim Sturm auf den galizischen Brückenkopf dabei war, aber mit dem großen Zeitabstand sieht auch er dann die Ereignisse von heute wie die alten Honvéds des 48er-Freiheitskriegs die Schlacht bei Mór, General Görgeys roten Überwurf und Kossuths vielsagende Augen ... Betagte Husaren und gichtgeplagte Infanteristen im Alter von siebzig und achtzig gedenken so des Kampfes am Uzsok-Pass, wie sich mein Urahn an die Erhebung der Stände gegen Napoleon bei Raab erinnert, vor allem aber, dort, diesseits der Donau, an die weißen Füßchen einer jungen Frau. Und die Hinkenden, Krummen unter den Alten werden auch in fünfzig Jahren nicht eingestehen, dass sie sich den Beinbruch von damals beim Sprung von der Mauer zuzogen, weil sie aus dem Gemach einer Frau fliehen mussten, dafür werden sie ein russisches oder italienisches Schrapnell in Erinnerung haben. Und die Geschichtslehrer, die

Memoirenschreiber, die Sammler von Zeugnissen und die Bücherwürmer, sie tauchen in ihre Erinnerungen und die Ereignisse dieses Krieges ein und kehren beladen mit den seltsamsten Begebenheiten ins Leben zurück, um dann das Abenteuer in Krakau oder Lemberg, die traurige sibirische Gefangenschaft, die Sache mit der polnischen Lehrerin oder der französischen Gräfin auf der Flucht zu notieren.

Was wird man wohl über das heutige Budapest zu sagen wissen? Über die Soldaten, Generäle, Schauspieler, modischen Autoren, über Graf Tisza und die legendären Helden des Krieges?

Ach, wäre es schön, in fünfzig Jahren, angetan mit dem nach feuchter Gruft riechenden Gehrock, auf dem Andrássy-Boulevard spazieren zu gehen!

(1916, im zweiten Jahr des Krieges)

Nagybotos Viola

Ernő, denn so hieß er, wie kränkliche kleine Buben, die noch im Alter von fünfzehn lange Mädchenhaare und breite Krägelchen tragen und ihren Freund auf den Mund küssen – diesen Namen nahm er im Alter von zwanzig an, unter ihm hat er sich in diesem Land circa zweitausend Frauen vorgestellt, im Winter zeichnete er ihn in den jungfräulichen Schnee, kratzte ihn in den Raureif, der das Fensterglas überzog, schnörkelte ihn schwungvoll unter Liebesbriefe, deren inbrünstige Geständnisse er sich aus Dichterzeilen zusammenbastelte und die er kleinen Zimmermädchen mit derselben Grandezza widmete wie begüterten älteren Damen – als wollte er ihnen mit dem Namenszug allein sein Herz öffnen und seine Liebe gestehen.

Ernő Nagybotos Viola war einst im Ordenshaus der Societas Jesu von Szatmár Liebling der Fratres gewesen, und der Superior Thomas hatte ernsthaft erwogen, den begabten Jüngling mit der Zeit vielleicht in die Reihen der Diener Jesu aufzunehmen: An Sonntagen wurden Ernő stets mehr Heiligenbildchen geschenkt als den anderen Zöglingen; infolgedessen beanspruchte er später von den Frauen, vom Leben, ja sogar vom Wetter mehr als sonst einer. Er wurde wegen Heiratsschwindels, später wegen widerrechtlichen Tragens der Ordenskleidung verfolgt; von Schmuckhändlern ergaunerte er sich Edelsteine, von Wucherern Geld, von Bürgern mit schönen Gattinnen Freundschaft; vielleicht weilte er einst auch in Vác, dieser freundlichen

Bischofsstadt, länger, als ein gewöhnlicher Stadtbesuch in Anspruch nimmt; unter Eisenbahnwaggons reiste er von einem Land ins andere; die französischen Karten verstand er meisterhaft zu mischen; doch für einen Preis schoss er auch die fliegenden Tauben ab; in den Wäldern Sachsens tötete er einmal aus Notwehr, und wenn er gelegentlich mehr getrunken hatte, als er vertrug, schilderte er sogar fremden Leuten Einzelheiten dieser Tat; Frauen, die sich widersetzten – Frauen verweigern sich dann und wann, weil sie sich selbst daran ergötzen können –, durften sich zur Strafe die Geschichte vom schrecklichen Tod der drei Frauen im Oberland anhören, die Ernő, eben weil sie sich ihm verweigerten, in den Fluss geworfen hatte, wenngleich auch anständige Familienväter und ältere Chorherren solche Histörchen beim Schöntun einer Begehrten vorzubringen pflegten; von seiner Großmutter erzählte er, sie sei 1849 die Geliebte des russischen Generals Paskewitsch gewesen, während ein junger Offizier, der ein Verwandter der Königin Victoria war, seine Mutter in ein altes schottisches Jagdschloss entführt haben soll (schade nur, dass viele die beiden alten Weiblein von den hinteren Reihen der Kirchenbänke in Veszprém her kannten); sein Vater war der Fürst von Esztergom, der als Übersetzer klassischer Gedichte in literarischen Kreisen einen hervorragenden Ruf genoss, und zur Beglaubigung dieser Herkunft deklamierte Ernő vortrefflich ganze Strophen Dantes; die herrschaftlichen Damen behandelte er wie die Tänzerinnen der Nachtlokale, schon wenn er erst Bekanntschaft mit ihnen machte, begehrte er, ihre Strumpfbänder zu sehen, während er mit den unglücklichen Geschöpfen der Nacht, den mit den Lippen trällernden, in ihren Seelen weinenden, federgeschmückte

Hüte tragenden und manchmal Käsebrote dinierenden Damen umging, als kämen sie alle aus jenem berühmten Haus der Lilien-Dynastie, das auch unter den königlichen als das vornehmste galt; vielleicht verdankte unser Ernő dieser Attitüde seine zahllosen Erfolge in der Welt der riemchenbewehrten Lackschuhe und Kniehosen, wenn auf den kleinen Bühnen der Nacht die Rüschen der Röcke bis in Stockhöhe flogen; verehrt hat er nur die barmherzigen Schwestern, die im Morgengrauen in der Rochus-Kapelle beteten, und die an der Ecke in sinnender Erwartung herumstehenden traurigen Mädchen der Nacht und die Pflegeschwester hinter einem Fenster oben im Rochus-Spital, die vielleicht gerade in diesem Augenblick die spanische Wand vor ein Bett rückte und deshalb die tägliche Messe versäumen musste.

Und wenn das Wetter spätherbstlich wurde, ging Ernő mit leichtem Schritt wie ein romantischer Dichter unter den herabsegelnden gelben Blättern der Budaer Wälder spazieren.

Von Zeit zu Zeit blieb er stehen und betrachtete die welkende Landschaft mit Tränen in den Augen, seufzte aus tiefem Herzen und dachte gar nicht daran, die auf ein Rendezvous wartenden Damen anzusprechen.

Einmal hatte er monatelang unter falschem Namen ein hochherrschaftliches Frauchen bestürmt, von dem ihr Hausarzt, dessen Vertrauen Ernő sich erschlichen hatte, ihm verraten hatte, dass die Dame hochgradig hysterisch sei. Er lauerte der Gnädigsten vor dem Konzertsaal auf. Und die Dame sah so aus, wie er sie sich vorgestellt hatte. Dunkel, hochgewachsen und mager. Ihr Gesicht wirkte selbst unter der dicken Puderschicht etwas gelblich, das schwarze Haar war so dicht wie das der Frauen im Lemberger Ghetto. Eines ihrer Augen war kaum merklich kleiner als das andere, sodass es aussah, als ob sie etwas schielte, wie eine aus den Romanen Tolstois. Als sie von ihrem Gespann herunterstieg – wunderbare Schuhe, feinste Strümpfe, hinreißend geformte Beine –, da musste Ernő an einen Maskenball von einst denken, als die Damen noch ihre Schleppen über dem Arm trugen und er zu Mazurkaklängen die ganze Nacht nur die Beine der Tänzerinnen bewundert hatte. Und in der Garderobe stahl er einen Schuh vom schönsten aller Damenbeine und verwahrte ihn lange in seinem Bett. Eine rote Pelerine, ein schwanenweißer Pelz und glitzerndes Geschmeide vervollständigten die glanzvolle Erscheinung der Dame. Am Eingang annoncierten gelbe Programmplakate Tschaikowsky-Musik, und Ernő hatte zu jener Zeit gerade so viel in der Tasche, dass er eine Briefkarte kaufen konnte. In dieser Nacht schrieb er der Dame ein Billett mit dem Absender eines ausländischen Antiquitätenhändlers, der, in unserer Hauptstadt weilend, im Konzertsaal von ihr betört worden sei. Er gäbe die Statuette der Heiligen Jungfrau aus der Krone von Papst Innozenz und den Fingerring dieses großen Papstes dafür, wenn er sie noch einmal sehen könnte. Wie er erwartet hatte, bekam er darauf keine Antwort. Flóra war eine reiche und äußerst tugendhafte Frau. Doch hatte Ernő das Briefeschreiben nicht umsonst von einer sehr gebildeten, hochgestellten alten Dame gelernt, mit der er in jungen Jahren lange Zeit korrespondierte, er ehelichte sie nur deshalb nicht, weil er gerade geistlicher Ritter des Johanniterordens war – nach dem ziemlich geschäftsmäßig abgefassten Brief des Antiquitätenhändlers meldete er sich sodann als französischer Fürst. Er schrieb geheimnisvoll mit lila Tinte und Goldstreusand auf dem Briefpapier einer

Nobelherberge, und bald darauf, als er an Flóras Haus am Andrássy-Boulevard vorbeispazierte, bemerkte er mit großer Zufriedenheit, dass die Dame ihre bürgerlich weißen Spitzengardinen durch gelbe Seidenvorhänge ersetzt hatte. Denn Ernő hatte ihr geschrieben, dass er an dem und dem Tag in Flóras Haar eine gelbe Rose bewundert habe. Der Portier des vornehmen Hotels aber bedauerte mit leeren Handflächen, dass auf den Namen des Fürsten kein Briefchen eingegangen sei. Darauf trat Ernő als Dichter auf, schilderte in seinem Brief die Qualen, die ihm die kühle Verweigerung der Holden bereite, dabei zitierte er wieder Dante, denn Männer seiner Herkunft konnten kein anderes Vorbild haben; er sprach davon, dass die weiße Levkoje seine Blume sei, und ein paar Tage später standen im Fenster des Hauses am Andrássy-Boulevard drei Töpfe mit weißen Levkojen. Jeder andere Mann wäre nach diesem untrüglichen Zeichen sogleich in die Wohnung der Dame gestürmt, um vor ihr niederzuknien, doch ihn hatten seine leidvollen Erfahrungen misstrauisch gemacht. Er pflegte meist nachts unter den Fenstern seiner Angebeteten zu wandeln, und er vermutete, dass den schwachen Lichtschein gewiss die elektrische Nachttischlampe am Bett der Dame spendete. »Möglich, dass sie gerade meine Briefe liest!«, dachte er, und sein Herz pochte heftig.

Einige Wochen darauf entschloss er sich zum entscheidenden Schritt. Er schrieb einen Brief, in dem er bekannte, alles aufdeckte, was wir am Anfang der Erzählung über Ernő mitgeteilt haben. Ja, er vergaß nicht einmal zu erwähnen, dass er in Pressburg in einer alten Kirche einmal den Altarschrank aufgebrochen habe … Wenn Flóra ihn trotzdem liebe und nach alldem kennenlernen wolle, so solle sie zu der und der Stunde draußen in Hűvösvölgy sein, auf einer bestimmten Bank Platz nehmen, dort sei es jetzt im Herbst so schön.

Ernő spazierte den Waldweg entlang, als wäre er ganz zufällig in diese Gegend gelangt, stocherte im Gehen mit seinem Stöckchen gedankenlos im Laub. An besagtem Nachmittag saß eine grau gekleidete, vornehme Dame mit Gesichtsschleier und federgeschmücktem kleinem Hut unter den Bäumen und zog mit ihrem Sonnenschirm Linien auf den Boden. Es war Flóra. Ernő, der gerade den goldgelben bewaldeten Hügel, die prächtigen Details der Umgebung bewunderte, schenkte der Wartenden keinerlei Beachtung, nicht einen einzigen Blick.

(1913)

Blumenpflücken

Nagybotos Ernő Viola (über den ich schon einmal geschrieben habe) hatte den Gang eines Täuberichs: Er näherte sich den Frauen ungemein selbstbewusst, mit geschwellter Brust, die Schultern stramm nach hinten. So bildete sich in seinem hohen, breiten Kragen ein leichtes Doppelkinn. Er war stolz, glücklich, gesund und setzte seine Worte so sparsam ein, als würde er damit Geschenke verteilen. Kein Wunder, dass er viele Frauenherzen betört hat, denn er konnte die Damen glauben machen, dass er zu den Allerersten im Lande gehörte. Lob kam ihm selten über die Lippen, er hatte gegen die erste Quadrille der großen Oper ebenso seine Einwände wie gegen die Turmmusik der Matthiaskirche. Die Ostermesse in der Basilika gefiel ihm so wenig wie die Promenadenwege auf der Fischerbastei. Im *Grünen Jäger* von Zúgliget, wo die Sonnenstrahlen nur in handtellergroßen Flecken durch das schattenspendende Laub sickerten, spielten die Zigeuner alte Strauß-Walzer, die noch hölzern und verschämt wirkenden jungen Damen machten ihre ersten Ausflüge mit den Kavalieren und ließen sich unter dem Vorwand, Maiglöckchen zu pflücken, tiefer in den Wald locken. Nagybotos dagegen träumte vom *Casino de Monte Carlo* und den schön angemalten Gesichtern der Französinnen. Die Frauen, die Viola überallhin begleiteten, hörten sich seine Einwände gegen das Leben, die Natur und den Kapellmeister ehrerbietig an und waren bemüht, ihm zu gefallen, damit Ernő auf der einsamen Promenade des Volksparks (wohin ihm nach wochenlangem Werben eine Dame gefolgt war) nicht von seinen englischen Freunden, alten schottischen Schlössern und den rosig anmutenden Ladys schwärmte. Ernő Viola war ein so wüstes Subjekt wie ein Urmensch. Ihn interessierte das Wild nur so lange, wie er es jagte. Viele arme und fromme Mädchen (denen er in weitläufigen Kirchen beim Beten den Kopf verdrehte, unter deren Fenstern er nachts stundenlang umherwandelte und denen er unzählige Male ewige Treue gelobt und dabei gelogen hat oder sich, Selbstmordabsichten vortäuschend, durch die Armbeuge statt ins Herz schoss) bereuten, dass sie seinen drängenden Worten nachgegeben haben und Viola gefolgt sind in geheime Ecken, wo nur noch der liebe Gott ihr Herz und ihre Ehre hätte beschützen können. Doch nein, Viola kam dann stets etwas anderes in den Sinn, und mehr als einem Mädchen hat er ins Gesicht gesagt, dass sie, wenn sie seine Liebe begehrte, für modischere Schuhe und feinere Wäsche sorgen müsse. Und manchmal brachte er distinguierte Damen beim Rendezvous zu hysterischem Weinen, wenn er statt von ihrem wochenlang bewunderten Liebreiz plötzlich vom milchweißen Hals einer Büglerin, die ihm nachmittags in der Josefstadt zufällig über den Weg gelaufen war, zu schwärmen begann. Wildheit, unbarmherzigen Liebeshunger, blutige Bisse stellte er Frauen in Aussicht, die für so etwas empfänglich waren, ihre Hutnadel wollte er sich ins Herz bohren, das Haus, in dem sie sich treffen würden, niederbrennen, um es danach endgültig vom Erdboden zu tilgen. Anschließend pries er in hymnischen Strophen eine gewisse Margareta, die in diesem Augenblick mit ihrer Gouvernante in einem Blumenhain wandele.

»Wer ist denn diese Margareta?«, fragte die vornehme Dame und knöpfte sich fröstelnd ihren Handschuh zu.

»Das Töchterchen eines pensionierten Kaufmanns und meine Braut«, erwiderte Viola und seufzte.

Der kränkelnde junge Mann, der noch vor sechzig, siebzig Jahren, als in der Musik die Serenade, in der Dichtung Himfys Liebesschmerz, in den Frauenherzen die wehmütige Sentimentalität in Mode waren, gewiss ein kleines Pastellbildchen geworden wäre und dessen befracktes Ebenbild die Damen über dem Herzen getragen hätten – (ach, Viola wäre niemals neugierig gewesen auf das, was sich oberhalb der schleifchenverzierten Halbschühchen verbarg, was der Reifrock beim Niedersetzen wunderhübsch preisgab, er wäre ein Romanheld geworden, ein Ritter der Schwärmerei, der nie eine Frau berührte, nicht einmal in den entlegensten Hainen, Mütter wünschen sich solche Freier für ihre Töchter, gute Freunde vertrauen ihnen zur Unterhaltung bei Konzerten oder auf Maskenbällen ihre Gattinnen an, im ›Frauen-Kurier‹ vergisst man niemals, ihn unter den Gästen einer Soiree zu erwähnen, später schreibt dann der große Romancier Jókai einen Roman über ihn) – zu unserer Zeit aber war er ein verhöhnter und verachteter Mann, als seine größten Feinde erwiesen sich die Frauen, die in ihrer Mädchenzeit noch mit ihm im Park der Stadtmeierei unter Essigbäumen flaniert waren, sich sogar oben bei ihm seine Bildersammlung hatten zeigen lassen und dann trotzdem mit dem Myrtenkranz im Haar vor den Altar treten konnten. Damen mit viel Erfahrung, die Nagybotos Viola in den Wäldern der Budaer Berge oder in halbdunklen Ecken der Salons auf die Probe stellten, erzählten später lachend, dass Nagybotos ein trauriger Angeber sei, der nicht einmal so viel Männlichkeit besitze wie ein junger Kater. Und im Theater lächelten die Aktricen sich auf der Bühne zu, wenn Viola bei der Balletteinlage neugierig das Opernglas zückte. Nein, auf das Gehabe von Nagybotos Viola fällt keine mehr herein, auch nicht darauf, dass er sie vielleicht ziel- und ergebnislos auf eine Venedig-Reise lockt und im braunen Coupé der Internationalen Gesellschaft der fast eroberten Frau Dante-Gedichte deklamiert. Sein stechender Blick, die breiten Schultern, der aufgeworfene Mund und seine einschmeichelnde Stimme täuschen keine mehr. Der Herr Viola ist zum Falschspieler der Liebe geworden, und selbst die tugendhaftesten Frauen am Korso belächeln ihn hinter ihren Schleiern, wenn die elegante Gestalt in ihr Blickfeld gerät. Seine verführerischen Briefe, sein unermüdliches Auf-und-ab-Gehen unter den Fenstern, seine Blumenbuketts und seine Seufzer machen keinen Eindruck mehr. Herr Viola hat schon erwogen, sich in Kniehosen und Rokokojackett auf der Straße zu zeigen, um wieder einmal eine in die Ostermesse zu locken, wo man hinter einer Säule mit zynischem Lächeln einer Fuge von Bach lauschen und ein in Andacht und Liebe versunkenes Fräulein damit quälen könnte, dass sowohl Ostern wie auch die Orgelmusik eine Lüge sind, mit der wir uns selbst betrügen – als der Held unserer Geschichte eines Tages zufällig in den Spiegel blickte und darin ein grauhaariger, müder und übellauniger Herr seinen Gruß entgegennahm.

Viola erschrak.

Auch in seinem Bart entdeckte er graue Fäden, und seine Schläfen waren so weiß, als hätte er schon zusammen mit seinem Großvater im Wald von Isaszeg gestanden.

Mein Gott, was sollte jetzt aus den Blumen werden, von

denen er bislang nur den Duft genossen hatte? Er pflanzte sie in Töpfe und spendete ihnen mit seiner Erinnerung nährende Feuchtigkeit, und in sein Tagebuch notierte er die verführerischen Worte, Gesten und Dichter, die Tage und Jahreszeiten, zu denen die verschiedenen Blumen blühen und wann sie am leichtesten zu pflücken sind. Wer wird die vielen kleinen Veilchen ernten, die Nagybotos einst im Buch seines Herzens gepresst hat? Die Rosen – Teerosen, Rambouillets, werden sie sich denn einmal mit ihren Dornen den Händen des alten Gärtners fügen? Werden die Frauen sich noch an die nutzlosen Spaziergänge, mitternächtlichen Gespräche, an die mit Sorgfalt verfassten Briefe erinnern, die Herr Viola nur deshalb investierte, damit er dereinst aufgrund der Seufzer, Geständnisse und wunderbaren Lügen die Damen, sollte es ihm einmal in den Sinn kommen, in Besitz nehmen könnte …

Schnell das Tagebuch, das detaillierte Jahrbuch, in das er beinahe jedes Wort, das er mit den Frauen so eindrucksvoll gewechselt hatte, eintrug.

Das Tagebuch begann so:

»*Amélie*. Einst Tänzerin im ersten Karree. Ihr Musiker Mozart. Lieblingsdichter Paul de Kock. Sie mag alten Schmuck und geht häufig zur Beichte bei den Fratres. Liebt es, wenn Männer ihre Tanzkunst ernst nehmen. Spaziergang in Buda, danach Abendessen im Freien, unterm Sternenzelt. In dieser Situation ist sie romantisch und für Liebesschwüre empfänglich. Blond. Alter: 30 Jahre. Zwei falsche Zähne. Haare echt.«

Nagybotos lag jetzt nicht mehr tagelang auf dem Kanapee, wenn er über Liebesintrigen nachsann. Er zog flott seinen etwas altmodischen Rock, das gefältelte Hemd (mit antiken Knöpfen) an, beim Figaro schnell ein paar Tollen ins Haar, Heuduft-Parfüm und Halbschuhe.

Zehn Jahre hat er Amélie nicht mehr gesehen.

Klopfenden Herzens machte er sich auf den Weg in die Stadt, um endlich die Blume zu pflücken, die ihm die Tänzerin einst in einer Sternennacht versprochen hatte.

(1913)

Zwetschgenbaums Asche

Nagybotos fahndete nach der Tänzerin, die ihm zehn Jahre zuvor in einer Mondscheinnacht unter Kastanienbäumen ein Schäferstündchen versprach, zu dem zu gehen Viola vergessen hatte. Zehn Jahre waren seither ins Land gegangen, trotzdem suchte der Mann als Erstes das damals verabredete Plätzchen für das Rendezvous auf, eine verlassene Donauinsel. Als wäre irgendwie damit zu rechnen, dass Amélie seit zehn Jahren dort unter den Bäumen herumspaziere und noch immer auf sein Kommen warte. Es dämmert schon, und die Tänzerin schaut verzweifelt auf das sich kräuselnde, vorübereilende Wasser der Donau. Die Schaumkrönchen treiben dahin und kehren nicht zurück. Langsam regen sich die Inselbewohner in ihren Verstecken, und in der Morgendämmerung ertönen sonderbare Pfiffe. Mit gesenktem Kopf und schlaff hängendem Sonnenschirm verlässt Amélie die einsame Insel … Nagybotos hat zehn Jahre später vergeblich ihre Fußspuren im Gras und auf den vertrockneten Blättern unter den Bäumen gesucht. Ja, auch in der Stadt fand er erst nach längerer Zeit die ersten Hinweise darauf, dass Amélie sich, nachdem sie von der Bühne abgetreten war, auf ihr Landgut zurückgezogen hatte.

Amélie war nämlich eine dieser sparsamen Frauen, welche die ihnen zur Erinnerung geschenkten Goldstücke stets zurückgelegt haben. Die mit dem Hahn geprägten Kreuzer und die bärtigen Taler, die sich oft, versenkt in feine Bonbonnieren, vor Weihnachten oder zum Namenstag auf den

Geschenktischchen der Tänzerinnen einzustellen pflegen, sie wanderten in eine Budaer Bank, und der ergraute Kassenbeamte grüßte Amélie stets respektvoll und als Erster.

Manche dieser Frauen spielen, wenn sie sich aus der Öffentlichkeit zurückziehen, ernsthaft mit dem Gedanken, ein Geschäft zu eröffnen: Hüte zum Beispiel oder auch Handschuhe sind Gebrauchsartikel, die keine Hagelversicherung benötigen; oder ein Nachtlokal mit kleiner Bühne, wo sich dann und wann alte Kavaliere bei den einstigen Freundinnen einfinden, um über vergangene Zeiten zu plaudern und das eine oder andere Fläschchen zu leeren. Der Mann am Klavier klimpert eine Mazurka von damals ... Die Ernsthaften unter diesen Damen neigen eher zu einem kleinen Landbesitz, sobald die Zeit gekommen ist und sie aufhören möchten zu singen und zu tanzen.

Amélie war eine dieser Ernsthaften. Das kleine Dorf, wohin sie sich zurückzog, lag zwei Stunden von der Hauptstadt entfernt.

Im Dorf wohnten Lutheraner, das rote Kirchturmdach leuchtete weithin, und die Akazien dufteten nach dem nächtlichen Regen. In der dünnen Herbstluft waren die Hammerschläge aus der Schmiede schon von Weitem zu hören, und vor dem Wirtshaus saßen die Kutscher der Lesewagen neben ihren leeren Bottichen. Die Trauben waren reif, die Männer wie auch das zudringliche Hummelvolk verbreiteten süßen Mostgeruch. Im Dorf gab es auch noch ein altes Gutshaus mit einem so verlassenen Garten, dass man sich darin nur noch bankrottgegangene, von den Bäumen baumelnde Selbstmörder vorstellen konnte oder ergraute Damen, die französische Romane lesen und überhaupt nicht daran denken wollen, dass morgen der Exekutor kommt. Als Überbleibsel der früheren Herrschaft lag ein gefleckter alter Jagdhund hinter dem schon schief nach innen hängenden Tor, alte Dienstmägde breiteten im Hof die Wäsche aus, und ein großes Erkerfenster stand offen ... Vielleicht verfasst hinter diesem Fenster der letzte Besitzer gerade sein Testament.

Kaum war Nagybotos ein paar Schritte auf das Dorf zugegangen, als ihm eine von zwei Wallachen gezogene klappernde, ungefederte Britschka entgegenrollte. Sie war mit allerlei Lesegeschirr beladen, auf dem Bock saß eine wohlgenährte Dame mit rot getupftem Kopftuch, die mit ihren gelb behandschuhten Händen straff die Zügel führte.

Die jungen Braunen trabten, das lustige Scheppern der Eimer und Bottiche übertönte das Rattern der Räder.

»Nagybotos!«, schrie eine kräftig klingende tiefe Stimme von der Britschka herab.

Viola machte ein paar Schritte auf den Wagen zu.

Zwar hatte die Dame das Tuch tief in die Stirn gezogen, doch ach, Nagybotos erkannte auf der Stelle Amélies Züge. Das pastellfarbene Gesichtchen von einst war jetzt braungebrannt, aber die dunkelgrauen Augen blickten wie früher mit diesem verschmitzten, zurückhaltenden Lächeln auf Herrn Viola. Zu ihrer einstmals zierlichen Figur gesellten sich nun große Brüste und breite Schultern, die unter dem Kopftuch hervorlugenden blonden Locken wirkten gepudert.

»Nagybotos, wie kommen Sie denn hierher, wo sich Fuchs und Hase Gute Nacht sagen?«, fragte die Frau mit fröhlichem Staunen.

»Ich bin zu Ihnen gekommen, Amélie.«

»Da haben Sie sich eine ungünstige Zeit ausgesucht. Wir

stecken mitten in der Lese auf meinem Weinberg, und ich habe tausend Dinge zu tun, denn wenn ich nicht überall zugleich bin, stiehlt man mir jede Beere vom Stock. Doch springen Sie auf, wenn Sie Lust haben. Wir fahren in den Weinberg hinaus.«

Nagybotos war nicht mehr an solche Sprünge gewöhnt, doch die Landluft und das freudige Wiedersehen erfrischten sein Blut, im Nu saß er auf dem Bock, und Amélie trieb die Gäule an:

»Hüa, Bandi!«, rief sie.

Sie kutschierte sicher und schnell. Mit einem kräftigen Stoß ging es über die Eisenbahngleise, bereifte Zwetschgen, weiche Nussbaumblätter streiften Nagybotos' Hut, Amélie presste die Lippen zusammen, während sie die Zügel hielt.

»Letztes Jahr um diese Zeit ist meine Britschka hier umgekippt, und ich habe mir das Bein gebrochen«, sagte sie wehmütig und fasste die Zügel noch fester.

Am Giebel des kleinen Presshauses stand die Zahl eines längst vergangenen Jahres, und das Feuer davor züngelte schon so rot empor, als wär's eine Theaterdekoration, und unter dem alten Nussbaum waren Feldstühle aufgestapelt.

»Das hier ist mein Weinberg. Er hat einmal meiner Mutter gehört, deshalb habe ich ihn mir gekauft«, sagte Amélie und knöpfte sich ihr enges graues Jäckchen auf. »Doch jetzt sagen Sie, warum Sie gekommen sind.«

Die Lieder der Leserinnen waren von weit her zu hören, über den gelben Hügel rannte ein Hase, und zwischen den Rebstöcken standen Vogelscheuchen mit weit ausgebreiteten Armen.

»Also … wegen meines alten Versprechens«, sagte Nagybotos leise.

Die Frau streifte sich den Handschuh ab. Sah ernst und feierlich auf Herrn Nagybotos. Eines ihrer Augen schien stärker zu glänzen als das andere.

»Ich erinnere mich«, sagte sie regungslos. »Versprochen, gehalten.«

Viola fasste sie an der Hand: »Amélie, bitte verzeihen Sie mir … ich habe nur gescherzt, ich liebe Sie, schätze Sie doch. Sagen Sie, wie leben Sie hier?«

»Wie ein Hund, so lebe ich hier«, antwortete die Dame und heftete sich ihren grünen Rock mithilfe einer Sicherheitsnadel hoch.

»Schauen Sie, was für große Füße ich bekommen habe … die geschnürten Stiefeletten habe ich mein Leben lang gehasst, denn es gibt nichts Angenehmeres als Halbschuhe – jetzt muss ich so etwas tragen; ich schwärmte immer für Seidenstrümpfe, und hier trage ich nun diese bunt gestreiften aus Wolle, wie alle Weiber im Dorf. Und sehen Sie nur, wie dick meine Knöchel geworden sind, früher hat man mich um meine schmalen Rehfesseln beneidet.«

»Ach, sie sind edel, auch jetzt.«

»Eine Zeit lang hatte ich hier auch einen Mann, doch ich habe ihn fortgejagt, weil er mich im Suff geschlagen hat. Ich lebe allein, lese Zwinglis Lebenslauf aus der Pfarrbücherei … Habe seit Jahren keinen Mann mehr gesehen, der ein gefälteltes weißes Hemd trägt. Sie sind der erste … Bitte machen Sie mir noch einmal wie damals den Hof, als Sie mich auf dem Korso in Budapest verführen wollten. Ich werde noch trockenes Zwetschgenbaumholz aufs Feuer werfen und Ihnen dann wie die Dorfhexen aus der Asche weissagen.«

(1913)

Blanka

Kleine Vergissmeinnicht zierten ihren Rock, in Kränzchenform, als wäre das Muster den Seiten eines alten Gebetbuchs entnommen, die Bänder der Halbschühchen waren um ihre Knöchel gebunden wie um tanzende Füße, die in unserer Fantasie dem Takt der Musik folgen, wenn am Abend jemand auf dem Klavier einen Walzer spielt, und sie besaß einen kleinen venezianischen Spiegel, in dem sie ihr welkendes Gesicht und ihre melancholischen dunklen Augen zu betrachten pflegte, die offen und ehrlich auf Nagybotos Viola blickten, ohne zu lügen, beinahe so hoffnungslos wie jene eines gewissen Leibgardisten, der in seiner ländlichen Einsamkeit Gedichte an die Kaiserin schrieb. Natürlich war sie so fein wie ihr mit alten Spitzen verzierter Fächer und ihre weißen Strümpfe, die unter den Knien von mit blassrosa Sträußchen verzierten Bändern gehalten wurden, die zu sehen Nagybotos einmal das Glück gehabt hatte – sie übersprangen beim Spaziergang ein Bächlein –, im Nacken schmiegte sich ihr Haar so zart unter den Dutt, wie es sonst nur bei den Frauen auf Heiligenbildchen zu sehen ist. Vielleicht war sie ebenso blond, wie es in der Fantasie leidgeprüfter Männer das einzige und unbekannte Frauenideal ist, behutsam, verschwommen, in kaum fassbarer Gestalt, in nur vorgestellter Körperlichkeit, eher die ersehnte teure weibliche Stimme, bestehend aus Farbe und Seele, wie sich eben nach enttäuschter Liebe halb im Traum die Männer, tief seufzend, das Kissen umarmend, die Frauen vorstellen, die sie niemals betrogen hätten ... Sie hieß Blanka und war schon dreißig.

Als säße sie im Turmfenster einer halb verfallenen Burg, deren geschundenes Gemäuer leicht von Efeu überzogen war, wie verlassene Gräber mit dem Schleier trüber Erinnerungen: Unterhalb der Burg zieht im Sonnenschein aufblitzend ein Trupp zerlumpter Ritter vorüber, vielleicht kehren die Recken gerade aus dem Heiligen Land zurück, und die Mannen mit den wehen Herzen machen bisweilen unter dem Turmfenster halt, um vom erträumten Burgfräulein getröstet und entschädigt zu werden für all die Frauen, die ihnen auf ihrem langen Weg Messer ins Herz gestoßen haben, nachdem der Sinnenrausch der Nacht und das Liebesglück vorüber waren; für die kraushaarigen Schwarzen, die Brünetten mit dem tiefen, verschatteten Blick und dem strahlend weißen Hals unterm rundlichen Kinn, deren leuchtender weicher Leib selbst einen Baum närrisch machen könnte.

Blanka lebte zu der Zeit, in der unsere Geschichte spielt, beinahe nur noch deshalb in der Hauptstadt, um die Männer zu trösten, die sich mit verbranntem Hirn, zerrissenem Herzen, ohne Hände und Füße, fast schon wie Jahrmarktsattraktionen, auf dem Boden rutschend, von anderen Frauen bis zum Selbstmord getrieben, schlaf- und hoffnungslos in Pest herumdrückten, die den Schwur in der Kapelle oder in der Duftwolke der süßen Einsamkeit ernst nahmen, den teuren Kuss, die berauschende Sünde, den Abendspaziergang in einer Pappelallee, bei dem sich die Frauen an Männerschultern schmiegen wie die Schwalbe in ihrem Nest an den Schwälberich.

Nagybotos suchte, nachdem er Nächte hindurch nichts

anderes getan hatte, als Gram und Leid und Lebensüberdruss in Wein zu ertränken, fast unter Tränen Blankas Haus auf.

»Letzten Endes hab ich ja immer nur Sie geliebt, Fürstin«, beteuerte er, nachdem ihm die Frauen mit ihren duftenden Schühchen gegen die Stirn getreten hatten.

Damals war Blanka die Chefin des Teesalons *Zum Zwetschgenbaum*. Hier waren die Wände mit dicken Teppichen behängt, verdrossene Musiker spielten leise Schubert-Lieder, der Tee wurde in einem russischen Samowar bereitet, vornehmlich für einige Herren der Innenstadt, die das Lokal wegen Schlaflosigkeit aufzusuchen pflegten. Im Salon saßen ein paar Damenbekanntschaften, schon fast im Ruhestand, die die alten Grafen noch von früher kannten, so als gehörten sie alle zu einer Familie. Der Ober, der hier bediente, war einst Volksliedsänger im *Flóra* und damals im Kreis der Damen sehr beliebt gewesen, am Eingang tat ein Fiakerkutscher im Ruhestand Dienst als Portier, weil ihm seine Rösser infolge der beklagenswerten Wirtschaftslage verendet waren, und wenn die Uhr Mitternacht schlug, erhoben sich die Herren, die Damen räumten ihre Handarbeiten weg, Frau Hrabecs, die Komikerin, stellte das Erzählen von Geschichten ein, die sie in Tausend-und-eine-Nacht-Manier allabendlich im *Zwetschgenbaum* über die Jugendtage der alten Herren zum Besten gab, und sie rief Hrabecs, den eisgrauen Dirigenten – er war auch der einst gefeierte Komponist der Operette ›Kätzchen‹ – vom Podium. Die alten Grafen watschelten zu ihren Kutschen, und nach und nach verloren sich die Laternen der Fiaker in den engen Gassen der Innenstadt. Blanka warf sich ihr gestreiftes Umhängetuch um die Schultern, schloss das

Kassabuch in der Schublade ein und wandte sich mit ihrer warmen, dunklen Stimme an Nagybotos:

»Nun, mein Lieber, warum wollen Sie jetzt wieder Ihrem Leben ein Ende setzen?«

Nagybotos pflegte Frauen selten die Wahrheit zu sagen – meist vermied er es, ihnen seine Gedanken zu verraten –, doch Blanka war eine alte Liebe von ihm. Seit fünfzehn Jahren liebte sie Nagybotos, hoffnungslos, wehmütig, schicksalhaft, wie einen, der mit einem unheilbaren körperlichen Schaden geboren wurde, an dessen Gebrechen man sich aber allmählich gewöhnt wie Halbblinde an ihre Behinderung. Nagybotos war fast überzeugt davon, dass Blanka vor dem Schlafengehen stets für ihn betete und ihr tagsüber gelegentlich ein leiser Seufzer über die Lippen kam, der sich verflüchtigte wie ein warmer Hauch an der kalten Fensterscheibe. Vielleicht hätte sie sich sogar vom Besitzer eines Nachtlokals heiraten lassen, wenn Nagybotos es ihr befohlen hätte.

»Wieder glaubt eine Frau, dass ich die unbekannte Pester Leiche war, die die Polizei in dem Dorf an der Theiß aus dem Wasser gefischt hat. Vielleicht macht es sie aber auch nervös, dass ich noch am Leben sein könnte«, antwortete Nagybotos und streichelte das Tuch über Blankas Schulter.

»Was haben Sie ihr getan? Haben Sie sie betrogen?«

Nagybotos hätte sich, wie ein reumütiger Sünder, beinahe verraten:

»Ich glaube, dass nun schon alles in Ordnung ist. Es gibt eine Frau, die mich unsterblich liebt und glücklich macht … Stellen Sie sich vor: Sie sagte, dass sie schon Tag und Nacht an mich denkt. So zart waren ihre Hände, ihr Hals, die Füße; weil sie es wollte, weinte ich, lachte, wenn ihr danach war. Ich verhielt mich wie ein junger Advokat. Arrangierte nächtliche Ständchen unter ihrem Fenster.«

Blanka streichelte die Vergissmeinnicht-Kränzchen auf ihrem Rock.

»Mein armer Freund, wie oft habe ich Ihnen schon gesagt, dass Frauen mehr auf die Liebe der Männer angewiesen sind als umgekehrt. Jede Frau muss dem Mann die Hände küssen, wenn er sie für würdig hält, sie anzusprechen. Sie wissen ja, wie niederträchtig Frauen sein können. Jede, die das dreißigste Lebensjahr vollendet hat, könnte man ohne Verhör richten. So viel hat sie sich bis dahin schon an den Männern versündigt.«

Nagybotos nickte zustimmend:

»Blanka, Sie sind das einzige anständige Geschöpf auf dieser Welt.«

Das verblühte Mädchen lächelte sanft und traurig:

»Ach, um mich geht es nicht mehr, ich bin mit meinem Leben ja inzwischen einigermaßen zurechtgekommen. Habe keine Sehnsüchte, keine Hoffnungen mehr. Sitze wie ein alter Vogel im Baumwipfel und habe meine Freude daran, dass andere sich noch freuen können über das Leben, über die Liebe.«

»Wissen Sie, was ich bin? Ein verwelkter Brautstrauß, den die Enkelinnen auf Großmutters Grab legen. Ein staubiger Spiegel in einem verlassenen Zimmer, keiner öffnet mehr die Tür, weil der Hausherr in die Fremde gezogen ist. Ein altes Frauenporträt in einem verwaisten Haus, und niemand betrachtet es am Nachmittag, in Gedanken versunken. Ich bin ein abgelegtes Ballkleid, das auf dem Dachboden wartet, bis alles unter den Hammer kommt und die, die es einst trug, auf den Friedhof umgezogen ist.«

Nagybotos hatte sein Haupt an die Schulter des Mädchens gelehnt und streichelte gedankenverloren ihr Gesicht, wie man ein treues Pferd zu tätscheln pflegt.

»Haben Sie sie sehr geliebt?«, fragte sie etwas abwesend und mit geschlossenen Augen.

»Du bist es doch, die ich liebe«, antwortete Nagybotos galant.

Blanka lächelte ruhig und wehmütig. Und während sie sprach, traten Tränen in ihre Augen:

»Wie schön für mich, dass die Frauen so untreu sind wie der Morgentau. Sie verflüchtigen sich spurlos, und dann bin für eine Weile ich an der Reihe. Jetzt wirst du all das mir vorlügen, was du ihr gesagt hättest, wenn sie noch dein wäre. Bis eine Neue kommt und dich verrückt macht.«

»Ich schwöre«, antwortete Nagybotos, kniete sich vor sie hin und begrub sein Gesicht in ihrem Rock, insgeheim stellte er sich dabei vor, er knie vor der anderen, der treulosen Dame.

Blanka wusste das sehr gut, dennoch streichelte sie ergeben und zärtlich seinen Kopf.

»Morgen, wenn schönes Wetter ist, machen wir einen Ausflug in die Berge. Wir setzen uns ins Gras, trinken dort Wein vom Budaer Adlerberg und singen alte deutsche Lieder«, schlug Nagybotos schwärmerisch vor.

»Ich verspreche Ihnen Schöneres«, sagte Blanka. »Wir kaufen uns ein Häuschen auf dem Land, mit großem Garten, kühlen, niedrigen Zimmern, altem Dienstpersonal und zwei Pferden. Wir werden einander nie verlassen, am Morgen wecken Sie mich mit einem Kuss, am Abend halten wir uns an den Händen. So schlafen wir. Auf dem Dach nistet der Storch, und unser Wachhund soll Bundás heißen. Falls diese treulose Frau nicht vielleicht doch bis morgen einen Brief schreibt ...«

»Und wenn sie nicht schreibt, dann sterbe ich!«, dachte Nagybotos, doch während er Blankas Hand an seine Wange presste, fuhr er mit freudiger Stimme fort:

»Morgen lasse ich mir Jagdstiefel anmessen.«

Sicher wartet daheim schon ein Brief von der Hand der Teuren auf ihn, Blanka hat es ja selbst gesagt, und sie kennt die Frauen.

Lange saßen sie noch nebeneinander, nachdenklich, schließlich erhob sich Blanka von ihrem Platz.

»Es ist spät«, murmelte sie. »Packen wir uns weg bis morgen. Sag, du möchtest doch, nicht wahr, dass ich mit der Frau des Goldschmieds rede, für die du wieder einmal beinahe sterben möchtest?«

Nagybotos senkte den Kopf.

»Ja.«

»Ich werde mich als Magd verkleiden und zu ihr hineinschleichen, wenn sie zu Hause ist.«

(1914)

Ernő Szép (1884–1953)

In seinem dichterischen Überschwang leicht übertreibend und in der Manier des großen Sándor Petőfi heißt es in Széps erstem Gedichtbändchen:

»In den bläulich schimmernden Karpaten
Da ist meine Heimat.
Da lächelte mir der Himmel ein erstes Mal zu.«

Ernő Szép wurde am 30. Juni 1884 im ehemals österreichisch-ungarischen Grenzstädtchen Huszt (heute das ukrainische Chust) am Oberlauf der Theiß im nordöstlichsten Zipfel der Großen Ungarischen Tiefebene, also immerhin in Sichtweite der Karpaten, geboren. Er war in der ärmlich lebenden jüdischen Lehrerfamilie der Älteste einer großen Geschwisterschar. Da in den biografischen Angaben hinter dem Schriftstellernamen Szép oft in Klammern »Schön« vermerkt ist, hier ein kurzer Seitenblick auf den Familienstammbaum. Eine Schwester des Dichters hat in ihren Erinnerungen Folgendes vermerkt: Ursprünglich hieß die Familie Roth, bis einer der Vorfahren, der ein schöner Mann gewesen sein soll, zu dem Beinamen Schön kam und der Name Roth sich allmählich verlor. Der Urgroßvater von Ernő Szép, ein Landwirt, nahm die ungarische Form des Namens, also Szép, an. Desgleichen sein Sohn, der Dorfwirt, und schließlich auch Samuel, Ernős Vater, der Lehrer.

Bald nach der Geburt des Sohnes zog die Familie in das Landstädtchen Hajdúszoboszló südöstlich von Debrecen, wo der Vater als Lehrer-Kantor der jüdischen Kultusgemeinde tätig war, allerdings mit schmalem Salär, denn er musste mit Geigenstunden, als Alleinunterhalter und Versicherungsagent dazuverdienen. Nach den vier Klassen der jüdischen Elementarschule besuchte Ernő die protestantische Bürgerschule. In dem Städtchen gab es bereits eine Zeitung und ein für die damalige Zeit reges Kulturleben, das im Schüler Szép schon früh Ambitionen weckte. Trotz der höheren Kosten schickte ihn der Vater in die Großstadt Debrecen und schließlich aufs Gymnasium in Mezőtúr; hier wie dort nahm er bei ärmlichen Familien Kost und Logis. Ein Internat konnte sich die jährlich wachsende Familie selbst für den Erstgeborenen nicht leisten.

In Debrecen, so notierte Szép später, habe man ihm die Mathematik für immer verleidet; dort wurden allerdings auch seine ersten Gedichte gedruckt. Im Roman ›Natália‹ (erstmals 2008 in Ungarn erschienen) äußert er über seine Gymnasialzeit in Debrecen: »Während der Algebra- und Geometriestunden schrieb ich stets Gedichte; dazu legte ich mir ein Buch auf die Knie und darauf ein Blatt Papier. Ich musste auf so betrügerische Weise schreiben, weil ich als einer der Kleinsten stets in der ersten Bank saß.«

In Mezőtúr bezog ihn einer seiner Lehrer, der ihn auch zum Schreiben ermutigte, in die Redaktions- und Korrekturarbeit bei der lokalen Sonntagszeitung ein. Er war es auch, der die Veröffentlichung von Széps kleinem Gedichtband ›Első csokor‹ (1902; Erstes Sträußlein) förderte, der außer jugendlichen Ergüssen auch einige von Szép übersetzte Heine-Gedichte enthielt.

1902 verließ Szép das Gymnasium – die Geldsorgen der Familie dauerten an, außerdem gab es Anzeichen für ein beginnendes Lungenleiden. Ein Jahr lang war Szép Hauslehrer einer jüdischen Grundbesitzerfamilie auf dem Land. Das Schuljahr 1903 begann er, empfohlen von einem Freund aus seiner Heimat, an einem Budapester Gymnasium. Er verließ es noch während der letzten Klasse, zur Matura hat er es nicht mehr gebracht.

Széps Anfänge in der Hauptstadt waren mühsam. Da und dort gelang es ihm, bei Zeitungen Gedichte, Glossen und kürzere Prosatexte unterzubringen, meist honorarfrei; er hielt sich mit Nachhilfestunden und allerlei Gelegenheitsarbeiten über Wasser, wie er sie in dem Text »Sie führen eine feine Feder, mein Sohn« beschreibt. Mit zwanzig fand er bei der Zeitung ›Budapesti Napló‹ (Budapester Tagebuch) für ein Monatssalär von 50 Kronen eine feste Anstellung.

Ab 1905 publizierte Szép in so wichtigen Blättern wie ›Pesti Hírlap‹ (Pester Nachrichten) und ›Hét‹ (Die Woche) Gedichte von inzwischen beachtlicher Qualität, erotisch angehauchte Liebeslyrik und sogar sozialromantische Verse. Für einige klassenkämpferische Strophen, zu denen ihn ein »junger Sozialist« ermutigt hatte, zahlte ihm die ›Népszava‹ (Volksstimme) seinerzeit beachtliche zehn Kronen.

Zu Beginn des 20. Jahrhunderts brach auch in Budapest die Zeit der Varietés und Kabaretts an. Moderne Musik, freche Chansons, frivole Gedichte und literarische Parodien hatten in der Hauptstadt Hochkonjunktur, und bald gehörte Szép, wie Ferenc Molnár und andere namhafte Poeten, zu den beliebtesten und wichtigsten Textlieferanten. Zuvor hatte er sich schon mit allerlei Schnurren, Chanson- und Couplettexten für diverse humoristische

Publikationen in diesem Genre geübt. Bis zum Ende der Dreißigerjahre zählten seine flott vertonten Kabaretttexte zum festen Repertoire in den diversen Etablissements, manche wurden sogar noch nach dem Zweiten Weltkrieg gesungen. In einem Kabarettroman dieser Jahre heißt es anerkennend über Szép: »Heiterkeit und Rührung flossen ihm mit derselben Leichtigkeit aus der Feder. Jede seiner Strophen klang so selbstverständlich und kam aus solcher Tiefe wie ein Seufzer. Er blieb auch dann ein Dichter, wenn er bei dem einen oder anderen Couplet in frivoles Schäkern abtauchte …«

Im Jahr 1908 wurde ›Nyugat‹ (Der Westen), die Zeitschrift der radikalen jungen Dichter und Schriftsteller, gegründet – sie sollte bis 1941 das richtungweisende Publikationsorgan der ungarischen Literatur bleiben. Szép gehörte von Anfang an zum Kreis des sogenannten Redaktionstisches im *Café Central*. In ›Nyugat‹ erschienen nicht nur seine Gedichte, sondern 1912, als ›Nyugat‹-Ausgabe, sein erster von der Kritik gewürdigter Gedichtband ›Énekeskönyv‹ (Liederbuch), der große Anerkennung fand.

In seinen frühen Budapester Jahren schrieb Szép unzählige Brotartikel für Zeitungen und Zeitschriften: Skizzen, Episoden und als Kurzerzählungen Momentaufnahmen aus dem Leben der kleinen Leute in der Hauptstadt. Rückblickend hat er diese Texte als »journalistische Fron« bezeichnet; doch sie erschienen beinah alljährlich auch in Buchform mit Titeln, die zu seiner bescheiden »lachenden, seufzenden, leisen Sprache« passten: ›Kucséber kosár‹ (1911; Bauchladen), ›Irka-firka‹ (1913; Gekritzel), ›Sok minden‹ (1914; Vielerlei). Mit ihnen, aber auch mit der Novellensammlung ›A jázminok illata‹ (1917; Duft der Jasminblüten) und nicht zuletzt mit seinen ersten erfolgreichen Theaterstücken begründete er seinen Ruf als Schriftsteller.

Für Széps Hinwendung zum Theater waren die Brettl- und Kabaretttexte sowie zahlreiche Parodien gute Fingerübungen. Nach den beifällig aufgenommenen Einaktern wurde das Märchenspiel ›Az egyszeri királyfi‹ (Es war einmal ein Königssohn) 1913 sogar im Budapester Nationaltheater aufgeführt.

Wie die meisten seiner Dichterkollegen begrüßte auch Szép 1914 den Ausbruch des Krieges. Er war zunächst Berichterstatter, doch später, als Soldat, wurde er zu einem überzeugten Kriegsgegner. Wegen Széps Sympathiebekundungen für die Räterepublik, deren verhängnisvolle Folgen man dem Anführer Béla Kun und anderen Juden anlastete, emigrierte er 1919 vor dem sogenannten Weißen Terror nach Wien, wo er zwei Jahre blieb und mit Unterstützung eines Mäzens weiter publizieren konnte. Während dieser Wiener Jahre schrieb er einmal resigniert an Gyula Krúdy: »Ich begreife auch nicht, warum ich arm und Jude sein muss, habe nach beidem nicht verlangt, wollte nur ein bisschen summen, singen, solang ich lebe ...«

Anfang der Zwanzigerjahre folgten eine Reihe weiterer Stücke, die teilweise noch nach 1945 gespielt wurden. Sein erfolgreichster Roman, ›Lila ákác‹ (1919; ›Lila Akazien‹, 1922), kam 1923 mit großem Erfolg auf die Bühne und wurde sogar zwei Mal verfilmt.

Obwohl Szép viele Jahre hindurch vorwiegend als Lyriker wahrgenommen wurde, war er doch stets auch als Roman- und Bühnenautor präsent. In den Dreißigerjahren wurden seine Stücke mit großem Erfolg in Budapester Theatern gespielt, darunter 1937 die Bühnenfassung seines zweiten Erfolgsromans, ›Ádámcsutka‹ (1935; ›Die Liebe am Nachmittag‹, 2008). Um etwas über Széps abenteuerliches Leben in den Dreißigern zu erfahren, würde es genügen, diesen Tagebuch-Roman zu lesen, der von seiner Wiederbegegnung mit der Liebe berichtet.

1930 wurde Ernő Szép der wichtige und hoch dotierte Baumgarten-Literaturpreis erstmals verliehen; 1940 erhielt er ihn ein weiteres Mal.

Wie eine Reihe anderer namhafter ungarischer Schriftsteller und Maler, darunter auch Gyula Krúdy, lebte der Junggeselle Szép viele Jahre als Dauermieter im Hotel *Palatinus* auf der Margareteninsel. Er hatte zahlreiche amouröse Beziehungen. Einer seiner ehemaligen Redaktionskollegen erinnerte sich: »Dieser herrliche Singvogel der Insel mit der unverwechselbaren Stimme sehnte sich nicht nach der schicksalhaften Liebe, er bevorzugte die flüchtigen Beziehungen. Ernő liebte die unverbindlichen Abenteuer, mochte die mit ein, zwei hervorgepressten Tränen endenden Verhältnisse. Er schwärmte für die aus allen Poren Musik und Rhythmus verströmenden Tänzerinnen. Einer ist er sogar bis nach Moskau gefolgt, nachdem sie sich dort als Vengerka verdingt hatte.«

Ende der Dreißiger- und Anfang der Vierzigerjahre, als auch in Ungarn die Judenverfolgung einsetzte und Széps Presse- und Verlagskontakte immer spärlicher wurden, schrieb er seinem Freund, dem Baron Hatvany, der schon in Wien sein Mentor gewesen war: »Ich erlebe keine besondere Beeinträchtigung, verlasse die Insel kaum, kann mir hier die Welt so vorstellen, wie sie mir gefällt.« Doch dann klagte auch der sonst so duldsame Szép: »Was soll ich den Menschen sagen, was kann ich noch aufs Papier kritzeln, wenn ich doch stets die Antwort hören muss, dass ich Israelit bin.«

1942 erschien sein schmaler Erzählungsband ›Zümzüm‹ (Summ-Summ) schon im Selbstverlag, es hatte sich kein Verleger gefunden, und auch die Kritik nahm das Buch nicht mehr zur Kenntnis.

Im Herbst 1944, als die deutschen Truppen Ungarn besetzten, wurde die Insel für die Besatzer geräumt, und Szép quartierte sich bei seinen Schwestern ein, doch musste er bald in einem der geschützten Sternhäuser für Juden Zuflucht suchen. Durch Vermittlung eines Schriftstellerkollegen bekam er einen von der Königlich-Schwedischen Gesandtschaft ausgestellten, lebensrettenden Schutzpass. Szép, inzwischen sechzig Jahre alt, wurde zum Kriegsarbeitsdienst kommandiert. In seinem letzten Roman, ›Emberszag‹ (1945; ›Drei Wochen 1944‹, 1947), beschrieb er diese demütigende Tortur. Einem glücklichen Zufall verdankte er es, dass er ins rettende Sternhaus zurückkehren konnte: Im November 1944 hatte beim Herannahen der Front die reguläre ungarische Armee anstelle der Pfeilkreuzler das Kommando über das Arbeitsdienst-Bataillon übernommen und alle Kranken, Versehrten und Inhaber eines Schutzpasses entlassen.

Die Belagerung Budapests und die letzte Phase der Judenverfolgung haben er, inzwischen krank und gebrechlich, und vier seiner Schwestern überlebt; zwei weitere Schwestern und seine beiden Brüder kamen zu Tode. Viele Menschen hielten auch ihn für tot. Nachdem nämlich sein Bruder Márton mit vierzig weiteren Juden von einem Pfeilkreuzler-Kommando zur Donau getrieben und am Flussufer erschossen worden war, verbreitete sich in Budapest die Nachricht, Ernő Szép sei ermordet worden.

In der Welt nach 1945 fand er sich nur mehr schwer zurecht. Die Menschen, die er mochte und die ihn gern hatten, waren nicht mehr am Leben, oder es gab keine Verbindung zu ihnen; auch im Kaffeehaus traf man sich nicht mehr; in der Presse, in Literaturkreisen spielte sein Name kaum noch eine Rolle. Von 1946 bis 1948 hatte er in einem sozialdemokratischen Blatt noch eine eigene kleine Kolumne und im Budapester Radio wöchentlich eine kurze Sendung. Doch nach der großen Mitgliederrevision des Schriftstellerverbandes im Jahr 1949 gehörte er zu jenen bürgerlichen Autoren, die zum Schweigen verurteilt waren.

Als 1951 nach mehrfacher Intervention von damals noch einflussreichen Kollegen ein Bändchen mit seinen frühen Erzählungen erscheinen konnte – es war nach der Wiederauflage von ›Lila ákác‹ im Jahr 1949 die letzte Veröffentlichung zu Lebzeiten –, rügte die offizielle Presse seine fehlende gesellschaftskritische Gesinnung.

Mitte September 1953 lieferte man ihn in ein Krankenhaus ein, das eigentlich Privilegierten aus Politik, Wirtschaft und Kultur vorbehalten war. Hier hat ihn Zoltán Zelk, ein jüngerer Dichterkollege, kurz vor seinem Tod besucht und bewegende Zeilen über diese Begegnung geschrieben:

»Zum letzten Mal sah ich ihn im Spital auf dem Flur.
Er lebte noch, wusste aber nicht mehr, dass er noch lebt.
Wollte es nicht wissen.
Vom Rollstuhl baumelte wie ein letztes Winken sein rechter Arm herab.

Lasst uns das Ganze vergessen – meinte die gebrochene
Geste.
Warum soll man sich an die Welt erinnern, da sie uns
doch vergessen hat?
Bevor man ihn in den Aufzug schob, sah ich mich noch
einmal nach ihm um.
In Schuhen, Kleidern, Mantel lag er da, sein seit Jahren
totes Auge vom geschwärzten Glas bedeckt.
So – dacht' ich – dürfen sie ihn nicht begraben.
Man soll ihn in den Garten bringen und lasse ihn allein,
damit der Wind ihn forttragen und begraben kann,
er ist doch so klein, schon so leicht wie das welkende
Blatt in seinem Gedicht ...«

Am 28. September 1953 kam er zu seinen Schwestern nach Hause, wo er fünf Tage später starb. Er ist auf dem Budapester Rákoskeresztúr-Friedhof begraben, auf dem zahlreiche Künstler, Dichter und Schauspieler ihre letzte Ruhe gefunden haben.

Ernő Zeltner

Sie führen eine feine Feder, mein Sohn

Es ist schon eine feine Sache, nicht wahr, wenn einen jemand lobt, weil man die Feder zu führen weiß.

Gerade in so jungen Jahren! Eine solche Anerkennung wärmt Herz und Seele des Anfängers, verleiht seinem Geist geradezu Flügel.

»Sie wissen die Feder zu führen, mein Sohn.«

Meiner Erinnerung nach trat der Kollege des Metiers von hinten dicht an mich heran, ich höre noch seine raucherrauen, müden Worte, und mir ist, als spürte ich seine Hand wie damals, als er sie auf meine rechte Schulter legte und dort ruhen ließ; während ich weiterschrieb und mir sein Lob die Schamesröte ins Gesicht trieb.

Sie könnten jetzt natürlich vermuten, dass dies in irgendeiner Redaktionsstube vorgefallen sei, dort, wo sich Jungpoeten in der Prosa zu üben pflegen. In den Redaktionen finden sich oft noch Gestalten, deren Augen, Haare, Bärte und Zähne längst von Vergänglichkeit künden, nur ihr Herz haben sie sich jung bewahrt, mit dem sie achtzehnjährig, ihr erstes Gedicht, die erste Novelle in der Tasche, hereingestürmt sind. Die letzten Menschen, die noch staunen, wertschätzen, sich begeistern können. Sie sind wie Napoleons gealterte Gardisten, denen es ein Glücksgefühl bescherte, für irgendwelche neu ernannten Marschälle zu sterben.

Nein, es war nicht in einer Redaktion, wo meiner Feder dieses Lob zuteilwurde. Wo war für mich damals noch eine

Redaktion! Redaktion, das erschien mir als ein prächtiges Schloss, Weihnachten, ich, ein herumstromernder schüchterner Bengel, habe mich seinerzeit noch an das verschneite Tor gedrückt, von da fiebernd hinaufgestarrt zu den Fenstern der gewiss wohlig warmen Räume, die in feenhaftem Lichterglanz erstrahlten.

Ein auf sich allein gestellter kleiner Schüler war ich noch: schmerzlich schmachtend wie ein Straßenspatz im Winter.

Vielleicht wäre ich auch verhungert wie so viele unbekannte kleine Exemplare dieser unversorgten Spezies, hätte es nicht den netten Gönner gegeben, einen Burschen aus meiner Heimat, der in Pest damals schon ein großer Herr war, mit möbliertem Zimmer gassenseitig, auch verfügte er über eine silberne Tabatiere und nahm sein Frühstück regelmäßig im Kaffeehaus ein. Er hatte die Handelsschule absolviert und war bereits wohlbestallter Bankangestellter in der Korrespondenzabteilung. Weiß Gott, mit welchen berühmten ausländischen Bankiers er in Verbindung stand, mir hat er nie etwas über seine Korrespondenzen erzählt. Nein, Freunde sind wir nicht gewesen, damit mag ich mich nicht brüsten, erstens war er schon an die zwanzig und trug bereits einen Backenbart nach Debreziner Mode, und zweitens stand ich wirtschaftlich wie gesellschaftlich weit unter ihm. Eher war er so etwas wie ein Protektor, wenn nicht gar mein Mäzen. Jeden Sonntag wurde ich von ihm ins Kaffeehaus *Miramare* am Andrássy-Boulevard bestellt, er selbst saß dort bis Mittag, las Zeitung und spielte in Gesellschaft von seinesgleichen Billard. Ich durfte auf seine Rechnung einen Kaffee konsumieren, dazu Butter und Kipfel, so viele ich wollte; wenn er sich erhob, um Billard zu spielen, konnte ich alle Sonntagsblätter lesen. Es war wunderbar, überwältigend, dieses Kaffeehaus, Miramare, das wirkliche dort am Meer, kann nicht schöner und beglückender sein.

Als ich damals meine einzigen Nachhilfeschüler verloren hatte (weil die Eltern dahinterkamen, dass ihre Kleinen im Rechnen besser waren als ihr Korrepetitor!), hat mich dieser großherzige Mensch für die Nachmittage als Adressenschreiber bei seiner Bank untergebracht.

Der heilige Sonntag im Kaffeehaus *Miramare* brachte mir also das große Glück.

Montagnachmittags um drei durfte ich mich in der Bank bei einem gewissen Herrn Gébics melden, er war dort sozusagen der Herrgott der Adressenschreiber.

Herr Gébics übernahm mich also. Bei dieser Übernahme knirschte er unüberhörbar mit der oberen über die untere Zahnreihe seines Gebisses. Ich dachte schon, er wäre mir böse, weil ich so dreist gewesen war, auf die Welt zu kommen. Und er gab mir zu verstehen: die Arbeit dauere bis abends um acht und dass ich für tausend sauber geschriebene Adressen eine Krone bekäme. Damals wurde nämlich noch in Kronen gerechnet. Daraufhin händigte er mir einen Federhalter mit einer Aluminiumfederspitze aus und wies mich an, behutsam damit umzugehen, da nur einmal wöchentlich neue Federn ausgegeben würden.

»Bitte folgen Sie mir!«

Aus dem modernen und vergitterten, zur Straße gelegenen Kassenraum brachte er mich nach hinten, Richtung Hof, in einen öden großen Saal, wo der Putz von den Wänden fiel und es ganz finster gewesen wäre, wenn nicht ein paar Gaslichter gebrannt hätten. Da Herr Gébics vor mir schritt, konnte ich feststellen, dass sein Haar vom Ohr bis zum Scheitel hinaufgebürstet war. Trotz seiner Klapprigkeit erschien sein Rücken furchtbar rund, von der Seite gesehen entsprach die Konkavität des Brustkorbs genau der Konvexität seines Rückens. Von vorn nötigte mir sein kränkliches, backhefefarbenes Gesicht stets Ernst und Beklommenheit ab, und fortwährend schüchterte mich sein Zähneknirschen ein, ich empfand es gewissermaßen als Vorspiel für eine Rüge.

Im Saal befanden sich etwa dreißig Gestalten, die an zwei unglaublich langen Tischen in Gruppen von drei oder vier nebeneinander saßen. Herr Gébics sah sich um. Eine größere Zahl von Köpfen hob sich nach und nach. Sie grüßten den Herrn Gébics. In diesen Augenblicken vernahm ich um mich herum seltsam stotternde Geräusche. Etwa so, als schramme der Novemberwind durch kahle Bäume. Das Scharren der zahllosen Federn erzeugte diese leise, von Zeit zu Zeit aussetzende verzweifelte Musik im Saal. Herr Gébics hustete ein- oder zweimal, worauf auch diejenigen die Köpfe hochrissen, die versucht waren, sich das ehrerbietige Zuwenden zu ersparen, und schon um ein beschriftetes Kuvert weiter sein wollten.

Herr Gébics führte mich in die Ecke zu einem ziemlich verschrammten Tisch unterhalb des vergitterten Fensters. Auf der Fensterseite saß eine einzelne Person, ein älterer Mensch mit Augenblende vor der Stirn. Er schrieb. Seine Glatze glänzte unter der Gasleuchte wie Chinesischsilber. Einzelne weiße Härchen verloren sich auf seiner Platte, das Alter, dieser kurzsichtige Schnitter, musste jene einsamen Halme übersehen haben. Kurz hob sich die Augenblende des Mannes und senkte sich gleich wieder. Auch er grüßte Herrn Gébics. Der schlug jetzt ein schwarz gestreiftes, in grünes Leinen eingeschlagenes Buch vor mir auf, in dem

Namen und Adressen der königlich ungarischen Gendarmerie sich in unendlicher Folge reihten.

»Bitte. Von vorn beginnend sind die Kuverts mit diesen Adressen zu beschriften. Die Anschriften müssen genauestens abgeschrieben werden. Die Arbeit wird kontrolliert. Dort befinden sich die Kuverts.«

Mitten auf dem Tisch ruhten, mit einem Band umwickelt, die ersten tausend blassgrünen Umschläge. Herr Gébics ließ mich wie einen Delinquenten zurück.

Er räumte den Saal noch nicht. Blieb vielmehr bei einem der langen Tische stehen. Seine Worte waren so spitz wie seine Nase, so kühl wie seine Augen, so blass wie sein Gesicht:

»Wenn die Herrschaften bitte geruhen wollen, nicht zu konversieren, denn, nicht wahr, es gereicht ja Ihnen selbst zum Nachteil. Und erneut möchte ich mir auch erlauben, Ihnen nahezulegen, sich nicht mit Tabakqualm so einzunebeln; wenn die Herrschaften schon ihre eigenen Lungen so wenig wertschätzen, mir ist die meine teuer.«

Ich hörte an seiner Stimme, dass er sich zur anderen Seite gewendet hatte und nun zum Nachbartisch sprach:

»Geruhen die Herrschaften bitte nicht zu träumen, denn das geht teils auf Ihre und teils auf Kosten des Instituts. Wir können Seine Hochwohlgeboren durch jeden anderen Hochwohlgeboren ersetzen, der nicht träumt.«

Die Herrschaften schwiegen augenblicklich – auch diese einzige angeblich träumende hochwohlgeborene Person –, ließen ihre Nikotinstäbchen eine Weile nur dahinglimmen und schrieben, schrieben um die Wette, man sah kaum noch Köpfe, nur mehr Schultern, und von denen auch nur noch die rechte und den Ellbogen, dazu die Hand, verlängert um den Federhalter, gerade so wie das beim Laufen vorgestreckte Bein. Dazu dieses unterdrückte Federknarzen, so als wollte es gleich aufheulen, klagend, jaulend durch die Decke fahren und am Himmel droben die den herrlichen Frühlingsnachmittag feiernden Wolken zerpflücken. Doch das riskiert es nicht, Herr Gébics weilt ja noch im Saal.

Endlich hat er sich entfernt. Aus dem anschwellenden Reden und Lachen, Ächzen und Stühlerücken, den hörbar tiefen Zügen der Raucher schloss ich es und wagte, mich umzudrehen.

Sah dort im düsteren Sterbelicht nur für Sekunden: den hundsköpfigen, heruntergekommenen Gentry, wie mir schien, einen mit verbundenem Hals, daneben den lebenslustigen Burschen mit gewelltem Haar, den mit Bohemefliege unterm Kinn und einen Halbblinden mit Augenblende, sodann den mit einem Brandmal im Gesicht, einen, der unter seiner Figarofrisur gar so naiv wirkte, wie auch den Mann mit sengend schwarzen Augen und hervortretendem Adamsapfel, der mehrfach den Kopf hochriss, als warte er auf jemanden.

Als mein Kopf zurückkehrte, wartete bereits der Mann mir gegenüber auf mein Gesicht, er hatte die Augenblende hochgeschoben und ließ dann mit etwas abschätzigem Gesicht zweimal würdevoll das Kinn auf seine Brust sinken. Nahm den schicklichen Gruß entgegen, mit dem zu dienen ich vorher ganz vergessen hatte. Ich verspürte ein gewisses Lampenfieber und war auch feige, als ich in diese Fremdheit eintauchte, und unter dem Hypnoseblick des Herrn Gébics hatte ich es gar nicht gewagt, den Schicksalsgenossen anzusehen, an dessen Tisch ich kommandiert war. Ich habe mich also kerzengerade gemacht und dann wortlos verneigt; schluckte dabei einen Mundvoll Scham hinunter. Der Herr hat mich zur Kenntnis genommen und ließ sein Kinn ein drittes Mal sinken, dann drückte er die Augenblende wieder herunter, nahm seine Zigarettenspitze in den Mund und begann zu schreiben.

Die Zigarettenspitze bestand aus einem kurzen Stück Schilfrohr, ich hatte solche Spitzen schon einmal gesehen, diese angesengten, abgekauten, an den Rändern vergammelten, fleckigen, schwarz gerauchten Spitzen aus Rohr. Das Gesicht des Mannes glich in Farbe und Beschaffenheit einem schäbigen, nie geschwärzten, eingedellten rostigen Ofenrohr im Sommer, wenn es kalt und ohne Leben ist. Er hat mich beinahe erschreckt, der Armselige. Ich senkte den Kopf und begann mit schwerem, aber doch ambitioniertem Herzen, Adressen zu schreiben. Voller Ehrfurcht und mit aller Sorgfalt beschriftete ich feierlich mein erstes Kuvert:

Seine Hochwohlgeboren Herrn Daniel Adamovszky, königl. ungar. Gendarmerie-Wachtmeister und Postenkommandant von Macskaháza alias Katzenhausen über Kerékkörtvélyes, Komitat Szolnok-Doboka.

So schrieb ich unter Einsatz all meiner kalligraphischen Fähigkeiten fünfzehn, zwanzig Gendarmen-Adressen, vom sehr geehrten Herrn Korporal bis zu den höheren Dienstgraden in all den gottverlassenen Provinznestern der Randkomitate mit ellenlangen Namen und ihren Postämtern im nächstgrößeren Nachbarort.

Mit einem Mal erhebt sich mein Sitznachbar vis-à-vis, kommt auf meine Seite, stellt sich hinter mich. Beobachtet, wie ich schreibe, saugt hörbar, aber trocken an seiner Spitze und sagt:

»Sie führen eine feine Feder, mein Sohn.«

Es war, als spräche seine Rohrspitze mit diesem verrauchten schweren Atem zu mir.

Er legt seine Hand auf meine Schulter.

Ach Gott, stolz sollte ich sein auf diese meine in der Schulbank wohlgedrillte Schrift? Eher schmerzte es mich. Schließlich haben doch schon Pester Blätter im *Vermischten* und *Von hier bis dort* Gedichte von mir abgedruckt. Und nun bin ich Adressenschreiber.

»Drücken Sie nicht so stark auf, mein Sohn, das kostet Zeit, und die Feder zieht dabei Fasern aus dem minderwertigen Papier des Kuverts. Schreiben Sie dünner und schneller, lassen Sie die Silben aus der Feder fließen und schauen Sie dabei nicht in den Tag hinein.«

»Jawohl, besten Dank.«

Er schaut, saugt hörbar an seiner Spitze, schnorchelt, rasselt und sagt:

»Sie müssen Seine Hochwohlgeboren nicht ausschreiben, einfach S. H., und auch nicht sehr geehrter, für diese Vizefeldwebel reicht durchaus auch s. g. … Ja, mit den Gendarmen haben Sie nicht gerade den Glückstreffer gezogen.«

Das habe ich geahnt.

»Sie sind ein Neuer, nicht wahr? Adressenschreiben haben Sie bislang nicht …?«

»Nein, bitte, hab ich nicht.«

Er lachte. Vielmehr schluchzte er. Der Mann tat zwei Schritte, dann kam er zurück.

»Ich sag Ihnen was, Herr Kollege. Überlassen Sie doch mir diese niedliche Aluminiumfeder. Ich plage mich verdammt mit meiner Feder von letzter Woche, ganz furchtbar muss ich mich damit plagen. Wissen Sie, was mir passiert ist? Ich bin auf meine nagelneue Rundspitzfeder getreten.

Sie fiel mir aus der Hand, als ich sie in den Federhalter stecken wollte. Sie werden jetzt ja ohnehin nicht mehr so fest aufdrücken und kommen deshalb auch mit meiner Feder von letzter Woche gut zurecht. Lassen Sie es uns doch einmal probieren.«

Er nahm meine Feder und tauschte die seine gegen meine.

Gut, also fing ich an zu schreiben; von meiner Quälerei dabei will ich gar nicht berichten. Fast bei jedem Buchstaben blieb die lädierte Rundspitzfeder meines Nachbarn an dem miserablen Papier hängen. Ohnehin hab ich die Rundspitzfedern mein Leben lang gehasst.

Gönnerhaft wie ein Oberlehrer aber redete er zu mir herüber:

»Nun, wie geht es, Herr Kollege?«

»Es geht, bitte schön, ganz gut.«

Wenn es weiterhin so gut geht, werde ich meine tausend Adressen in dieser Woche nicht schaffen. Zuerst spürte ich es heiß in der Nase, gleich darauf wurden meine Augen feucht.

Mitfühlend und genießerisch wandte sich der Herr von vis-à-vis mir wieder zu:

»Tja, mein Bester, als Anfänger kriegt man halt die Gendarmen und die Zöllner. Sehen Sie, ich habe die Professoren der Hauptgymnasien des Landes, die königlichen Landgerichte und den höheren Offiziersstab des Heeres. Das sind nur Namen und Städte. Da muss man durch, mein Bester, wenn man vorankommen will. Auch ich habe seinerzeit mit den Gendarmen und einer Rundspitzfeder angefangen.«

(1951)

Der vierte Hasenfuß

Bitte, verehrter Leser, erweisen Sie mir die Ehre und schenken Sie mir einen Augenblick lang Ihre Aufmerksamkeit. Ich kritzle hier eine kleine Begebenheit aus dem Jahrmarkt meines Lebens aufs Papier. Das Interessante daran ist aber keineswegs, dass ich sie erlebt habe, sondern dass sie überhaupt passiert ist. Denn was auch immer irgendwo irgendwann geschieht, ist natürlich von Interesse. Ich gestehe, dass ich in einsamen Stunden jeder Kleinigkeit, die sich bisher in meinem Leben zugetragen hat, nachzugehen pflege. Manchmal erinnere ich mich sogar an den einen oder anderen Seufzer, den ich ausgestoßen habe und der in den weiten Äther entschwebte. Wenn ich ihn noch irgendwie zu fassen bekomme, beginnt meine Fantasie damit zu spielen, ich ziehe und zupfe daran wie an einem zufällig aufgesammelten Haar. Da mich jedermanns Angelegenheit angeht, interessiert mich auch diese Sache, die mir selbst widerfahren ist, gehöre ich doch zur selben Spezies, bin also ein Mitglied des Menschengeschlechts. Als solches habe ich nicht nur die Schule besucht, sondern auch Algebra gelernt. Doch was sage ich, nicht ich habe sie gelernt, man hat sie mich gelehrt.

Der Herr Lehrer musste, wenn er etwas erklärte, nach jedem zweiten Wort husten. Ich beobachtete ihn, dachte, er müsse wohl krank sein, weil er so oft hustete. Wenn ihm also ein Hustenanfall manchmal die Stimme nahm, wandte er sich von der Tafel ab und blickte auf die weiße Wand, und da erkannte ich an seinen Augen, dass er gänzlich abwesend war. Auch seinen Adamsapfel konnte ich dann sehen, denn der bewegte sich zwischen den beiden Enden des blassen Stehkragens auf und ab. Unterhalb des Adamsapfels betrachtete ich die bescheidene hellblaue Krawatte des Herrn Lehrer, denn auch sie fand mein Interesse. Meine Hand notierte ins Heft, was der Lehrer erklärte; beim Schreiben riss ich sie oft hoch, um die Müdigkeit herauszuschütteln. Doch die Algebra-Aufgabe ging bei mir unter Umgehung des Gehirns vom Ohr direkt in die Hand. Wenn ich dann zum Abfragen an die Tafel gerufen wurde, griff ich gleich nach der Kreide und dem Hasenfuß am Rand des Katheders und schrieb die lange Aufgabe, die mir der Herr Lehrer diktierte, bußfertig an die Tafel. Dann wurde es still, beängstigend still, ungefähr so, wie wenn in der Regieanweisung für den Schauspieler eine »große Pause« empfohlen ist. Der Herr Lehrer schaute mich an, ich schaute auf die Tafel und überlegte.

Die Klasse saß so stumm wie das Publikum im Theater. Mir ging dann stets allerlei durch den Kopf. Ich erinnere mich, dass ich einmal über den Hasenfuß nachdachte, den ich in der linken Hand hielt. Dieser Hasenfuß ersetzte bei uns den Schwamm für die Tafel. Er war schon ziemlich abgenutzt und von der vielen Kreide ganz grau, die Sohle platt gedrückt. Es war ein seltsames Gefühl, den Hasenfuß in der Hand und an den Fingerspitzen das feine Häschenfell zu spüren. Ausgehend von diesem Hasenfuß kam ich auf die anderen drei Füße des Hasen. Welcher Bestimmung diese wohl zugeführt worden sind? Der in meiner Hand musste sich mit Algebra abgeben, die anderen haben es womöglich besser getroffen und hoppeln immer noch über Wiesen und Felder. Der vierte Fuß fehlte ihnen gewiss sehr, denn Hasen laufen ja im Allgemeinen auf vier Beinen. Die anderen drei können jetzt gewiss nur humpeln, wie sehr sie sich auch mühen. Vermissen und bedauern wohl den vierten Fuß, denn sicher haben sie sich als gute Geschwister alle herzlich geliebt, waren im selben Augenblick zur Welt gekommen und aneinander gewöhnt, in guten und schlechten Tagen. Und dann erschien vor meinem geistigen Auge der ganze unversehrte Hase.

»Nun, wird's bald?«, redete mich der Herr Lehrer barsch an.

Ich wandte mich zum Katheder hin. Der Lehrer sah etwas entrückt über mich weg. Ich dachte an den Hasen, seine Stupsnase, die langen Barthaare, die zwei flinken Ohren und den Stummelschwanz. Mir ging durch den Kopf, dass der Hase, dessen vierten Fuß ich gerade fest in der Hand hielt, möglicherweise getötet worden war. Da schloss der Hase, den ich vor Augen hatte, plötzlich seine Augen und ließ die langen Löffel sinken. Es tat mir weh, den Lauf des toten Hasen in der Hand zu haben.

»Also los, denk doch nach!«, sagte der Herr Lehrer mit erhobener Stimme und nahm seinen Stift. Ich überlegte. Und mein Verdacht, dass der Hase offenbar tatsächlich getötet worden war, verstärkte sich. Ich hatte auf den Feldern auch schon Hasenjagden erlebt, dabei aber immer nur gesehen, wie der Jäger das Gewehr hochreißt und es anständig krachen lässt, worauf der Hase blitzartig lossprintet und irgendwo verschwindet. Ich dachte, man würde auf Hasen schießen, weil sie danach so toll rennen, Haken schlagen und die Jäger sich daran ergötzen können. Doch dieser abgetrennte Hasenfuß führte mir die wahre Tragödie vor Augen. Das Fenster stand offen, denn es war ein milder

Frühlingstag. Unser Klassenzimmer lag im ersten Stock, ich schaute hinaus, jenseits der Häuser sah ich die hellgrün belaubten Bäume und am Himmel seidig weiße Wolken.

»So steht es also«, sagte der Herr Lehrer ernst und sah in sein Notizbüchlein. Ich schämte mich. Wenn er nur endlich die Vier eintragen würde und ich mich wieder neben Pali in die Bank setzen könnte. Der Hase da draußen auf dem Feld musste also sterben, dachte ich, und das bedrückte mich. Der Herr Lehrer beugte sich vor, schrieb die Vier in sein Büchlein und sah mich gar nicht mehr an:

»Wisch die Tafel sauber und setz dich!«

Ich hob den Hasenfuß hoch, wischte die Aufgabe weg und betrachtete die blassen grauen Wolken, die ich damit über die schwarze Tafel zog. Den Hasenfuß hielt ich in meiner Linken, mir war, als setzten sich seine durchtrennten Nervenbahnen in meiner Hand und über meinen Arm hinweg fort, und das Leid eines ausgelöschten Lebens, das in diesem Hasenfüßchen steckte, griff mir ans Herz. Doch ich war unschuldig, gar nicht neugierig auf Algebra, und von mir aus hätte der arme Hase hundert Jahre alt werden können.

(1941)

Wo liegt gleich wieder dieses Quebec?

Jeder Mensch hat in seinem Leben einen schönen Traum.

Auch in der Seele meines armen alten Freundes Lőrinc strahlte ein solch wunderbarer Traum, so als hinge von der Decke einer ärmlichen kleinen Kammer ein glitzernder Kronleuchter herab.

Unser Freund war Lohndiener in Pest, und zwar in einem stattlichen Hotel, wo ich selbst einige Jahre logiert habe, und zwar stets in der dritten Etage, die vom alten Lőrinc betreut wurde.

Ich schätzte Lőrinc' Dienste und ihn selbst, wie auch er seine Aufgabe und stete Präsenz über die Maßen ernst nahm. Ich wüsste seinen Familiennamen gar nicht zu nennen, Kellner, fiedelnde Zigeuner, das gesamte Personal hatte damals nur Vornamen, man hieß Mari, Juliska oder Pista, Jóska oder eben Lőrinc.

Wie blind doch der Mensch in den Tag hineinlebt und wie gedankenlos! Vielleicht wird man mich dereinst im Jenseits dafür schelten, dass es mir nie in den Sinn gekommen ist, Lőrinc zu fragen, wo er geboren wurde, ob er Geschwister hatte, warum er alleinstehend war oder wann und wieso er sich für dieses Lohndienerdasein entschied, um dann für die ganze Welt der Domestik zu sein und jeden Morgen wildfremden Menschen die dreckigen Stiefel blank zu wienern.

Schuhe putzen, Kleider ausbürsten, die Gäste der Reihe nach wecken, jeden genau zu seiner Stunde oder Minute, die Koffer der Gäste auspacken, wenn diese ankommen, und einpacken, wenn sie abreisen. Tag für Tag, jahraus, jahrein, immer.

Für mich hat dieser Lőrinc nicht nur Schuhe geputzt, Kleider ausgebürstet, mich am Morgen, meist eher gegen Mittag, zum Leben erweckt, meine Handschuhe gewaschen, die Krawatten umgenäht, wenn sie ausfransten, er stellte mir auch meine Uhr, wenn ich vergessen hatte, sie aufzuziehen, musste mich pflegen, wenn ich die Influenza bekam, und er half mir aus, wenn ich blank war, gewährte mir aus purer Freundschaft kleine Kredite. (Dieses Geständnis macht mich in den Augen der Leserschaft gewiss nur noch vornehmer, weil es ja für gewöhnlich gräfliche und andere hochwohlgeborene Jünglinge sind, die ihren Kammerdiener anzupumpen pflegen.) Ich meinerseits habe Lőrinc gelegentlich Theaterkarten für seine freien Tage besorgt und ihm großmütig die noch nicht aufgeschnittenen Bücher überlassen, die als Leseexemplare an meine Adresse geschickt wurden. Auch ein paar Hüte und einen Überzieher hat Lőrinc in den Jahren, da wir unter einem Dach lebten, von mir geerbt, meine Anzüge und Schuhe hätten ihm nicht gepasst.

Der gute Lőrinc war ein stiller, in sich gekehrter Mensch, nie habe ich erlebt, dass er auf dem Korridor mit den Stubenmädchen ein Schwätzchen gehalten oder gelacht hätte, auch hörte ich ihn niemals vor sich hin summen oder gar pfeifen, wie es andere Lohndiener oder Kellner taten, während sie auf den verschiedenen Etagen ihrer Arbeit nachgingen. Lőrinc war sanftmütig und zurückhaltend, tratschte nicht und sprach überhaupt nur, wenn man ihn etwas fragte; ich kann über ihn nichts anderes sagen, als dass er für einen Lohndiener ein vollendeter Charakter war.

Und dennoch, es gab Tage, an denen dieser stille, gleichmütige Lőrinc lebhafter, heiterer war und sogar ein Lächeln auf den Lippen hatte. Er war sichtlich gehobener Stimmung, wie wenn man einen lieben Brief bekommt oder es draußen Frühling wird und Freude das Gesicht überzieht wie Sonnenstrahlen das Hotelfenster.

An einem solchen Tag fiel es mir ein, ihn zu fragen:

»Worüber freuen Sie sich so, Lőrinc?«

»Worüber, gnädiger Herr? Dass übermorgen wieder Ziehung ist. Ich fange schon drei Tage vorher an, mich auf das Glück zu freuen, gnädiger Herr.«

»Sie besitzen also ein Los der Lotterie?«

»Jawohl, und zwar ein ganzes. Hier habe ich es, gnädiger Herr, das ist die große Hoffnung meines Lebens.«

Aus einer abgegriffenen alten Lederbrieftasche zog er das grüne Los und sah es so verliebt an wie ein Bräutigam das Konterfei seiner Braut.

»Gott gebe, dass Sie gewinnen, lieber Lőrinc.«

»Ich werde gewinnen, gnädiger Herr, einmal habe ich geträumt, dass mein Los gezogen wurde. Als Haupttreffer. Seit dreizehn Jahren spiele ich immer die gleiche Losnummer, sie hat mich, bitte schön, schon ein kleines Vermögen gekostet. Macht aber nichts, gnädiger Herr, einmal werden sie mir diese sechs Mal hunderttausend Kronen auf den Tisch zählen, ich muss nur durchhalten. Ein paarmal war ich schon ganz dicht an den gezogenen Treffern, nur die letzte Zahl oder die vorletzten beiden stimmten noch nicht, sonst wäre es der Haupttreffer gewesen, gnädiger Herr. Doch eines Tages werde ich an der Reihe sein, da bin ich mir ganz sicher.«

Ich betrachtete den guten alten Lőrinc, wie er erregt und

glücklich das Los ganz vorsichtig zwischen seine persönlichen wichtigen Papiere schob, und ich bedauerte ihn. Armer Kerl, wenn er wirklich einmal den Haupttreffer haben sollte! Was sollte dann aus diesem armen, lieben Menschen werden? Er dürfte bereits an die fünfundvierzig sein. So ein ewiger Lohndiener ist mit fünfundvierzig schon mehr oder weniger ein alter Mann. Wird die arme Haut dann von einem Tag zum andern ein feiner Herr, sich elegant zu kleiden wissen, sich eine Geliebte halten, nur noch Champagner trinken, sich vielleicht eine schöne Villa kaufen, in einer Equipage hochmütig auf dem Korso protzen – auf seine alten Tage ein Mann von Welt werden, wo er doch schon abgenutzt ist wie eine alte Bürste? Ich jedenfalls, das weiß ich, würde verrückt, wenn ich mit fünfundvierzig plötzlich ein reicher Mann wäre. Der arme Lőrinc hat ja keine Frau, keine Kinder, kann sich also nicht für die Familie ein herrschaftliches Glück und für die weiteren Nachkommen eine schöne Zukunft erträumen.

Da unterbrach Lőrinc mein versonnenes Grübeln:

»Der gnädige Herr weiß doch sicherlich, wo dieses Quebec liegt? Mir ist nur bekannt, dass es sich um eine Stadt in Amerika handelt, hatte mir auch das Land notiert, aber das ist so lange her, dass ich die Schrift nicht mehr gut lesen kann; gerade gestern Abend habe ich mir die Adressen wieder angeschaut, die ich irgendwann einmal aufgeschrieben habe.«

»Was für Adressen? Und was wollen Sie in Quebec?«

»Was ich dort will, das kann ich dem gnädigen Herrn schon sagen.«

»Die Stadt liegt in Kanada. Haben Sie denn dort jemanden …?«

»Ja, das habe ich, bitte schön! Dort gibt es einen ganz ekelhaften Mister, irgendeinen Fabrikanten, der hat mich einmal, bitte schön, in den Bauch getreten.«

»Wo denn, bitte?«

»Hier im Hotel, gnädiger Herr, im ersten Stock, als ich dort eingeteilt war, vor ungefähr zwölf Jahren.«

»Und warum hat er Sie in den Bauch getreten?«

»Weil ich ihm ein Glas Wasser ins Gesicht geschüttet habe. Auf seinen eigenen Wunsch. Nämlich, er war zur Jagd eingeladen und musste um halb sechs in der Früh aufstehen. Am Tag zuvor trug er mir auf, und zwar auf Deutsch, ich solle ihm, wenn er sich beim Wecken nicht rühren würde, ein Glas kaltes Wasser ins Gesicht schütten. Und tatsächlich habe ich ihn am Morgen vergeblich gerüttelt, also nahm ich das Wasserglas und goss es ihm in die Visage. Daraufhin, bitte schön, brüllte er mich wie ein wildes Tier auf Englisch an und trat mir vom Bett aus, wo ich vor ihm stand, in den Bauch, dass ich, bitte schön, nach hinten fiel und mit dem Kopf ans Tischbein schlug. Ein Wunder, dass ich keine inneren Verletzungen davontrug, nur eine kleine Ohnmacht.«

»Armer Lőrinc.«

»Also, jetzt wird der gnädige Herr schon wissen, warum ich mir den Namen von diesem Mister aufgeschrieben habe.«

»Verdammt, wohin ist jetzt dieser Kragenknopf gerollt?!«

Lőrinc ließ sich, wie immer, wenn mir ein Knopf des Hemdkragens fehlte, auf alle viere nieder, kroch unter den Tisch, unters Bett und erklärte mir weiter die Geschichte seiner damaligen Erniedrigung.

»Deshalb muss ich den Haupttreffer haben, damit ich nach Quebec in – jetzt hab ich schon wieder das Land vergessen – fahren kann, gnädiger Herr. Ach ja, in Kanada. Dann werde ich vor den Mister hintreten: Na, du Schuft, jetzt ist mein Tag gekommen, und ich versetze ihm einen Tritt in den Bauch und geb ihm auch noch zwei anständige Ohrfeigen in seine dicke rote Visage, und dann zahl ich eben die hundert Dollar Strafe, denn für Ehrenbeleidigung gibt es auch nach dortigem Gesetz nur eine Geldstrafe.«

Der Kragenknopf wollte und wollte nicht zum Vorschein kommen, etwas matt im Kopf hörte ich Lőrinc weiter zu, auch seine Worte nahmen sich schon ein wenig müde aus, weil er ja ständig den Kopf unten am Boden hatte.

»Allen schulde ich zwei Ohrfeigen, all diesen Herren, die mich im Leben gekränkt haben. Von jedem schrieb ich mir am selben Tag, an dem sie mich demütigten, aus dem Gästebuch beim Portier die Adresse auf. Wenn mir einer seinen Schuh an den Kopf geworfen hat, weil ich ihm den Schnürsenkel abgerissen haben sollte, oder mich unflätig beschimpfte, weil die Hose, die ich ihm beim Schneider abgeholt habe, fleckig war: Das Schwein war natürlich ich, der Fleck wurde mir angekreidet, obwohl sie doch zum Bügeln beim Schneider gewesen war. Ach, lieber gnädiger Herr, immer war ich an allem schuld. Aber wartet nur, ihr Schurken, eure Adressen sind notiert, von allen, die logen, ich hätte sie nicht geweckt, wenn sie nach dem Wecken wieder eingeschlafen sind, die mich als Rindvieh beschimpften, herumstießen und einen Dieb nannten, wenn ihnen etwas verloren ging. Oder wenn mir einer befahl, der einsamen Dame im Haus einen Brief zu überbringen, obwohl er auf demselben Stockwerk wohnte, ja, einen armen anständigen

Menschen wie den letzten Haderlumpen behandelte. Aber auch du bist vermerkt, auch dich habe ich.«

»Na, Gott sei Dank! Schnell, geben Sie ihn mir.«

Ich war nicht ganz bei der Sache und glaubte, er habe den Kragenknopf gefunden.

(Der war übrigens gar nicht hinuntergefallen, Lőrinc entdeckte ihn später beim Kleingeld auf dem Nachtkästchen.)

»Auch in Afrika habe ich einen Kunden, in Alexandria. Einen Teppichhändler. Oh, bitte schön, viel werde ich reisen, überallhin, von den sechs Mal hunderttausend Kronen kann ich nach London fahren, nach Paris, Hamburg, nach Spanien, in die ganze Welt, Ohrfeigen austeilen, jawohl, und danach meinetwegen verrecken.«

Unlängst kam ich wieder einmal an besagtem Hotel vorbei und sah Lőrinc draußen in der Hotelauffahrt, wie er mit einem zweiten Bediensteten einen riesigen schwarz lackierten Reisekoffer auf das Gepäckwägelchen bugsierte. Neue Gäste waren eingetroffen.

»Hallo Lőrinc, wie geht's? Kennen Sie mich noch?«

»Aber ja, lieber gnädiger Herr. Lange hab ich Sie nicht gesehen.«

»Ganz recht, es müsste zehn, zwölf Jahre her sein.«

Armer alter Lőrinc, jetzt war er wirklich schon ein ziemlich alter Mann.

Ich blieb einige Minuten neben der Karre stehen, um unsere alte Bekanntschaft aufzufrischen.

Lőrinc klagte, dass auch über ihn schwere Zeiten hereingebrochen seien. Wo waren nur die glücklichen Jahre geblieben, da ich noch hier im Hotel logierte! Das Personal sei jetzt auf die Hälfte reduziert worden, der Lohndiener müsse Gepäck abladen, nachts Portierdienste leisten, ohne festen Lohn, nur für die lumpigen Prozente, und unter den Gästen fänden sich keine Gentlemen mehr, das ganze Dasein sei ein einziges Jammertal.

Da fiel er mir ein, der Traum des Lőrinc von einst.

»Ich habe kein Los mehr, gnädiger Herr, schon lange nicht mehr. Wer könnte sich in diesen Zeiten noch den Luxus leisten!«

Lőrinc seufzte tief. Und dann:

»Ich, bitte schön, überlasse es nun dem Schicksal, Rache für mich zu nehmen. Diese Herren reisen ja ständig herum. Mit dem einen entgleist der Zug, ein anderer wird nachts im Schlafwagen ermordet, der dritte ist fettleibig und ihn trifft der Schlag. Schließlich bekommen doch alle, was sie verdienen.«

(1933 geschrieben, 1951 erschienen)

Unter Ehrenmännern

Eine hagere Gestalt mit leicht vorgebeugtem Rücken bog in die Gasse bei den Palatinus-Gebäuden ein und eilte mit vernehmlichen Schritten das Trottoir entlang. Mitternacht war schon vorbei, in der einsamen Häuserflucht zeigte sich keine Seele mehr.

Und doch gab es in dieser Gasse noch eine weitere Seele oder zumindest die Hülle einer Seele: Ein Mann stand im Entree eines Hauses, das Gesicht dem Eingang zugewandt, als habe er bereits geläutet und warte nur darauf, dass der Hausmeister öffne.

Die einsam heimwärts strebende Gestalt schien in Eile, der Kopf wippte bei jedem Schritt nach links und nach rechts. Vielleicht setzte der Mann eine Diskussion für sich allein fort oder rief sich eine lustige Anekdote ins Gedächtnis, die er gerade im Kaffeehaus gehört hatte, von wo er jetzt zu später Stunde nach Hause ging; oder er spielte mit seinem Schatten, weil er allein war, Kind sein durfte, weil ihn niemand beobachtete.

In der großen Stille sprang aus dem Eingang des vierten Hauses eine Männergestalt hervor, kam dem sich Nähernden zwei Schritte entgegen und blieb jäh vor ihm stehen, es gab kein Ausweichen mehr. Fast berührte die Nase des Angreifers das Kinn des Opfers, als er dicht vor ihm stand und den Kopf hochriss:

»Still! Schreien Sie nicht, geben Sie mir Ihr Geld!«

Es schien, als hätte dieser Wegelagerer gar keinen Hals,

mit ein und demselben Ruck senkte er den Kopf und warf ihn gleich wieder hoch, schwang seinen Oberkörper so weit nach vorn, als wollte er im nächsten Moment wie ein wild gewordener Stier sein Opfer niederrennen.

Man kann sich den Schrecken des gedankenverloren heimwärts strebenden Mannes vorstellen, den ein Unbekannter überfallartig mit diesem drohenden Zuruf stellt, eine Person von der Sorte, die sich nicht vorzustellen pflegt.

Auf seinem zielstrebigen Marsch aufgehalten, wäre der Attackierte fast nach vorn gekippt, doch der Angreifer stand zu dicht vor ihm. Sein Herz machte einen Satz, ein mittlerer Schock durchzuckte ihn. Dann holte er tief Luft, die Augen waren starr, wie gefroren, so stierte er in das ihm gänzlich unbekannte Gesicht. Er sah darin nicht unerbittliche Entschlossenheit, sondern vielmehr das Spiegelbild seines eigenen Entsetzens.

Reglos verharrte der Erpresser vor ihm. Auch er sah seinem Opfer starr in die Augen und zischte leise:

»Schnell, bitte, beeilen wir uns!«

Jetzt rührte sich sein Arm, als wär's ein nervöses Zucken. Doch wollte er nur die Aufmerksamkeit seines Gegenübers auf die Klinge lenken, die er mit nach hinten gezogenen Ellbogen waagrecht nach vorn streckte, den Weichteilen des Opfers entgegen.

Im Gehirn des Angegriffenen blitzte erneut das Messer auf, der Arme sah, wie der Angreifer ihm eine glänzende Stahlklinge entgegenschob, während er sich ihm in den Weg stellte. In dem Moment wandte er den Blick nach links und nach rechts, seine Ohren bäumten sich buchstäblich auf, und er lauschte, ob nicht doch jemand des Weges käme oder von irgendwoher sah, was hier passierte.

Gnadenlose Stille. Die gelben Rollos in allen Stockwerken waren ausnahmslos herabgelassen. Alle Welt verschloss sich jeglicher Hilfeleistung. Die abweisenden Palatinus-Häuser erschienen dem aufgewühlten Opfer des Überfalls so, als hätten sich hier schon gestern Nacht und auch vorgestern Gräueltaten abgespielt, als würden sie sich in dieser Szenerie Nacht für Nacht ereignen.

Am Ende der kurzen Gasse die dunklen Lagerhäuser des Ladekais, dahinter ein Gewirr von Flaggenmasten der Schlepper mit ihren verblichenen Fähnchen, darüber der starre Sternenhimmel, die Mondsichel drang eben in eine dunkle Wolke ein, als stäche jemand ein Messer in weichen Stoff.

»Grauenhaft!« Dieses eine Wort stieß der Attackierte hervor, als er nach der zweiten Aufforderung des Angreifers zu sich kam. Und er griff mit unsicherer Hand nach hinten in seine Gesäßtasche.

Der Räuber riss den Kopf hoch und brüllte ihn an:

»Hände weg, oder ich ramme Ihnen das Messer ins Gedärm!«

Sein Gegenüber antwortete in klagendem Ton, wie ein Kranker stöhnend:

»Nein, lassen Sie das, ich hab doch keine Waffe. Hole nur mein Portemonnaie heraus.«

Und mit verzweifeltem Gesicht schüttelte er den Kopf, sah dabei dem Gangster in die Augen:

»Grauenhaft, was für ein Verhängnis … um Himmels willen, ich muss Ihnen etwas sagen.«

Der Angreifer beobachtete, wie das Opfer verzweifelt an seiner Geldtasche zerrte. Dumpf presste er hervor:

»Jetzt bloß kein dummes Gequatsche!«

Der Attackierte spürte die heftigen Atemstöße des anderen nahe seinem Kinn und begann mit verzweifelter Hast erneut auf ihn einzureden:

»Sehen Sie doch, mein Freund, ich bin ja schon dabei, die Geldtasche herauszuholen. Wenn Sie mir das Messer in den Bauch bohren, brülle ich, so laut ich kann, und Sie werden erwischt. Ich will Ihnen ja Geld geben, aber lassen Sie mich doch etwas sagen.«

Der Straßenräuber ruckte heftig mit dem Kopf und kniff ein Auge zusammen, misstrauisch blickte er seinem Opfer schräg ins Gesicht:

»Los jetzt, her mit dem Zaster!«

Er sah aus wie jemand, der einen Film-Gangster imitiert.

Der Angegriffene aber fuhr hastig fort:

»Sehen Sie, mein Lieber, ein Mann mit Familie steht vor Ihnen, ein verzweifelter Mensch in höchster Not. Hören Sie, ich habe achtzig Pengő in meinem Portemonnaie.«

Der Angreifer griff mit seiner Linken nach der rechten Hand des Opfers, die in der Gesäßtasche steckte, und zischte ihm mit Nachdruck ins Ohr:

»Also her mit dem Geld, bevor jemand kommt!«

Und er versuchte, die Hand mit dem Portemonnaie aus der Tasche des Opfers zu zerren, schnitt eine Grimasse, knirschte vor lauter Anstrengung sogar mit den Zähnen, schielte dabei hinter den Kopf seines Opfers, ob sich auch kein anderer Passant in die verlassene Gasse verirrte.

Der Angegriffene hielt mit all seiner Kraft die Hand in der Tasche und redete hastig weiter:

»Ich verrate Sie nicht, wenn jemand kommt. Auch nicht dem Schutzmann. Ehrenwort. Lassen Sie mich etwas sagen, von Mensch zu Mensch. Ach, zerren Sie doch nicht so an meinem Arm! Mir droht morgen die Zwangsvollstreckung, diese achtzig Pengő habe ich unter schlimmster Erniedrigung zusammengekratzt. Man pfändet unsere Möbel, wenn ich das Geld nicht morgen auf den Tisch legen kann. Ich bin übrigens Anwalt, Verteidiger, müssen Sie wissen.«

Der Angreifer hatte seinen Arm weiter fest im Griff und murmelte erregt:

»Wird's bald? Jetzt aber ...!«

»Nehmen Sie doch das Messer weg, Sie ruinieren mir noch meinen einzigen Anzug, ich sehe, Sie sind nervös und selber nur ein elender armer Kerl. Ich kenne Leute Ihresgleichen, mein Lieber, bin schließlich Verteidiger. Verstehen Sie? Habe schon vielen Menschen wie Ihnen geholfen, die alle nicht als Verbrecher geboren wurden, nur durch diese schlimmen Zustände ins Elend gerieten, auch Ihnen muss ich vielleicht noch einmal behilflich sein; drücken Sie doch meinen Arm nicht so zusammen, und nehmen Sie das Messer weg, ich zeige Ihnen mein Geld und den Pfändungsbescheid des Gerichts.«

Der Griff des Ganoven lockerte sich etwas. Vielleicht war es Ermüdung. Er krächzte ungeduldig.

»Bitte, bitte«, murmelte er. Ob es ein Befehl oder eine flehentliche Bitte war?

Aus dem Mund des Opfers sprudelten jetzt die Worte nur so hervor:

»Wollen Sie mir denn nicht zuhören, Sie Unglückseliger? Ich gebe Ihnen die achtzig Pengő auf keinen Fall, stechen Sie mir doch das Messer in den Bauch, rauben Sie mich aus, aber darauf steht Standrecht, das wissen Sie, und man wird Sie ganz schnell schnappen, denn ich würde noch die Kraft haben, fürchterlich zu schreien. Aber hören Sie zu, mein

Freund, ich mache Ihnen einen anständigen Vorschlag. Zerren Sie bloß nicht so an meinem Arm, Sie erreichen damit gar nichts. Auch Sie haben wahrscheinlich Angehörige und brauchen Geld. Ich werde übermorgen Vormittag im Bezirksgericht von einem Klienten eine kleine Summe bekommen. Davon gebe ich Ihnen fünfundzwanzig Pengő. Mein Ehrenwort! Kommen Sie zum Gericht in der Markó-Gasse, bestimmt kennen Sie die Adresse. Erster Stock links, Zimmer neunundzwanzig. Dort warten Sie im Korridor vor der Tür auf mich. Ich bin Doktor Nagyész, erkundigen Sie sich morgen bei Ihren Kumpels, die können Ihnen bestätigen, mit wem Sie es heute Nacht zu tun hatten. Sie zittern ja noch mehr als ich, mein Lieber, übrigens, die Straßenräuberei ist für Sie nicht das richtige Geschäft, lassen Sie sich das von mir gesagt sein. Ich habe Erfahrung in diesen Dingen. Geben Sie meinen Arm jetzt frei, hier sind zwei Pengő aus meiner Streichholztasche, vom Küchengeld meiner Frau für morgen. Damit bringen Sie sich bis übermorgen durch. So, und jetzt treten Sie mal einen Schritt zurück.«

Gehorsam wich der Angreifer zurück, hielt aber die Klinge starr nach vorn gerichtet.

Er bekam die zwei Pengő. Sah sich das Gesicht seines Gegenübers im Mondlicht ganz genau an. Dann drohte er ihm mit der blitzenden Klinge:

»Hören Sie, Herr Doktor, sollten Sie mich übermorgen vielleicht reinlegen, müssen Sie wissen, mein Schwager hat eine ebenso scharf geschliffene Klinge, und der Ranzen vom Herrn Doktor würde dann brutal durchlöchert.«

Er salutierte und verschwand.

Am übernächsten Tag um elf stand er vor Zimmer neunundzwanzig im Korridor des Gerichts.

Gegen Viertel nach elf kam der Anwalt heraus, winkte den unter seiner Schiebermütze misstrauisch um sich blickenden Menschen hinter eine Säule und drückte ihm die fünfundzwanzig Pengő in die Hand.

Der Mann mit der Schildkappe schob das Geld in die Tasche, blickte sich vorsichtig um, sah dann dem Strafverteidiger vertrauensvoll in die Augen, drückte ihm die Hand und sagte anerkennend mit bewegter Stimme:

»Alles klar, Herr Doktor. Unter Ehrenmännern.«

(1936)

Smurglitsch

Weißt du noch?

Erinnerst du dich an die Zeit, da du noch Elfe warst …?

Oh, seither bist du längst eine Gnädige oder gar Wohlgeborene, genau weiß ich es nicht. Du bist keine Fee mehr. Natürlich sage ich jetzt nicht mehr du zu dir, ja nicht einmal Sie; deinen Gemahl kenne ich nicht, und ein Treffen mit dir wäre wohl ziemlich unpassend. Ich wage gerade noch, durchs Fenster in den Fond deines Wagens zu grüßen, stumm, und auch nur, wenn du mich zufällig wahrgenommen hast. Dann lächle ich so behutsam, wie es die Etikette beim Grüßen erlaubt. Auch du lächelst, und dann schaust du sogleich ernst und gnädig (oder wohlgeboren) über den Kopf des Chauffeurs hinweg, und ich weiß nicht, woran du denkst und wohin du dich gerade fahren lässt.

Wie merkwürdig ist doch das Leben, seltsam. Wir haben jetzt nichts mehr miteinander zu schaffen. Nun, da du dich vermählt hast, bedeuten wir uns nichts mehr, weil die Zeit vorbei ist … du das Feenreich verlassen, dich schweren Herzens in die Welt der Menschen begeben hast.

Wie war das eigentlich, welche Farbe hatte damals der Tag, war es unter herbstlichen oder Frühlingsbäumen, als ich meine flache Hand zum letzten Mal über deinen warmen Seidenrücken gleiten ließ, als du dich eng an meine Brust schmiegtest und wir zum letzten Mal die Augen schlossen, um mit unseren fest aufeinandergepressten Lippen den Küssen zu lauschen, den süßesten Lauten, die je eine Nachtigall sang? In welchem Jahr, zu welcher Stunde ist das gewesen? Und warum damals zum letzten Mal? Ja.

Ja, du warst die Elfe, die Fee meiner Jugend. Du hast mein Herz aus Trübsal und Traurigkeit geholt und dein Hoheitszeichen, die Veilchenblüte der Liebe, darin eingepflanzt.

Erinnerst du dich noch an Smurglitsch?

Weißt du noch, wie sehr du dich anfangs geängstigt hast, als wir uns zum Küssen in eine Hauseinfahrt verkrochen haben? Mein Gott, wenn uns jemand sieht! Natürlich. Du trugst Verantwortung, warst Eigentum eines fremden Herrn und einer fremden Dame, die behaupteten, du seist ihre Tochter. Dabei haben wir gar nicht verstanden, nicht wahr, dass man sich unter freiem Himmel nicht küssen darf. Man überzieht die Welt mit Straßen, und auf den Gassen tummeln sich massenhaft Menschen, doch sie erlauben nicht, dass ich dich vor ihnen umarme und küsse. Sie würden uns umstellen, verlachen, ja sogar beschimpfen, schließlich gewaltsam trennen und nach einem Schutzmann rufen.

Erinnerst du dich, wir haben einmal überlegt, wie schön diese Prachtstraße wäre, eigentlich jede Gasse, wenn wir einfach auf dem Trottoir stehen bleiben und uns vor aller Welt küssen könnten. Die Menschen sollten lächeln, uns Beifall klatschen, weil wir ihnen eine Lektion des Glücks vorführen, einen Hauch von Seligkeit vermitteln. Eigentlich müsste man uns mit Musik durch die Pester Gassen geleiten, aus den Fenstern, von den Balkonen Blumen auf uns streuen. Nicht wahr? Erinnerst du dich?

Stattdessen muss ich zittern, dass uns jemand gesehen haben könnte, wenn wir uns an der Ecke treffen und mein nur halb geöffneter Mund dich kaum hörbar grüßt: Teuerste … und deinen Handschuh, den der meine nur für Sekunden drücken darf, bis meine fünf Finger sich blind und schnell an den deinen entlanggetastet haben, wie umgekehrt auch deine, und fühlen, ob sie auch wirklich noch alle da sind. Gottlob, sie sind es. Die Begegnung ist natürlich rein zufällig. Du gehst zur Gesangsstunde, und ich begleite dich. Schön für den ewig vor sich hin summenden Gesangslehrer, so hat auch er eine halbe Stunde Zeit sich auszuruhen, weil du immer diese halbe Stunde zu spät kommst. Von halb fünf bis fünf küssen wir uns in den Toreinfahrten, und von fünf bis halb sechs stehst du dann am Klavier und singst ihm mit vom Küssen tauben Lippen vor: o,o,o,o,o,o,o,o. Und dann wieder o,o,o,o,o,o,o,o. Und dann atmest du tief ein, und dein Blick verweilt am Fenster, erinnerst du dich, und wieder vermisst du die davongeflogenen Küsse: o,o,o,o,o,o,o,o … Weißt du's noch?

Widerlich und gemein ist das Pester Volk, das zwischen halb fünf und fünf aber auch ständig bei den Toreinfahrten rein- und rauslaufen muss. Aus unserer ersten müssen wir flüchten, weil einer alten Frau aufgefallen ist, dass wir uns in einer Ecke im Halbdunkel gegenüberstehen und gar nichts reden. Sie hielt einfach auf der Treppe inne und glotzte zu uns herunter.

»Kommen Sie …, wir gehen hier weg, warten nicht, bis der Alten das Spähen zu langweilig wird! Schauen wir beim nächsten Hauseingang. Ich schlage vor, hier hineinzugehen.«

»Nein, da ist es zu hell.«

Im dritten Eingang herrschte geschäftiges Kommen und Gehen. Da waren allerlei Büros. Oh, wir kannten uns aus in diesen Häusern! In der vierten Toreinfahrt trafen wir es am besten. Ein gemütliches altes Haus, wie seine Bewohner, vermutlich lauter alte Ehepaare, die meist daheim sitzen. Der Eingangsbereich, ein längliches Gewölbe, wirkte etwas düster und still, verbreitete aber eine gutmütige Stimmung, wie eine kleine Dorfkirche. Hier störten nicht dauernd Gepäckträger, Firmen- und Telegrammboten, Zimmermädchen, freche Schüler unsere feurige Leidenschaft. Wenn dann irgendein langweiliger Mann oder eine Frau hereinkam, zogen wir schnell die Köpfe zurück und hüstelten kurz, taten, als wollten wir gerade hinausgehen. Erinnerst du dich? Oder ich stellte mich vor das *Verzeichnis der Hausbewohner* und studierte es mit ernster Miene, bis wir wieder für uns waren ... Erinnerst du dich daran, dass ich dir einmal vor dem Haustor sagte:

»Komm, lass uns nachsehen, ob Smurglitsch hier wohnt.«

Warum gerade Smurglitsch? Ich wollte dich einfach nur zum Lachen bringen. Oh, und wie du gelacht hast! Du konntest doch immer lachen, über alles. Weil du eine Elfe warst, die Sprache der Feen und Elfen ist ja das Lachen, wie die Sprache der Laubvögel ihr süßes, oboenhaft flötendes Musizieren ist. Und du standest so vor dem *Verzeichnis der Hausbewohner*, dass du auf die Straße hinausspähen konntest, ob nicht plötzlich jemand durchs Tor hereinkam ... Und wenn man uns einmal überraschte, schobst du, als wärest du kurzsichtig, deine Nase sofort zur Tafel mit den Namen hin, und unsere Köpfe gingen gemeinsam über diese Namen, und in deinem Lachen blubberte leise dieses: Smurglitsch, Smurglitsch, Smurglitsch ... Erinnerst du dich?

Weißt du noch, dass du danach jeden Tag nach meiner Hand griffst, wenn wir zur Toreinfahrt kamen:

»Kommen Sie, wir wollen nach Smurglitsch schauen.«

Und einmal, das hast du sicherlich nicht vergessen, wie wir die Treppe über uns unter schweren Schuhen ächzen hörten und vor die Tafel gehuscht sind, um mit sorgenvoller Miene die dort angebrachten Namen zu prüfen … ach was, gar nichts prüften wir, was sollten uns diese Hausbewohner, rosa und opalisierende Wolken schwebten um uns, rubinrote und beryllfarbene Sterne flimmerten vor unseren Augen, nicht wahr, mein Elfchen, du einstmals so verliebte Fee.

Und die zwei knarzenden derben Schuhe blieben hinter uns stehen, sprachen uns an:

»Bitte, wen suchen Sie?«

Erinnerst du dich an den hochgewachsenen, würdigen alten Herrn? Er trug einen schwarzen Überzieher und hielt einen großen Regenschirm in der Hand, obwohl draußen ebenso die Sonne schien wie in unseren Herzen. Trotz Würde und Regenschirm war dieser Herr freundlich, wollte nett sein, als er uns sanft seinen Kopf zuwandte und auskunftsbereit fragte, wen wir suchten, weil er uns weiterhelfen wollte. Vielleicht war er hier sogar der Hausherr.

Ich drückte, du erinnerst dich sicherlich noch, fest deine Hand zum Zeichen, dass du ernst bleiben solltest, und sagte dem Herrn mit ernster Miene, wen wir suchten:

»Smurglitsch.«

»Ja? Bitte sehr! Ich bin Smurglitsch …«

Großer Gott, du süßer Kindskopf, du hättest ja erst auf der Straße, als wir aus dem Tor gerannt waren, loslachen dürfen … Gewiss, auch ich prustete, wie ich deine Hand packte und mit dir die Flucht ergriff, als wären wir auf frischer Tat ertappte Diebe. Du weißt es doch sicher noch?

Wir rannten bis ans Ende der Gasse, erst dort wagten wir, uns umzudrehen … Er stand noch da, dieses Traumgebilde, Smurglitsch mit dem Regenschirm, und sah uns verwundert nach … Erinnerst du dich? So stehe auch ich jetzt hier und blicke dir nach, wie dein schimmerndes, duftendes Haar als eine blonde Wolke dahinschwebt, weit, weit fort in die blassgrünen Gefilde der Jugend.

(1936)

Summm-Summ oder Wie hieß sie doch gleich?

Auf Anhieb wüsste ich gar nicht zu sagen, warum es mit diesem Mädchen auf einmal zu Ende war.

In unserer naiven Jugendzeit, im frechen Jünglingsalter war es so einfach, sich mit einem weiblichen Wesen zusammenzutun, und wie leicht fiel es uns auch, Schluss zu machen, sie wieder loszuwerden. Ich staune nur, mein Lieber, kann mir das heute gar nicht mehr vorstellen. Manchmal fasse ich mir an den Kopf, schließe die Augen, versuche mir die Szene in Erinnerung zu rufen, die darüber entschieden hat, dass die Geschichte mit dieser, jener oder einer anderen zu Ende war. Nichts, gar nichts, ich kriege es nicht hin. Höre ihre Stimme nicht mehr, mit den Gesichtern ist es das Gleiche, bestenfalls dämmert mir noch die eine oder andere Haarfarbe im Dunkel der Vergangenheit. Selbst die Namen! Vielleicht fällt mir noch jeder zehnte ein. Natürlich waren das nur lauter schlampige Geschichten und keinesfalls mit den Affären in Herrschaftskreisen zu vergleichen. Wenn ein Herr seine Liebschaft satt oder das Liebchen ihn betrogen hatte, wickelte er die Trennung schön ordentlich, in aller Korrektheit ab, handelte die Abfindungssumme aus, oft blieben die beiden auch danach noch gute Freunde, wie man das zu nennen pflegte. Er telefonierte mit der Verflossenen und sie mit ihm, man flanierte gelegentlich zusammen über die noble Váci-Straße oder führte die Einstige gar zum Abendessen aus. Ich für meine Person habe die Beziehung immer einfach eingestellt, also auf die denkbar ungezogenste Art beendet. Nach zwei Monaten, zwei Wochen oder zwei Tagen. Wie bitte? Auf welche Weise ich sie beendet habe? Nun, einfach, indem ich nicht mehr ans Telefon ging, wenn mich die Betreffende in der Redaktion oder im Kaffeehaus anrief. Und auch so, dass ich nicht mehr zu ihr hinaufging, wenn sie mich erwartete. Es gab zum Beispiel auch Fälle, etwa wenn ich mit so einer kleinen Selbstlosen beisammen war, dass ich sie beim Abschied gar nicht gefragt habe: Wann sehen wir uns wieder? Und auch sie fragte nicht und vergaß mich für immer. Ich war Neurastheniker. Wartete auf das Wunder einer mörderisch großen Liebe. Aber warum hätte ich derweil das Amüsement aufgeben sollen, nicht wahr? Was weiß ich, ich war nun mal ein Nomade, oder sagen wir Asien-Reisender, der im Zelt schläft und sich nirgends dauerhaft niederlässt. Was das auch immer für oberflächliche, leichtsinnige Bekanntschaften waren, so handelte es sich doch bei allen um liebe, süße Geschöpfe. Warum, welche Gründe es waren? Streit, Eifersucht, sonstige Torheiten? Bei Gott, ich weiß es nicht mehr.

In jener Nacht, als ich im Bett las und mir das Buch vor Müdigkeit auf die Brust plumpste, fiel mir, nachdem ich das Licht ausgeknipst hatte, plötzlich dieses Mädchen ein. Es war so, wie wenn jemand am Fenster vorübergeht, gerade in der Sekunde, da man hinausblickt. Im Wegdämmern fragte ich mich noch, was will ich denn eigentlich von diesem Mädchen? Doch, ja, nun weiß ich es. Ich seufzte, tief und lange, seufzte über meine ganze Jugend und schlief ein.

Jetzt und hier am Schreibtisch grüble ich darüber nach, wie ich eigentlich mit ihr Schluss gemacht habe. Wie schon in der Nacht beim Einschlafen, als mir das Buch auf die

Brust gefallen war. Gott, dass ich auch dieses Mädchen bereits vergessen hatte. Wo sie wohl geblieben ist, ob sie überhaupt noch lebt? Von ihr weiß ich auch den Namen noch, natürlich, das mit dem Mädchen dauerte ungefähr ein halbes Jahr. Ihnen kann es ja gleichgültig sein, wie sie hieß, lassen Sie sie mich einfach Summ-Summ nennen. Denn sie summte ständig vor sich hin, sang mehr als eine liebestolle Singdrossel. In einem fort trällerte sie, wenn sie sich kämmte, sich auszog oder anzog, sie sang auch in der Badewanne und auf der Straße; wenn ich geruhte, sie abends zu ihrem Arbeitsplatz zu begleiten, lehnte sie sich an meine Schulter und summte leise vor sich hin, sie hatte eine so schläfrige Stimme; wenn sie blinzelnd die Lider langsam sinken ließ, dachte ich manchmal, jetzt schläft sie gleich ein. Ebenso ließ sie sich beim Walzer übers Parkett tragen, als wäre sie nicht ganz wach, als bewegte sie sich gar nicht. Ihre Beine konnte man natürlich nicht sehen, Tänzerinnen trugen damals stets Schleppenkleider, wie Gräfinnen. Ja. Beim Tanz habe ich Fräulein Summ-Summ kennengelernt.

Wie es kam, dass ich mit ihr so lange beisammen war? Ich glaube, weil wir so wenig miteinander redeten. So bin ich ihrer nicht überdrüssig geworden. Sie kam, sobald sie früh um fünf den Dienst hinter sich hatte, zu mir und blieb bis nachmittags um vier oder fünf. Wenn sie wach war, sang sie, trällerte vor sich hin. Dieses Mädchen hat mich nie gefragt, was ich arbeite, sie ahnte wohl, dass ich für irgendein Blatt schrieb. Romane las Summ-Summ nicht, auch ins Theater ging sie niemals, aufs Kino legte sie keinen Wert; sie hätte dafür auch gar keine Zeit gehabt; entweder musste sie zur Probe oder man brachte ihr das Kostüm, die Schuhe, den Hut und die passenden Strümpfe zur Anprobe.

Ihr ganzes Leben opferte dieses Mädchen dem Tanz und gab sich ansonsten dem schläfrig sanften Trällern und dem Küssen hin. Sie legte mir ihren Kopf ans Herz und schlief so jeden Morgen ein.

Einmal, als wir uns schon mehrere Wochen kannten, fragte ich sie:

»Sag, was zum Teufel findest du eigentlich an mir?«

»Was?« Sie musste nachdenken, denn sie war müde.

»Ihr Kopf riecht so angenehm.«

Danke. So viel haben wir in diesem halben Jahr von der Liebe gesprochen.

Ich weiß jetzt auch wieder, wie die Sache zu Ende ging. Nun weiß ich es. Eines Nachmittags stand sie auf und sagte:

»Hören Sie, mir macht seit letzter Woche ein reicher Grundbesitzer den Hof. Jede Nacht sitzt er bei mir und gibt mir dann hundert Kronen.«

»Bravo!«

»Der würde mit mir nach Wien fahren, und danach nähme er mich mit auf sein Gut. Was sagen Sie, soll ich das machen?«

»Natürlich, du Dummchen.«

So ging es zu Ende mit uns. Das letzte Couplet, das sie verträumt beim Frisieren vor meinem Spiegel summte, fing so an:

Wie geht es, Onkel Sami?
Ja gut, gut, gut …

Am nächsten Tag kam ich wieder erst gegen Morgen heim, hatte die Nacht am Kartentisch verbracht, das gehörte, wie du weißt, in jener Zeit dazu. Ich legte mich hin, begann noch etwas zu lesen. Wusste nicht, dass Summ-Summ nicht mehr kommen würde, denn Adieu gesagt hatte sie nicht. Ich knipste das Licht aus, fand aber überhaupt keinen Schlaf, obwohl ich schon in der Droschke die Augen kaum noch hatte offen halten können und ständig eingenickt war. So lag ich im abgedunkelten Zimmer auf dem Rücken, wie ich es gewohnt war. Doch ich dachte nicht an Summ-Summ, mir gingen mein letztes Blatt durch den Kopf und natürlich der nötig gewordene Vorschuss für den kommenden Tag. Auch macht einen das endlos lange Sitzen und Spielen so kaputt. Und schlafen geht dann nicht, ich lagere den Kopf mal nach rechts, mal nach links. Verdammt, was ist mit dir? Quälte mich so lange, bis ich merkte, dass ich irgendwie so oberflächlich leicht, zu leicht atmete, ich spürte Summ-Summs Kopf nicht auf der Brust. Das war's! Das fehlte mir. Was sollte ich tun? Ich stand auf, nicht wahr, und sah zufällig die ›Ungarische Volkskunst‹ von Malonyai auf dem Tisch liegen, diesen großen Prachtband, den ich mir vor ein paar Tagen ausgeliehen hatte. Ich stieg wieder ins Bett und legte mir das Buch auf die Brust. Lag schön ruhig und schlief ganz allmählich ein. Drei, vier Tage lang brauchte ich morgens diese Volkskunst auf der Brust. Dann versuchte ich es mit Tolstoi, genau genommen mit ›Krieg und Frieden‹, ebenfalls ein ansehnlicher Wälzer. Auch damit funktionierte es. Doch mir war, als wöge er erheblich mehr als sein eigentliches Gewicht. Möglicherweise trug doch die Abwesenheit von Summ-Summ dazu bei, dass ich diese Gewichtsdifferenz spürte. Genau weiß ich es nicht mehr. Doch weiß ich noch, dass es nach sieben, acht Tagen auch mit einem weniger schweren Buch funktionierte, es war der Band ›Insel der Pinguine‹, ich erinnere mich deshalb noch so genau an den Titel, weil ich immer, wenn mein Blick auf das Buch fiel, an Summ-Summ denken musste. Ja, und in der dritten Woche ruhte dann nur noch ›Himfys Liebe‹ über meinem Herzen, diese schlankere Ausgabe, die man auch in die Brusttasche stecken kann.

(1943)

Schauerlich-schöne Erinnerung

An diese Abenddämmerung erinnere ich mich, als sähe ich jenes stumme Blutvergießen des Himmels vor mir, auch entsinne ich mich einer Stimmung, die manche Lektüre bei mir hervorgerufen hat. Ebenso kann ich noch heute auf der Stelle denselben ungewöhnlichen Schmerz empfinden, der mich einstmals beim Musikhören erfasste, wenn ich mir nur den einen oder anderen Satz eines Musikstücks ins Gedächtnis rufe. Aber ich erinnere mich auch an so nebensächliche Dinge wie eine geglückte Übung am Reck bei einem Schüler-Turnfest oder an das langsame Herabsegeln eines herbstlich verfärbten Ahornblatts von seinem Ast, das ich seinerzeit entzückt beobachtet habe. Die Erinnerungen stellen sich bei mir ein, als wären sie Bilder, die sich beispielsweise ein betuchter Sammler zusammengekauft, an seine Wände gehängt hat und nach Belieben jederzeit betrachten kann. Unsere Erlebnisse werden zu Erinnerungen. Und was ist das Leben? Heute harsche Wirklichkeit, morgen schon platt gepresste Erinnerung. Mehr als die Hälfte unseres Lebens ist bereits Erinnerung. So wird das Leben zu lauter getrockneten und gepressten Blumen, platt gewordenen Blättern. Das Leben – Erinnerung.

Viele Erinnerungen sind mir leider, leider verloren gegangen, Namen, Gesichter, Stimmungen dem Bewusstsein entglitten. Wir neigen eben sehr zum Vergessen, wollen uns der peinlichen und nutzlosen Erinnerungen entledigen, und diese Neigung spült auch Erinnerungen fort, die wir gern bewahrt hätten. Das ergibt dann Lücken in unserer Vergangenheit, weiße Flecken in der persönlichen botanischen Sammlung der Erinnerungen. Der Mensch sollte schon in jungen Jahren dazu angehalten werden, seine Erinnerungen zu sortieren, Stunden, Minuten aufzubewahren, sie zu hegen, zu hüten, damit sie ihm erhalten bleiben. Hat ein Mensch keine Erinnerungen, so ist es, als hätte er gar nicht gelebt; er wird alt und fragt sich dann eines Tages verblüfft, wo ist denn eigentlich mein Leben geblieben, die Taschen sind leer, mir wurde alles gestohlen, und ich kann mich nicht einmal umsehen, um mein gelebtes Leben wieder einzusammeln.

Ich will eine für mich ganz kostbare und schauerlichschön gebliebene Erinnerung erzählen. Sie ist in meinem Bewusstsein so strahlend lebendig wie eh und je und hat sich in zwanzig Jahren kein bisschen abgenutzt oder irgendwelche Risse bekommen.

Diese Erinnerung handelt von einem Sommerabend, von einem Mädchen, vom Himmel und vom Plattensee.

Dort, im mondänen Balatonfüred, verbrachte ich meinen freien Sommer. Ich hatte einen netten guten Freund, Arzt von Beruf, der seit dem Frühjahr mit einem hübschen Mädchen verlobt war. Die Familie der Braut mietete dort am Hügel von Füred seit vielen Sommern immer dieselbe Villa; mir war das Mädchen seit meinen letzten Ferien vom Sehen bekannt. Als wir uns diesen Sommer in der Platanenallee am Seeufer begegneten, hat mir mein Freund seine Braut vorgestellt. Ich war erfreut, da schau her, sagte ich mir, dieses attraktive Persönchen ist es also, von der mir der Freund im Winter vorgeschwärmt hat. Der Bräutigam war übrigens damals nicht im Urlaub, er arbeitete in der Klinik und würde erst im August zwei Wochen Ferien haben. Bis dahin konnte er seine Braut nur an den Wochenenden sehen. Samstagabend reiste er an, Sonntagabend fuhr er wieder. Meine Freundschaft mit ihm datierte noch aus unserer Studentenzeit. Er war zwei, drei Jahre älter als ich, versorgte mich stets mit Lektüre, unterrichtete mich aus purer Freundschaft sogar in Französisch. Ich habe eine Menge von ihm gelernt. Er erzählte mir interessante Dinge, zum Beispiel aus der Drüsenforschung, denn er machte eine Ausbildung zum Internisten, wollte sich auf dieses Fachgebiet spezialisieren. Als er das Studium hinter sich hatte, fand er bei einem berühmten Internisten eine Stelle und konnte sich in dessen Laboratorium ganz der Forschung widmen. Dies war auch der Grund, warum wir uns nur noch selten sahen.

Also, ich werde von diesem Abend erzählen. Dem Abend, als ich an der Schiffsanlegestelle dem Freund und seiner Braut begegnete. Sie warteten auf das Ablegen des Acht-Uhr-Dampfers nach Siófok, dort würde mein Freund nach neun den Schnellzug nach Pest erreichen. Nachmittags hatte ich mit den beiden Verliebten im Wasser geplanscht, mich auch schon von ihnen verabschiedet, deshalb mussten wir lachen, als wir uns jetzt schon wieder über den Weg liefen und das Abschiedszeremoniell wiederholt werden musste. Ich blieb noch kurz bei ihnen, bis das Schiff anlegte, was ja nur ein paar Minuten dauerte. Um uns herum, an der Anlegestelle und auf der Schiffsbrücke herrschte ein lustiges, lautes Gewimmel; denn mit diesem Schiff fahren die Ausflügler vom Südufer und die aus Pest angereisten Gäste nach Hause. Es war ein ausnehmend schöner Sommerabend, auch oben am Himmel war Sonntag, wie hier unten auf der Erde.

Der kleine Plattensee-Dampfer hatte also abgelegt. Die Braut hob zum Abschied den Arm, der Bräutigam lehnte an der Reling, zog sein Taschentuch heraus und winkte eifrig zurück. Ich sah, wie das weiße Taschentuch sich auf dem dunklen Wasser spiegelte, durch die aufgewühlten Wellen in viele kleine Stücke zerteilt. Dann wandte ich mich ab, dieser Augenblick des Abschieds sollte nur den beiden gehören. Mir tat das Herz ein bisschen weh, ich hatte niemanden.

Das Schiff drehte ab, die vielen weißen Shorts und hellen Hosen am Ufer zerstreuten sich. Es war auch Zeit fürs Abendbrot. Ich wollte das Mädchen heimbegleiten, wie es sich gehört.

»Nein«, sagte sie, »gehen wir noch nicht. Setzen wir uns irgendwo ans Ufer.«

»Werden Sie nicht das Abendessen versäumen?«

»Ach wo, wir haben schon gegessen, heute früher, wegen Ákos. Meine Eltern wollten sich auch bald hinlegen, denn dieser Sonntag war anstrengend, ein einziges Kommen und Gehen von Besuchern. Ich wüsste wirklich nicht, was ich jetzt daheim anfangen sollte.«

Sie führte mich am Ufer entlang. Blieb dann vor einem kleinen Bootssteg stehen. Von der kurzen Brücke führten vier Stufen zum Wasser hinunter.

»Kommen Sie«, sagte sie, »setzen wir uns auf die Stufen. Ich sitze hier so gern. Es ist schön, dem gleichmäßigen Geplätscher zu lauschen.«

Wir setzten uns. Die Wellen leckten im Takt an der Uferbegrenzung, die festgemachten Ruderboote schaukelten ruhig hin und her, als begleiteten sie ein leises Schlaflied; ganz nah am Steg begann das Schilf, aus dem das schmachtende, geheimnisvolle Quaken der Frösche herübertönte.

Das Mädchen umfasste ihre Knie, hob den Kopf und sah in die Ferne, zum anderen Ufer hinüber, nach Földvár. Ich wartete, dass sie etwas sagte. Es ist schwierig, mit einem Mädchen, mit dem man eigentlich nichts zu schaffen hat, so zu sitzen und zu schweigen. Ich sollte ein Gespräch anfangen.

»Armer Ákos. Schade, dass er schon wieder abfahren musste.« Schweigen. Also sagte ich noch einmal:

»Ein liebenswerter und sympathischer Bursche, dieser Ákos. Ein wertvoller Mensch. Ich mag ihn sehr gern.«

Sie schwieg noch eine weitere Drittelminute; dann sagte sie, ohne den Kopf auch nur ein wenig zu bewegen:

»Ich liebe ihn nicht.«

Mir stockte der Atem. Ich wandte mich ihr zu. Das Mädchen sah mit starrem Blick zum jenseitigen Ufer hinüber, dort blinkten zögerlich wie kleine Sterne die Lichter von Földvár. Noch einmal sagte das Mädchen, diesmal mit kräftigerer Stimme:

»Ich liebe Ákos nicht. Werde ihn heiraten, aber das ist etwas anderes. Ich bin nicht verliebt in ihn. Bin es nicht. Nein, nein, nein!«

Das dritte Nein hat sie mit dieser zitternden Stimme so laut geschrien, als wollte sie es Földvár auf der anderen Seite des Sees kundtun und auch noch die Dörfer hinter Földvár wissen lassen.

Ich riss den Kopf hoch. Niemand konnte uns sehen, das ganze Ufer war menschenleer.

Mir stand der Mund offen, doch brachte ich keinen Laut heraus, musste mich zusammennehmen.

Das Mädchen legte den Kopf in den Nacken und schaute zum Himmel hinauf:

»Ein wunderschöner Abend!«

Und sie seufzte tief, überwältigt von dem Anblick oder vielleicht auch vom Schmerz?

Im nächsten Augenblick leuchtete das Gesicht des Mädchens auf. Und auch der Himmel, der See. Es blitzte, ihr Gesicht lächelte. Selbst das weiße Seidenband, das ihr Haar an die Stirn presste, lächelte. Das Mädchen ging den ganzen Tag mit diesem Seidenband im Haar, wie man es beim Tennisspielen trägt.

Sie tat, als hätte sie das Wetterleuchten gar nicht wahrgenommen. Möglicherweise sah sie ihr eigenes Leuchten oben am Himmel, den der Blitz erhellte.

»Gott!«, sagte das Mädchen und schloss die Augen. Und mit geschlossenen Augen, nach dem so leidenschaftlich gehauchten Gott, sagte sie wieder so leise, dass ich es kaum verstehen konnte:

»Und wen lieben Sie?«

Dann noch einmal, etwas gedämpft, aber fast zornig:

»Sagen Sie doch, wen lieben Sie!«

Weil ich ihr Gesicht beobachtete, registrierte ich gar nicht, wie sich ihre Hand auf die meine legte, die an meinem rechten Schenkel ruhte. Ich spürte nur diese feine, zarte Wärme und wie meine Hand, mein Knie und auch meine Schulter zitterten.

Das Mädchen rückte ganz nah, legte die Stirn an meine Schulter und presste ihr Gesicht dagegen. Dann hob sie mit geschlossenen Augen den Kopf zu mir und flüsterte mit ersterbender Stimme:

»Sagen Sie …«

Was tut ein Mann von fünfundzwanzig in einem solchen Augenblick? An einem lauen Juliabend, allein mit einem so begehrenswerten Geschöpf, wenn ihm ihre vibrierenden Finger über den Handrücken streichen, sie ihm ihre Sehnsucht ins Ohr stöhnt und ihre Hitze ins Gesicht haucht, ihn den betörenden Duft ihres Nackens, ihres Haars atmen lässt?

Ja, die glühend heiße Betäubung hatte meine Sinne schon erfasst, Hände und Kopf rührten sich bereits, um dieses Mädchen an mich zu reißen, es zu küssen und …

»Ach!«, schrie da das Mädchen auf. Gleißende Helligkeit beleuchtete unsere Gesichter, die Kleider, das schwarz schimmernde Wasser, den Sternenhimmel. Es hatte geblitzt. Dieser Blitz fuhr im Zickzack über den See. Und etwa fünfzehn Sekunden lang konnte man nichts sehen, nur gleißendes Licht.

Das Mädchen riss den Kopf von meiner Schulter, auch ich reckte mich im Sitzen hoch.

Aus dem strahlenden Sommerabend war eine zwielichtige Dämmerung geworden, als das überraschend starke blendende Licht erlosch. Ihre Hand lag noch auf der meinen. Ich hörte, wie das Mädchen verlegen lachte, sie wandte sich heftig zu mir hin, wollte vermutlich etwas sagen wie: Ach, jetzt hab ich mich aber erschrocken …

Da, im selben Augenblick, schon wieder ein Blitz, greller noch und von längerer Dauer. Der Himmel wie im Morgengrauen voller rosa und violetter Wolken. Die Sterne hatte die aggressive Helligkeit verschluckt. Nach diesem Blitz wurde der Himmel über uns grau, die Sterne schienen geflohen zu sein. Von der Uferpromenade oberhalb von uns waren verängstigte Rufe und eilige Schritte zu vernehmen. Gäste, die unter den Platanen gesessen hatten, um den lauen Abend zu genießen, flüchteten zurück in ihre

Unterkünfte. Von rechts aus dem Schilf hörte man das säuselnde Wehen, und auch von da, wo die Platanen standen, kam ein Wind, der uns frösteln ließ. Die Segelboote in der kleinen Bucht begannen zu schaukeln, und die Wimpel an den Masten flatterten wild. Das alles geschah innerhalb einer halben Minute. Vielleicht wären wir von den Stufen aufgestanden oder auch sitzen geblieben, und unsere Köpfe hätten sich aneinandergeschmiegt … Doch da gleißte ein dritter Blitz, ein fast schmerzhaft blendender und beängstigender Blitz, wie er eigentlich nur zu sehen, zu erleben, aber nicht zu beschreiben ist. Der Himmel sah aus, als hätte man einen Vorhang zur Seite gezogen und die Szenerie elektrisch angestrahlt. Der Blitz zuckte, schoss und zirkelte gleichzeitig an fünfzehn, zwanzig Stellen herab. Der See glänzte wie spiegelndes Eis, die schneeweißen Fassaden der fernen Villenzeile von Földvár sprangen uns förmlich an, und selbst die verwitterte Klosterkirche von Tihany schob sich in Weiß erstarrt heran. Ich sah das Mädchen an, weil ihre Hand von meiner glitt. Ihr Gesicht war totenbleich. Sie schaute zu mir, schien mich aber in dieser unheimlichen Helligkeit gar nicht zu sehen.

Himmel und Wasser wurden plötzlich schummrig trüb. Irgendwo hinten bei den Villen ließ jemand ein Rollo herab. Dann saßen wir ein paar Augenblicke völlig regungslos in diesem starr-diffusen Licht verschreckter Lautlosigkeit. Erneut flammte es am Himmel auf, und ringsum begannen unzählige Blitze die großartige blaue, gelbe, orangefarbene und purpurne Wolkendecke zu spalten, brachten von unten die ganze Helligkeit zum Erzittern, erfassten, alles überstrahlend, das Himmelsgewölbe. Dichter und dichter wurden die Blitze, diamantene grünliche und rosarote

Schlieren überzogen, vom feurigen Zickzack durchzuckt, das Firmament. Mit Peitschenknallen, Schwerthieben, Karbatschenschlägen prasselte ein Blitzeregen hernieder, wie feurige Spieße stachen und stocherten sie, wie spitze Eiszapfen stürzten die unzähligen Blitze von überall herab, und all das geschah hundertfach gespiegelt auch auf dem Wasser, auf den sich überschlagenden Wellen.

Dabei war es so hell, als wäre das ganze Land, ja die Welt, alles Leben erleuchtet.

So saßen wir da, zwei angstvolle Augenpaare angesichts dieser grandiosen, schockierenden Vision, verschreckte Herzen, abergläubische Seelen, wie zwei verirrte Kinder.

Nach einer ewig erscheinenden halben Stunde begleitete ich das Mädchen dann unter dem finster gewordenen Himmel nach Hause. Auf dem ganzen Weg sagten wir kein einziges Wort.

(1922)

Jancsi

Jancsi, ein Freund aus meiner Jugendzeit, ist seinerzeit einmal in das Kaffeehaus eingefallen, in dem ich am Kartentisch ums tägliche Brot kämpfte. Es war noch nicht ganz drei nach Mitternacht. Er stürzte auf mich zu, als müsste er mir das Leben retten, und rief schon von Weitem:

»Mensch! Wie ich dich gesucht habe!«

Ich wusste, dass er keinen Kreuzer mehr in der Tasche hatte, sonst wäre er nämlich noch bei den Damen der Artistenschau gewesen und nicht hier. Ich schickte ihn in eine Fensternische, er solle dort die illustrierten Blätter studieren und auf mich warten. Nach einer Stunde war ich mit dem Brotverdienen fertig, von meinen zwanzig Forint waren zehn verloren. Jancsi hatte inzwischen eine Familienszene auf das Marmortischchen skizziert, dazu die illustrierten Blätter und eine Flasche Pilsner konsumiert. Das Zahlen überließ er mir.

Als wir durch die Tür in die blaue Stadt hinaustraten, setzte mich Jancsi davon in Kenntnis, dass er bei mir zu übernachten gedenke, weil man wieder einmal die Türklinke seines Zimmers entfernt hatte. Jancsi residierte im Hotel *Altesse*, wo der Oberkellner seine Wochenrechnungen sammelte; und sobald die aufgelaufene Schuld eine gewisse Grenze überschritten hatte, wurde sein Zimmer mit einem Wertheimschlüssel verschlossen und die Klinke entfernt, sodass er seiner Bleibe, wenn er sich denn von ihr trennen musste, nicht einmal mehr die Hand reichen konnte.

Wir nahmen einen Wagen, denn Jancsi ging nur bei Regen zu Fuß, jetzt aber brach gerade eine wunderbare Morgendämmerung an. Jancsi fixierte eine Weile den Abendstern, erhob sich dann plötzlich, breitete die Arme aus und jammerte anklagend:

»Ein so begnadeter Künstler wie ich und so leere Taschen!«

Der schöne Morgenstern ließ Jancsi noch elender aussehen und zog sich dann in den Himmel zurück. In Selbstmitleid versunken, ließ sich Jancsi wieder in den Sitz fallen, streckte die Beine gegen den Kutschbock und steckte seine beiden Fäuste in die Hosentaschen.

»Nichtsnutziger Halunke«, sagte ich ohne Groll, »willst du nicht arbeiten! Ich gehe immerhin Karten spielen. Du hast ja gesehen, mit was für ekelhaften Typen ich mich hinsetzen und um Geld spielen muss: Warum gehst du nicht wenigstens spielen? Wie viele arme Farbenkleckser hocken bis zum Morgen am Kartentisch!«

»Ich bin zu faul zum Spielen.«

»Aber dann könntest du doch wenigstens malen.«

»Malen, ja? Weißt du, was der alte Bischoff von der ›Kleinen Sünde‹ mir letzte Woche zugemutet hat? Ich brachte ihm zwei Seiten Aktzeichnungen in die Redaktion und bekam dafür fünfzehn Kronen. Bischoff wollte die Zeichnungen sehen, als ich ihm die Anweisung zum Abzeichnen vorlegte, er fragte dann: ›Und wo sind die Knospen?‹, kramte einen Tintenstift aus der Schublade, feuchtete die Spitze mit der Zunge an und kleckste damit Brustwarzen auf meine Akte. Er verlege, das solle ich mir merken, ein pikantes Blatt, und da müssten, bitte schön, auch die Zeichnungen pikant sein. Also sag, kann man, darf man so arbeiten?«

»Ja, gut. Rede jetzt nicht mehr so viel, ich bin müde.«

Ich schloss die Augen. Doch er ließ mich nicht einschlummern.

»Weißt du, Sanyi«, stöhnte er, »das ganze Leben ist nur eine Frage der Mittel. Könnte ich mir Leinwand, anständige Farben leisten, mein Lieber, bei meiner Begabung … Du weißt doch, wie die Kunsthändler hinter mir her sind? In einem halben Jahr habe ich einen Namen, das kannst du mir glauben. Ich werde das alles hier hinter mir lassen und mir in Paris ein Atelier nehmen. Oder? Wenn ich Geld hätte, könnte ich schon morgen ein neues Leben anfangen.«

Großmütig und sehr schläfrig sagte ich, nur um meine Ruhe zu haben: »Jancsi, ich werde dir von meinem fast zehn Forint betragenden Vermögen fünf Forint überlassen, damit du ein neues Leben beginnen kannst. Reicht das?«

»Wenn du nicht mehr hast. Drei Kronen die Leinwand, fünf Kronen die Farben, zwei für die Kost, da bleibt mir auch noch was für Zigaretten. Ja, da arbeite ich am Nachmittag schon im Atelier von Sigi Tyúk.«

»Gut, zu Mittag, wenn wir aufstehen, kriegst du die zehn Forint. Aber wenn du morgen nicht dein neues Leben beginnst, brauchst du dich bei mir nicht mehr blicken zu lassen, das sag ich dir.«

Tief neigte er den Kopf, um mir die Hand zu küssen, verlangte eine Zigarette und bat den Kutscher um Feuer, dann lehnte er sich zurück und fing an, unter den aalfarbenen Wolken mit der Zigarette in der Hand Husarenlieder zu schmettern, bis wir zu Hause waren.

Bei mir aß er das Teegebäck auf, das ich noch hatte, bekam ein Gläschen von meinem Crème d'Yvette, erbettelte sich eine weitere Zigarette und zog sich dann aus; er wusch sich, klatschte sich eine Handvoll *Eau de Cologne Impériale Russe* ins Gesicht, zog mein Nachthemd an und legte sich in meinem sogenannten Arbeitszimmer aufs Sofa.

Ich selbst beendete im Schlafzimmer schon nach einer Minute meine nächtliche Leseprozedur, löschte das Licht und begann, mit geschlossenen Augen eine Donau zu betrachten, die Donau des Lebens; sie floss langsam flussaufwärts, wie durch ein Stiegenhaus, lauter Köpfe nebeneinander, Kinder-, Frauen-, Buben-, Greisenköpfe, die Menschheit, stumm hinanfließend in unendliche Höhen.

»Gluck, gluck, gluck.« Ich öffne die Augen und lausche.

»Gluck, gluck, gluck.« Jancsi gießt sich ein Gläschen Crème d'Yvette ein. Trinkt es aus. »Aah.«

»Du Schuft!«, sage ich. »Du säufst den teuren Schnaps? Glaubst du vielleicht, den hätte ich für dich gekauft?«

Er stellt das Gläschen geräuschvoll aufs Tablett, lacht und meint:

»Sanyi, sei mir nicht böse, bitte.«

»Ich bin dir nicht böse«, sage ich, »aber ich ziehe dir dieses Glas Crème d'Yvette von den zehn Kronen ab. Ein solches Gläschen kostet eine Krone. Du bekommst, wenn wir aufstehen, neun Kronen für dein neues Leben.«

»Mach keine Witze.«

»Mach ich nicht. Du wirst schon sehen. Servus.«

»Servus, mein lieber Sanyi. Und bitte, sei mir nicht böse. Ein köstliches Getränk. Du, wo kriegt man den?«

Ich würdigte ihn keiner Antwort. Senkte meine Wimpern und gelangte in eine wunderschöne Landschaft, in der es hohe Berge gab, oben der blaue Himmel, und mit all meiner Kraft wollte ich den höchsten Gipfel erklimmen, um von dort durch den Himmel aus der Welt hinauszuspringen. Und vor diesem letzten gewaltigen Schritt spricht mich eine Stimme an:

»Sanyi.«

Ich öffne die Augen. Was will dieser Gangster? Und wieder:

»Sanyi?«

Ich antworte nicht. Höre, wie das Sofa knackt. Aha, Jancsi steht auf, geht auf leisen Sohlen zum Schreibtisch, der Korken gibt ein süßes Plopp von sich und …

»Gluck, gluck, gluck.«

Dann:

»Aah.«

Ich rufe hinüber:

»Eine Krone, danke. Bleiben fürs neue Leben noch acht.«

Er ließ das Gläschen fallen und lachte laut, fast fünf Minuten lang, und wiederholte immer wieder:

»Was für ein Pech ich habe, was für ein Pech.«

»Verflucht, so gib doch endlich Ruh! Wann sollen wir denn schlafen?«

Er legte sich wieder aufs Sofa und kicherte noch lange vor sich hin. Meine Lider fielen herab, ich hörte noch, wie draußen im Baum eine Amsel flötete, dann träumte ich mich in einen japanischen Nebel hinein, der Nebel schimmerte wie Seide, darin eilten unter flachen Basthütchen Wasserträger hin und her, aus einem blassen Haus mit Perlenvorhang trat die Cœur-Königin, um ihre winzigen Kirschbäume zu gießen, auch der Präsident der Redakteursgrotte tauchte aus dem Nebel auf, in seinem Redingote, mit weißem Bart und barfuß, als wäre er bereits dahingeschieden und würde jetzt im Himmel herumlungern. Es wurde gehustet, und ich öffnete die Augen.

»Ehe, ehö!«

Jancsi hustete. Er wird sich doch nicht erkältet haben? Ich versuchte, noch einmal in den japanischen Nebel zurückzublicken, denn er war so wunderbar zart. Jancsi hustete nachdrücklicher.

»Ache! Ache!« Und er rief sehr behutsam herüber:

»Schläfst du?«

Ja, ich schlafe. Mal sehen, was zum Henker er jetzt wieder will. Er steht erneut auf, marschiert zum Schreibtisch, Korken, Gläschen:

»Gluck, gluck, gluck.«

Er trinkt.

»Bleiben sieben Kronen«, sage ich trocken in geschäftsmäßigem Ton.

Er lässt einen Brunftschrei los wie ein Hirsch.

»Hast du nicht geschlafen? Wie schrecklich!« Und was soll der arme Tropf in seiner Scham auch sonst tun, er lacht lauthals und klatscht sich mit beiden Händen auf die Schenkel.

Endlich wird er ruhiger und meint:

»Du, Sanyi, wie viele Kronen sind es noch?«

»Sieben. Trink nur weiter, bitte.«

»Du willst mir die doch nicht wirklich abziehen?«

»Doch! Du hast noch Geld für sieben Gläser. Kredit bekommst du keinen, das will ich dir im Voraus sagen.«

Ich höre ihn drüben herumtappen, seufzen, kichern; dann kommt er mit der Flasche und zwei Gläschen zu mir.

»Liebster Sanyi«, sagt er, »sei mir nicht böse, etwas so Gutes habe ich in meinem ganzen Leben noch nicht getrunken.«

Er stellt das Tablett auf den Bettrand. Setzt sich zu mir und beginnt einzugießen.

»Mit den sieben Kronen kann ich ohnehin kein neues Leben mehr anfangen. Ein First-Class-Getränk! Meinst du, dass es sich lohnt, ein neues Leben zu beginnen? Trink doch, Sanyi. Bist mein Gast. Prosit.«

»Na dann, Prost.«

(1922)

Seneca

Zum ersten Mal in meinem Leben hatte ich das Glück, dass mich die wohlgeborene Frau Valutay zum Abendessen einlud.

Die gnädige Frau Valutay hatte ich zusammen mit dem gnädigen Herrn Valutay ebenfalls bei einem Abendessen kennengelernt. Besser gesagt im Salon vor dem Abendessen, wo man den Damen und Herren vorgestellt wird, die einen noch nicht kennen.

Zu späterer Stunde, also nach dem Essen, als ich ins Vorzimmer hinausgeschlichen war, stieß ich auf die Valutays, auch sie brachen gerade auf. Als ich mich von ihnen verabschiedete, lud mich die gnädige Frau überfallartig für den kommenden Samstag zum Abendessen. Sie hoffe, mit mir rechnen zu können, sagte sie.

»Ja, gnädige Frau, ich komme gern. Meinen aufrichtigen Dank.«

Nicht im Traum dachte ich daran hinzugehen. Die Valutays gehen mich nichts an, sie interessieren mich nicht, und ich sehe keinen Sinn darin, mir am Tisch von fremden Leuten mit reichlich Speis und Trank, allerdings von gewisser Erlesenheit, den Magen vollzuschlagen.

Nun ja, doch da hatte ich auch schon den Frauenarzt Dr. Családi im Nacken. Er war ebenfalls geflohen. Wir nahmen zusammen ein Taxi. Gleich beim Einsteigen fragte er mich: »Haben dich die Valutays auch für nächsten Samstag eingeladen?«

»Tatsache, mein Lieber, haben sie. Aber …«

»Um Gottes willen, komm du auch, mein Bester, mir zuliebe. Wir unterstützen uns gegenseitig.«

Für Dr. Családi war es ein berufliches Muss, solche Abendgesellschaften zu frequentieren. Wie bei Porträtmalern und Architekten gehörte es zu seinem Beruf, bei Einladungen in noble Häuser zu erscheinen.

Dr. Családy ist ein guter Bekannter von mir, und so gab ich nach. Gut, auch ich werde zu den Valutays gehen.

Drei Tage später traf natürlich auch die schriftliche Einladung der gnädigen Frau ein. Wir würden uns freuen, Sie zu sehen. 20:30 Uhr. Adresse. V. K.

So wird man in der Gesellschaft herumgereicht, von Hand zu Hand, von Abendessen zu Abendessen.

Also bin ich an jenem Samstag mit der geziemenden halbstündigen Verspätung bei den Valutays erschienen.

Ihre Wohlgeboren residierten natürlich am Rosenhügel, in einer stattlichen Villa. (Es würde mich drei Pengő Taxigeld kosten, wenn ich mich um Mitternacht davonmache, denn um diese Zeit fahren keine Busse mehr.)

Ja, das muss ich erzählen: Im Salon, wo die geladenen Gäste unter lautem Geplapper darauf warteten, dass man sie zu Tisch bat, lag mitten auf dem runden Tischchen mit Spitzendecke in einer Ecke des Raumes ein Buch, in glänzendes Leder gebunden, mit Goldschnitt und Goldprägung auf dem Einbanddeckel. Dieser edel aufgemachte Band interessierte mich. Was konnte das sein, vielleicht die Memoiren eines klassischen Franzosen? Ich trat näher. Doch da fiel mir ein, was ich einstmals im ›Guten Benehmen‹ der Baronne de Staff gelesen hatte, dass man nämlich dort, wo man zu Gast ist, niemals etwas aus Neugier in die Hand nehmen darf. So beugte ich mich also nur darüber, um zu sehen, was es war. Nanu, da staunte ich aber. Ein Werk der Antike, auf Lateinisch! Was soll man dazu sagen, die gnädige Frau Valutay liest Seneca, und über dem Tischchen eine Leselampe, sie brennt, sogar jetzt, der riesige Lampenschirm wirft bernsteinfarbenes Licht auf das runde Tischchen. Vielleicht hat sie noch vor der Abendgesellschaft darin gelesen, in Senecas Trostschrift. Ich konnte mich gar nicht gebührend wundern, da stand die Dame des Hauses auch schon an meiner Seite:

»Gefällt es Ihnen?«, fragte sie und fügte sogleich hinzu: »Vielleicht doch besser erst nach dem Essen, verderben Sie sich nicht den Appetit damit!«

Die gnädige Frau hat schon recht, diese Trostleier des biederen Römers und das ganze von ihm geschilderte Jammertal könnten einem schon auf den Magen schlagen. Ich selbst habe auch einmal darin geblättert, aber auf Ungarisch, besaß damals lediglich eine billige Taschenbuchausgabe.

Beim Abendessen war ich Tischherr zur Rechten der am oberen Ende der Tafel thronenden Gnädigen.

Sie können sich denken, dass ich nun einigermaßen befangen war. Denn nicht im Traum hätte ich in dieser rundlichen Frau eine Dame von klassischer Bildung vermutet, nein, kein einziges Gramm Seneca war in diesen circa achtzig Kilogramm, die Ihre Hochwohlgeboren verkörperte, vorstellbar. Doch Geist ist offenbar keine Frage des Körpergewichts. Die empfindsamen Seelen des vergangenen Jahrhunderts genierten sich ja auch nicht, Speck anzusetzen. Ganz anders diese heutigen, nur scheinbar durchgeistigten Bohnenstangen, die meisten lesen nichts weiter als Bridge-Anleitungen und Cocktail-Rezepte. Schließlich hatte ich mit Frau Valutay noch keinen einzigen Satz geredet. Woher sollte ich wissen, was in der Wohlgeborenen alles schlummert. Jedenfalls muss ich mich schämen, dass ich die Dame auf den ersten Blick so ganz falsch eingeschätzt habe. Man sollte mit seinem Urteil eben nicht so voreilig sein.

Jetzt muss ich halt versuchen, mich mit der Gnädigen auf einem Niveau zu unterhalten, das eine ungewöhnlich gebildete Frau, die Klassiker in der Originalsprache liest, wohl auch erwarten kann.

Mit ziemlicher Beklemmung schlürfe ich die Consommé. Ob ich da mitkommen werde? Gott steh mir bei, ich werde es dir danken.

Es kommt die Vorspeise von der Art, die wie süße Mehlspeisen aussieht, obwohl sie mit Haché oder mit Fisch gefüllt ist. Diese Vorspeise aber sah gut aus, sie lächelte mich in der Farbe des Heliotrops an. Nun, sagte ich mir, da können wir uns doch sogleich auf das Feld der geschätzten Literatur begeben:

»Erlauben Sie mir, gnädige Frau, dass ich Ihnen zu dieser Vorspeise ein großes Kompliment mache. Sie sieht so köstlich aus, wie sie schmeckt. Und wie richtig doch der Gedanke ist, dass in der kulinarischen Wissenschaft die Ästhetik ebenfalls ihren Stellenwert haben muss. Dass unsere Speisen auch, im doppelten Wortsinn, auf unseren Geschmackssinn einwirken sollten. In diesem Sinne äußert sich wohl auch Petronius im ›Gastmahl des Trimalchio‹, in dem er über die Küche des Trimalchio schreibt.«

Frau Valutay schob die Unterlippe hoch, gleichzeitig zog sie auch ihre runde Schulter etwas nach oben: »Wissen Sie, ich gebe mich nicht viel mit der Küche ab. Verlasse mich da ganz auf meine Köchin. Sie war zuvor übrigens sieben Jahre beim Grafen Esterházy. Ich glaube, die Esterházys sind ein ausreichend anspruchsvolles Haus.«

Na, da war ich wohl auf dem falschen Dampfer. Ihre Wohlgeboren, die Seneca lateinisch liest, ist sicher zu stolz, um den mit kulinarischen Fragen befassten Petronius zur Hand zu nehmen.

Die gnädige Frau war übrigens auf eine ausgesprochen charmante Weise nett zu mir. Sie konnte mir von allem gar nicht genug anbieten, um mir gefällig zu sein. Als sie mir beim ersten Schluck ihr Weinglas zum Anstoßen entgegenhielt, strömte von ihrer Hand eine ganze *Masque-Rouge*-Wolke in meine Nase. Diesen magischen Duft verwendet sie also. Stürmische Leidenschaften müssen diese volle weiße Physis erschüttern. Die Augen der Gnädigen, hinter denen sich jeder Traum, jede Überlegenheit, jede Sehnsucht, jeder Schmerz tief eingegraben haben, schweifen mit gemessenem Interesse nach links und rechts über die Gäste, hinunter bis ans andere Ende der Tafel, wo vis-à-vis von ihr mit seinem öden, vertrockneten Schädel der wohlgeborene Herr Valutay wie ein lebloser Hering sitzt, dem man eine glänzende Hornbrille aufgesetzt hat, um ihm etwas Leben ins Gesicht zu mogeln.

Die arme Frau brauchte natürlich Senecas tröstende Worte.

Gewiss hat dieses große Quantum Frau auch musikalisch seine Ansprüche. Versuchen wir es also mit der Musik, das könnte einfacher sein.

»Vermutlich waren Sie letzte Woche auch in dem Ravel-Konzert? Wie stehen Sie, Gnädigste, zu dem so überstrapazierten ›Bolero‹?«

Frau Valutay lächelte mich an, zögerte. Dann senkte sie die Wimpern und schwenkte den Kopf hin und her.

»Verehrtester«, sagte sie, »ich kann Ihnen sagen, all diese Konzerte geben mir weniger als ein einziger Zigeuner. Den kleinen Magyari bete ich geradezu an. Er ist einfach himmlisch!«

Wie peinlich. Diese Dame foppt mich. Sicher hat sie César Franck und Palestrina längst hinter sich, und vielleicht sind auch Bach und Brahms für sie schon passé, wie sollte sie sich da für Ravel erwärmen. Und Ravel ist schließlich kein so großes Ereignis, auch dirigieren kann er nicht, in der Konzertpause hat ihn ein mit mir befreundeter Musikkritiker ziemlich heruntergemacht. Es war nicht passend, der Dame jetzt mit Ravel zu kommen.

Nach den Backhendln habe ich wieder die Literatur hervorgezerrt. Ich musste meinen Fehlgriff irgendwie wiedergutmachen.

Glaube, Wells müsste ihr doch vielleicht imponieren? Sein neues Buch wird jetzt viel besprochen.

»Ach, liebe gnädige Frau, mich würde sehr interessieren, wie Sie über Wells denken?«

»Wells? Ist das ein Pferd oder ein Jockey?«

Ich bekam einen roten Kopf. Und begann zu stottern:

»Großer Gott ... Er ist doch ein ernst zu nehmender Schriftsteller ...«

Mit vernichtendem Gleichmut erwiderte die Gnädige:

»Kenne ich nicht. Ich lese gerade ein prachtvolles Buch von Vicky Baum.«

Ich war verwirrt und sprachlos. Vicky Baum. Narrt sie mich, oder ist das ihr Ernst? Sie liest Vicky Baum. Gut, ja, was soll ein dermaßen verrückter Engländer wie dieser

Wells einer so hochgebildeten beziehungsweise tiefschürfenden Person schon geben, die ihren Intellekt mit Autoren wie Seneca, Aristoteles, vielleicht sogar Plato und Plotin füttert? Sie muss gelegentlich vom Ringen ihrer Seele verschnaufen, ihr Gehirn ausruhen, da flieht sie eben zu Vicky Baum. Ich verstehe sie. Fange sogar an, den Zigeunerprimas zu begreifen.

Die gnädige Frau hatte sich inzwischen übrigens von mir abgewandt und sich mit heldenhafter Selbstverleugnung ins Gespräch ihrer Nachbarn eingeschaltet. Da behandelte man soeben die vertrottelte, gefräßige Baronin, die überall gegen Morgen die Reste vom Büfett abgrast und oft dabei erwischt wird, dass sie beim Bridge falsch aufschreibt (ganz so vertrottelt ist sie also doch nicht).

Ja, ich kann sagen, dass ich glücklich war, als Frau Valutay die Tafel aufhob und ich mich in den Salon verfügen konnte, wo ich mich einer weniger komplizierten Gesprächspartnerin zugesellte.

Bitte sehr, nach einer halben Stunde kommt die wohlgeborene Frau Valutay zu unserem Kanapee, sehr aufgeräumt, den Seneca auf dem Handteller.

O Gott!

Sie schlägt den Klassiker auf, das heißt, sie hebt den Buchdeckel an:

»Bedient euch bitte.«

Und sie bietet aus Senecas Trostschrift – feines Konfekt an.

Ach, du Esel!

Hol doch der Teufel diese Baronne de Staff!

(1938)

Ich gebe nichts

Servus, mein Lieber, was gibt's, wie geht's, hab dich seit ewigen Zeiten nicht mehr gesehen. Du verzeihst, dass ich mich ein wenig verspäte. Hatte heute einen ziemlich harten Tag, du verstehst? Auch jetzt konnte ich nur wegkommen, weil mich die Sekretärin bei den letzten beiden Besuchern verleugnet hat. Viertel acht. Da ist es an der Zeit, nicht wahr, dass ich endlich einmal zum Durchschnaufen komme. Ach, lass nur, nein, mein Bester, du belastest mich nicht. Wo bleibt denn dieser Kellner? Ich bat dich auch deshalb hierher ins Café, weil du oben sicher noch eine Stunde hättest warten müssen, und das wäre mir bei einem guten alten Kameraden doch peinlich gewesen. Es war vernünftig, dass du angerufen hast, denn ich mag es nicht, wenn mich Leute ohne Anmeldung einfach überfallen, auch seriöse Herrschaften wundern sich dann, wenn sie nicht vorgelassen werden. Was ist, sind denn die Kellner hier ausgestorben? Lass nur, er kommt ja schon. Endlich. Bringen Sie mir, mein Freund, einen Cognac und ein Glas Mineralwasser. Also, mein Guter, jetzt rede, wie geht's? Was treibst du so? Was kann ich für dich tun? Bitte, bitte, du musst gar nichts erklären. Ist ja schrecklich, mein Lieber, aber verglichen mit dem, was da noch alles folgen könnte! Du hast Schwierigkeiten, natürlich, aber wer hat die heute nicht. Ich versteh dich ja, verstehe alles. Warte, mein Bester, muss nur kurz ins Abendblatt hineinschauen. Sprich doch, ich höre alles. Na ja, mein Lieber. Habe jedes Wort mitbekommen. Sag, um welchen Betrag würde es sich handeln? Um wie viel? Ha, ha. Pardon, lieber Freund, ich frage ja nur, weil – kennst du den alten Witz? Der alte Jude hält einen Fiaker an: Um wie viel können Sie mich zum Ostbahnhof hinausbringen? Und als ihm der Kutscher die Tax nennt, gibt er ihm das Zeichen zum Weiterfahren: Ich wollte nur wissen, wie viel ich mir erspare, wenn ich zu Fuß laufe. Also, lieber Freund, um dir gleich einmal reinen Wein einzuschenken, ich werde dir kein Geld geben, so wie ich auch sonst niemandem auf der Welt einen lumpigen Heller gebe. Ich gebe nichts, auch wenn du mir ein noch tausend Mal teurerer Freund wärst, nein, auch dann nicht. Du magst dazu so große Augen machen, wie du willst. Ich erkläre dir, mein Lieber, was du mir auch immer erzählen wirst und wie groß und schwer auch die Tränen sind, die dir jetzt über die Wangen kullern, ich gebe nichts. Alles vergebliche Liebesmüh, wie man so sagt. Und drohe mir ja nicht mit Selbstmord, es funktioniert nicht, ich bin nicht sentimental. Ein grausamer harter Hund bin ich, wie du siehst, mein Bester. So, und nun gestatte mir bitte, dass ich dir meine diesbezügliche Hartherzigkeit erkläre. Das bin ich einem so guten alten Freund wie dir einfach schuldig, und mir selbst auch. Bitte hör mir gut zu, wie auch ich dir zugehört habe, und du wirst mich verstehen, wie auch ich dich ja verstanden habe. Also, mein Guter, fangen wir ganz von vorn an: Als Erstes bitte ich dich um Antwort auf meine Frage, wer dir das Recht gibt, mich um Geld zu bitten. Ja, sicher, du warst mein Schulkamerad, acht Jahre lang gingen wir in dieselbe Klasse. Aber wenn das schon ein Rechtstitel wäre, so könnten alle meine Regimentskameraden, denen es gerade an Geld fehlt, mit demselben Recht zu mir kommen, und auch die, mit denen ich zusammen studiert habe. Und warum sollten nicht auch alle meine Namensvettern oder diejenigen, die wie ich einen Kreuzschnitt im Nacken haben, bei mir anklopfen? Und wenn ich all denen etwas gäbe, sag doch, mein Freund, wie würde ich dann dastehen? Da fällt mir ein, was mir vor ein paar Wochen einer unserer Kollegen im Club erzählt hat, ein angesehener Weingutsbesitzer, der auch in Pest mehrere moderne Mietshäuser sein Eigen nennt. Bei ihm ließ sich irgendein verkrachter Verwandter melden und bat ihn um fünfhundert Pengő. Und wann gedenkst du, sie zurückzuzahlen? Der Betreffende bricht in zynisches Gelächter aus, zurückzahlen? Niemals! Ehrenwort! Gib sie mir einfach, denn du hast ja genug davon, und ich habe nichts. Doch ansonsten solle man – so meinte er – diesen schnöden Mammon nicht gar so wichtig nehmen. Also, ich bitte dich, wenn mir so etwas passiert, schlage ich den Betyár auf der Stelle nieder, noch jetzt steigt mir das Blut in den Kopf, wenn ich an den Fall denke. Doch nun, mein Freund, lass uns sehen, wie sehr es meine Pflicht ist, irgendjemandem mit Geld beizustehen. Kannst du dir denn überhaupt vorstellen, welche immensen Summen ich für mein Vermögen und mein Einkommen zu entrichten habe, wo doch der Staat in den letzten zwei Jahrzehnten in einem solchen Tempo die Steuerlast angehoben hat? Aber ich verliere darüber kein Wort, denn Steuern sind nun mal im Interesse der Bürger und demzufolge auch eine Pflicht für diese. Sicherlich weißt du nicht, dass ich in den Jahren neunzehnhundertfünfzehn und -sechzehn in zwei Raten insgesamt zweihundertfünfzehntausend Kronen Kriegsanleihe gezeichnet habe. Dass ich keinen Herzschlag bekam, als wir den Krieg verloren haben, verdanke ich nur der besonderen Gnade Gottes. Aber fahren wir fort. Die Summe, die man mir als Beihilfe für die Armen auferlegt hat. Ich liefere sie Monat für Monat bei der Behörde ab. Und an jedem Monatsersten zahle ich auch die Bettlersteuer ein. Zu den beiden letzteren Abgaben habe ich zwar meine ganz persönliche Meinung, doch das ist nebensächlich und interessiert dich ohnehin nicht. Also auch das muss ich schlucken. Was soll man tun? Ja, und vergessen wir nicht: Jedes Jahr vor Weihnachten, wenn Ihre Durchlaucht die große Wohltätigkeitsaktion startet, bitte sehr, ist in den Blättern nachzulesen, übrigens auch bei jeder Hochwasserkatastrophe, mit welcher Summe ich auf der Spenderliste stehe, sobald eine Sammlung veranstaltet wird. Das soll, bitte schön, nicht heißen, dass ich diese Summen leichten Herzens gebe, Gott behüte, sie kosten mich alljährlich ein paar schlaflose Nächte, doch wie du weißt, sind solche Opfer unvermeidlich; und meinesgleichen kann da keineswegs zurückstehen, es ist ja auch eine Frage des Prestiges, man steht schließlich mit seinen Summen in Evidenz. Nun, mit alldem wollte ich dir nur klarmachen, dass ich gegenüber Staat und Gesellschaft meine Pflichten erfülle. Doch darüber hinaus hat kein Gott und kein Mensch von mir etwas zu fordern. Sicher, du sagst dir nach alldem natürlich, wenn ich ein netter Kerl wäre und ein bisschen Menschlichkeit empfände, so würde ich einen, der ohne eigene Schuld in Schwierigkeiten geraten ist und sich in seiner Not an mich wendet, nicht mit leeren Händen wegschicken. Aber wenn du so denkst, lieber Freund, machst du mich gleichsam für dein Schicksal mitverantwortlich, für das du aber nur deinen Vater und den lieben Gott zur Verantwortung ziehen kannst. Und natürlich auch dich selbst; wenn ich mich recht entsinne, habe ich dich sogar damals getadelt, als du mir nach der Matura erklärt hast, du würdest eine Beamtenstelle annehmen, weil du nicht noch viele Studienjahre lang darben möchtest. Dein Leben hätte eine ganz andere Wendung genommen, wenn du wie ich die Rechte studiert hättest. Kann ich dafür, dass du dich gegen eine Karriere und früh für Frau und Kinder entschieden hast? Sag, mein Bester, was möchtest du jetzt tun, wenn du mich gar nicht kennen würdest, was wäre, wenn es mich gar nicht gäbe? Was? Ist doch purer Zufall, dass es mich gibt und dass wir im Gymnasium in derselben Klasse saßen. Und dann, ich bitte dich, was heißt schon: Wir sind doch alle Menschen, Mitmenschen? Ach! Wenn ich das schon höre. Wir prozessieren gegeneinander, stoßen uns gegenseitig vor der Garderobe zur Seite, hassen uns, konkurrieren in jeder Beziehung und morden uns sogar gegenseitig, das ist das Leben. Gut, wir können, wenn du willst, auch darüber nachdenken, ob es richtig oder, sagen wir, überhaupt gerecht wäre, wenn ich dir jetzt Geld gäbe. Die subjektive Seite der Angelegenheit wollen wir mal außer Acht lassen, nämlich dass du mich, wenn ich dir etwas gäbe, nur hassen würdest, denn wie ehrlich du auch bist, du könntest diese Summe gewiss niemals zurückzahlen. Ja, ja, lassen wir das nur, denn die Verhältnisse werden nicht besser, im Gegenteil, sie verschlechtern sich laufend, nicht wahr. Und die Dankbarkeit, über die dann gefaselt wird, ist doch eigentlich nur Scham, Hass. Du wirst mir aus dem Weg gehen, weil dir die Sache peinlich ist. Auch nur an mich, deinen Gläubiger zu denken wird dir unangenehm sein. Nichts als Unmut, Abneigung, Verachtung erwächst daraus. Wenn ich dir nichts gebe, wirst du mich vermutlich nicht einmal so sehr hassen, dir vielmehr selbst helfen und mich vergessen. Ganz abgesehen davon, dass ihr euch über den, der euch Geld gibt, auch noch lustig macht. Lass mich bitte ausreden. Es entbehrt übrigens nicht einer gewissen Komik, wenn du mich herumkriegst und ich dir etwas gebe, obwohl du mir nichts gegeben hast. Auch ein Taschendieb macht sich über sein Opfer lustig, wenn er es um sein Geldbörsel erleichtert. Das Opfer aber hat für das Geld gearbeitet, oder die Summe, die sich in der Geldtasche befindet, ist Ergebnis einer riskanten Transaktion; dann kommt der Langfinger, hoppla, zückt mit zwei Fingern die Brieftasche. Setzt sich so mit einer einzigen flüchtigen Geste über die Arbeit, den Unternehmungsgeist, das Wissen und Kopfzerbrechen eines anderen hinweg, ja auch über das Recht, die Ordnung, das Gesetz; er lacht sich ins Fäustchen, und er hat recht. Nein, recht habt ihr, ich bin deswegen nicht böse, aber du musst mir schon zugestehen, lieber Freund, dass ich mich zur Wehr setze. Ich gebe nichts, also werdet ihr über mich nicht lachen. Und noch etwas, mein Lieber: Womit hättest du verdient, dass ich ausgerechnet dir helfe? Hast du dich denn jemals für mich interessiert, dich über meinen Erfolg gefreut, habe ich dir leidgetan, wenn mir der Zahn wehtat? Du wusstest es gar nicht. Natürlich nicht. Siehst du, nun schweigst du. Du interessierst dich für mich wie ein Attentäter für die Person, auf die er es abgesehen hat, oder der Mann für die Frau, deren Körper er einmal begehrte. Sicher bin ich dir auch gelegentlich in den Sinn gekommen, denn du begegnest meinem Namen ja immer wieder in den Zeitungen. Aber sag, was geht dir bei solchen Gelegenheiten durch den Kopf? Soll ich es dir sagen? Du beneidest mich, Kamerad, weil ich eine bekannte Persönlichkeit bin und weil mir der Ruf vorausgeht, ich sei ein steinreicher Mann. Natürlich, und mich würde auch interessieren, ob du und deinesgleichen auch nur zufällig einmal daran denken, welche Probleme und Sorgen mit der Verwaltung eines Vermögens verbunden sind und wie viel Schweiß es immerfort kostet, unsere Werte zu sichern und zu bewahren, durch Krisen, wirtschaftliche Probleme, Katastrophen zu lavieren: Weißt du denn, wie viele in diesen Zeiten herzkrank geworden sind oder dass manche dieser elenden Krösusse über solchen Problemen den Verstand verloren haben? Weißt du überhaupt, Kamerad, wen du beneidest? Einen beklagenswerten Wurm, der es auf dieser Welt niemals geschafft hat, dass ihn auch nur ein kleines Theaterflittchen um seiner selbst willen liebt, sondern nur, weil ich Geld habe, eine wie nette und angenehme Kreatur ich auch privat sein mag. Du kannst dir gewiss nicht vorstellen, von welchen Ängsten ich geplagt werde, wenn ich im Schlafwagen reise oder in der Nacht aufschrecke, sobald ich Geräusche höre und glaube, jemand sei in der Villa, dass sie kommen, mich ausrauben und umbringen. Bitte sehr, ich habe keinen einzigen richtigen Freund, denn wir Persönlichkeiten des öffentlichen Lebens werden auch untereinander von Eifersucht geplagt wie die Sänger, und ich habe auch kein herziges Kind, weil mein Sohn und meine Schwiegertochter schon jetzt darüber nachdenken, wie lange es noch dauern könnte, bis sie mich beerben. Diesen Menschen beneidest du, den einsamsten, vielleicht unglücklichsten auf der Welt! Die Beneidenswerten seid doch ihr, ja ihr, die niemand belauert und für die es ein Festtag ist, wenn sie mit dem Ausflugsdampfer *Zsófia* eine Spazierfahrt machen können, und für die das Achtellos in der Klassenlotterie allmonatlich eine so werte rosarote Hoffnung, deren ganze Existenz eine einzige Illusion ist, der Kauf einer neuen Krawatte oder eine gute Zigarre, mit der man sie beschenkt, einen Freudentaumel auslöst, euer Leben ist voller Erfolge, weil es für euch bescheidene Freuden gibt, auch wenn sie schwer zu erreichen sind. Ihr habt doch, mein Lieber, Lebensziele wie die nächste Zinsrate für die Wohnung, neue Schuhe, das Brot für den morgigen Tag. Glaub mir, es tut mir um jeden einzelnen Heller leid, den ich meiner Rolle in der Gesellschaft schulde, von dem Aufwand einmal abgesehen. Mich wird noch nie jemand beobachtet haben, wie ich auf dem Vörösmarty-Platz dem Schwabenbuben ein Sträußchen abkaufe, um den süßen Duft der Veilchen zu genießen, und keine Rede davon, dass ich mir im Speisewagen ein Fläschchen Wein gegönnt hätte, denn dort wird er doppelt so teuer verkauft wie im Wirtshaus und drei Mal teurer als in der Weinhandlung. Ich darf nicht so leichtsinnig sein wie ein Armer, für mich bedeuten diese sechs Pengő so viel, als würde man aus der Mauer eines Gebäudes einen Ziegel herausbrechen. In deinen Augen, bester Kamerad, ist das vielleicht verabscheuungswürdiger Geiz, und gewiss müsste ich auch dann nicht im Armenhaus landen, wenn ich statt des Dreizehntelliter-Fläschchens Riesling im Speisewagen jede Nacht im Separee sechs Flaschen französischen Champagner servieren ließe. Doch für dergleichen Lumpereien bin ich auch schon etwas zu alt; außerdem waren Bescheidenheit und Sparsamkeit während meiner ganzen Laufbahn stets meine hehren Prinzipien, für mich wäre es geradezu eine Todsünde, mein Geld für etwas so Nutzloses wie dieses Gesöff zu verschwenden. Auch das wirst du, wie ich hoffe, verstehen. Du siehst, wie sehr ich mich jetzt dir gegenüber entblößt habe, doch unter Freunden … Und ich will dir auch nicht verheimlichen, dass ich vorhin im Lift einen kleinen, schwachen Stich im Herzen verspürt habe.

Mir ist unsere gemeinsame Knabenzeit eingefallen, schließlich war ich damals genauso ein kleiner Habenichts wie du, und ich verstehe, dass du jetzt etwas von mir willst. Und dass es sich vielleicht doch schicken würde, dir ein wenig unter die Arme zu greifen. Aber nein, mein Sohn, ich gebe nichts; ich verspürte sie auch nicht zum ersten Mal, diese Herzensregung. Doch man muss widerstehen können, darf sich nicht von Gefühlen überwältigen lassen, und zum Glück ist mir das bis jetzt auch immer gelungen. Gott sei's gedankt. Auch der frömmste Diener Gottes hat gelegentlich mit der Versuchung zu kämpfen. Ich gebe nichts, darf gar nichts geben. Hör mir noch einen Augenblick zu, mein Lieber, das folgende Motiv ist das zwingendste: Ich kann dir kein Geld geben, kann es vor allem aus einem moralischen Grund nicht tun. Konkret gesagt, aus Gründen der sozialen Gerechtigkeit. Wenn dir jetzt vielleicht nach einem Lächeln zumute ist, solltest du besser nur hüsteln, um das Lächeln zu unterdrücken. Eben, mein Freund. Also, gesetzt den Fall, du bekämst ohne Gegenleistung Geld von mir, was würden deine hart arbeitenden Schicksalsgenossen dazu sagen? Was der schneeschaufelnde Hilfsarbeiter auf der Straße, dem die Finger steif frieren; was der Zeitungskolporteur, der sich die Stimmbänder heiser schreit, oder der Steine klopfende Straßenarbeiter, der auf dem regennassen Boden schläft und den sein Rheuma zum Krüppel macht? Du meinst vielleicht, sie würden von meiner Gefälligkeit nichts erfahren. Doch ich, mein Bester, ich kann mein Gewissen nicht einschläfern. Nie habe ich den Spatzen die Krümel meiner Frühstückssemmel hingestreut. Dem Spatz spendet schließlich die Vorsehung den Wurm, den Schmetterling. Er soll sich damit zufriedengeben. Ich bin nicht dazu da, seine Gefräßigkeit zu nähren und ihm einen, sagen wir, höheren Lebensstandard zu sichern, auf den der Spatz ja keinerlei Anspruch hat. Ach, mein lieber Freund, wenn ihr wüsstet. Das Hab und Gut, der Besitz, das Geld, ja, das ist unsere Welt, und sie bedeutet den Fortbestand der Menschheit: Ihr aber seid die Feuersbrunst, seid das Erdbeben, der feuerspeiende Vulkan, du und deinesgleichen, ihr würdet die Welt vernichten, wenn der Schöpfer sie euch anvertraut hätte. Zum Glück hat er das nicht getan. Bewundert uns und betet für uns. Welche Verantwortung tragen wir, was für eine Last nehmen wir auf unsere Schultern, ein lebenslanges Zittern für euch alle ist unser Schicksal. Wir sind eure Märtyrer und eure Erlöser. Nicht zu unserem persönlichen Wohl haben wir das Geld in unseren Taschen. Das habe ich dir nun wohl ausreichend klargemacht. Zu allen Zeiten gab es die Multimillionäre, die im ungeheizten Schlafzimmer schlafen und sich zum Abendessen mit Kürbiskernen begnügen. Sie sind unsere Ordensbrüder im Dienst am Geld. Diesem heiligen Sakrament muss man die Ehre geben. Ich, mein Sohn, bin nur ein ganz gewöhnlicher Kämpfer dieser, sagen wir, Heilsarmee. So viel wie ein Grashalm, eine Ameise. Bin nichts als ein Sammler. Apropos, kennst du auch nur einen einzigen Münz- oder auch einen Schmetterlingssammler, der sich von seinen mühsam erworbenen Sammlerstücken trennt? Mir, mein Lieber, der ich Geld gesammelt habe, ist jeder rote Heller so kostbar wie dem Münzsammler der goldene Taler des Kaisers Hadrian oder einem nach Bildern Verrückten sein Rembrandt oder Corot. – Ach, ich sollte mich nicht immer so in Rage reden! Doch ich kann mir schon denken, was du von dieser meiner Philosophie hältst. Und was ich dir auch sage, du wirst ja doch nicht anders denken als viele deinesgleichen, nämlich dass es mich auf meine alten Tage gewiss nicht an den Bettelstab brächte, wenn ich dir jetzt den gewissen Betrag in die Hand drücken würde. Nun, erstens weiß ich nicht, welche Zeitspanne mein Leben umfassen wird, also wie lange ich lebe, und was inzwischen aus dieser Welt noch wird. Ja, und wenn ich dann auch von dir noch jene so oft wiederholte Eselei zu hören bekäme, was ich denn mit meinem Geld anfangen wolle, da ich es doch nicht mit ins Grab nehmen kann, ja dann ist meine Antwort: Erstens kann ich mir nur schwer vorstellen, dass auch ich einmal das Zeitliche segnen muss, zumindest erscheint mir dieses Schicksal, auf mich bezogen, äußerst unnatürlich. Es wäre doch möglich, nicht wahr, dass in der Schöpfungsgeschichte mit mir sozusagen die zweite Halbzeit beginnt, ich meine, dass der Mensch von nun an sein Leben gar nicht mehr durch den Tod unterbrechen muss und ich der Erste bin, der für immer und ewig auf Erden weilt. Doch, bitte schön, auch für den Fall, dass ich sterben sollte, habe ich natürlich meine Anordnungen getroffen. Selbstverständlich. Ich werde mein Geld mitnehmen, lasse mir die Goldbarren und Juwelen in meine Gruft mit einmauern. Weil ich nämlich an die Auferstehung des Leibes glaube und nicht als armer Teufel in die Welt zurückkehren möchte. Haha. Verflucht, es ist ja schon drei viertel acht, wie wir die Zeit verplaudert haben! Ich erwarte am Abend Gäste und muss mich noch umziehen. Aber lass nur, mein Lieber: Im Ernst, wenn du einmal eine gute Idee hast oder ich etwas für dich tun kann, ruf mich doch einfach an, ich steh dir stets gern zur Verfügung. Aber jetzt muss ich wirklich los! Bitte, sei so gut und begleiche beim Kellner diesen Cognac hier.

(1943)

Pál Einsam

I

»Woher, von wo, Pál Einsam?«

»Ach, von dort, aus dem Kontor, ich arbeite da, den ganzen Tag.«

»Und wohin, wohin, Pál Einsam?«

»Ins Kaffeehaus dort drüben, zum Nachtmahl.«

»Warum denn nicht ins Gasthaus, Pál Einsam?«

»Warum? Weil's im Kaffeehaus billiger ist. Da bestelle ich Rührei oder ein halbes Paar Debreziner oder, wenn ich übermütig bin, einen kleinen Fleischimbiss in Aspik. Dazu blättere ich sämtliche Budapester Zeitungen durch, die frischen Literaturnachrichten, Witzblättchen und ausländischen Illustrierten, dann die Theater- und Kunstzeitschriften, auch das Blatt ›Szoboszló und Umgebung‹, weil von dort komme ich. Und wenn ich durch bin, stütze ich mich auf den anderen Ellbogen und sehe den Billardspielern zu.«

»Und dann, Pál Einsam?«

»Dann? Ja, dann zahle ich, gehe hinaus, vielleicht in ein Kino hinein. Ich schaue gern zu, wenn die Kriegsschiffe beim Stapellauf zu Wasser gelassen werden, man sieht das Meer, und auch exotische Gegenden sehe ich gern, ich selbst hatte ja nie Gelegenheit zu reisen. Deutsche Romangeschichten, die mag ich nicht, wenn die kommen, mach ich die Augen zu und schlafe ein Weilchen.«

»Und nach dem Kino, Pál Einsam?«

»Nach dem Kino spaziere ich den Andrássy-Boulevard hinunter bis zur Kunsthalle und retour, beim Spazierengehen lasse ich mein Zwei-Kronen-Stöckchen durch die Luft kreisen, schaue gelegentlich zum Himmel hoch und auf die Litfaßsäulen. Bin ich müde, setze ich mich auf eine Bank, doch nicht lange, kann mir keine Verkühlung leisten, hab ja niemanden, der mich pflegen könnte.«

»Und dann, Pál Einsam, was treibst du dann?«

»Dann gehe ich in diese hell erleuchtete Musikalienhandlung, wo an zwei Hörmuscheln Musik ausgeschenkt wird. Ich leiste mir ein paar Nickelmünzen und höre mir eine schöne Opernarie mit einem berühmten Tenor an und den Coppélia-Walzer von einer ausländischen Kapelle oder eine echte ungarische Weise, von einem Schauspieler intoniert, wie ich sie mir aber am liebsten vom Zigeuner-Juki und seiner Banda ins Ohr fiedeln lassen würde. Vertiefe mich dann ins ›Musik-Magazin‹.«

»Ja, und weiter, Pál Einsam?«

»Dann ist es ja bald Mitternacht. Ich stelle mich an die Ecke in der Nagymező-Gasse, dort wechseln die Damen immer von einem Kaffeehaus ins andere und vice versa. Ich schaue ihnen schon an die zehn Jahre zu, wie dieselben Damen zwischen den beiden Kaffeehäusern hin und her lustwandeln. Mit immer mehr Mieder und immer weniger Spaß.«

»Eine Liebste hast du nicht, Pál Einsam?«

»Eine Liebste hab ich nicht. Auch keine Bekanntschaft, keine Zeit und kein Geld dazu. Im Kontor, da wäre ein nettes Fräulein an der Schreibmaschine, die möchte heiraten, aber ich bringe es nicht übers Herz, ihr vorzulügen, dass ich sie heiraten würde.«

»Schmerzt dich das, Pál Einsam?«

»Sehr.«

»Gut, Pál Einsam, und dann, was ist dann?«

»Danach gehe ich zum Ring hinaus, spaziere den Ring entlang. Bin auch schon wieder hungrig, gehe in dieses wunderbare amerikanische Büfett hinein, hier muss man nicht grüßen, kann sich aber auch nicht hinsetzen, da ziehe ich mir ein Brot mit Sardinenaufstrich, zapfe ein Glas Bier und gehe dann wieder.«

»Wohin, Pál Einsam?«

»Weiß nicht. Ich lungere herum, es ist ja die Nacht auf den Sonntag. Auf einmal bin ich bei der *Boheme-Einöd*, schaue hinein, weil es da so laut ist. Bestelle mir einen Schwarzen zu Klaviermusik und Gesang. Da sitze ich dann bis zum Morgen.«

»Das ist dein junges Leben in Pest, Pál Einsam?«

»Das ist mein junges Leben in Pest.«

2

»Bist du's, Pál Einsam?«

»Ich bin es, ja.«

»Was bringt dich dazu, am Abend auf der Straße zu spazieren, Pál Einsam?«

»Ich bin auf der Suche nach dem Glück und treffe doch nur auf Traurigkeit.«

»Was bedrückt dich denn, Pál Einsam?«

»Diese Gasse hier macht mich traurig, die Herrengasse. Eine Gasse zum Flanieren, eine Gasse zum Plaudern, zum Lächeln, die Gasse der Liebenden. Wozu komm ich überhaupt hierher? Nie will ich hergehen, und dann finde ich mich doch manchmal hier wieder. Rede mir ein, ich durchquere sie nur, diese Gasse, um mir die neuen Bücher in der Auslage anzusehen … und dann fange auch ich an, in dieser Flaniergasse herumzuschlendern. Bilde mir ein, ich gehörte zu ihnen, den hier Schlendernden, und irgendwann würde ein Freund mich am Arm fassen oder eine nette, schlanke dieser Damen auf mich zukommen, die mich überrascht, obwohl ich auf sie gewartet habe.«

»Fasst dich denn keiner am Arm, Pál Einsam?«

»Mich? Nein, nie.«

»Kommt die von dir ersehnte Dame nicht auf dich zu, Pál Einsam?«

»Nein, auf mich nie.«

»Flanierst du dann ganz allein, Pál Einsam?«

»Ja, allein. Ich beobachte die Herren, betrachte die Damen, lausche ihren Gesprächen, schaue zum Sternenhimmel hinauf und lasse mir das Herz wehtun.«

»Klage nur, Pál Einsam, klag dich aus.«

»Feine Geschäfte, eins neben dem andern in dieser noblen Gasse. Hier werden Diamantringe, Jagdflinten, seidene Schlafröcke für Damen, engelhafte Schühchen für Babys angeboten. Hinter dem Schaufensterglas gelb eingebundene Romane, in den Romanen das Pariser Leben. In den Antiquitätenläden zeigt man Landschlösser, englischen Rasen, glückliche Hunde, braunrote Pferdeköpfe, einen Napoleon in jungen Jahren, schmollende, neckische Schelme, lauter Herrlichkeiten.«

»Da treibst du dich herum, Pál Einsam?«

»Da treibe ich mich herum, und meine Seufzer tragen mich von Auslage zu Auslage. In den beleuchteten Entrees der Fotografen hängen Porträts von hübschen Mädchen und schönen Frauen. Alle schaue ich mir an, beuge mich tief hinunter, um die Namen zu lesen, die unter den Fotos stehen.«

»Wozu willst du die wissen, Pál Einsam?«

»Wenn ich einmal sterbe, im Himmel oben bin und meine Zeit mit den Engeln verbringe, vielleicht fragen die mich dann, wer die schönen Frauen, hübschen Mädchen da unten waren, mit denen ich zur selben Zeit im selben Land gelebt habe. Das werde ich den Engeln dann erzählen.«

»Sag, Pál Einsam, was hält dich da, warum gehst du nicht weg aus dieser Flaniergasse?«

»Möcht ich ja, doch dann lehne ich mich an eine Hausmauer und betrachte dieses abendliche Treiben. Alle entschwinden sie, spazieren mal nach rechts und mal nach links, entfernen sich und kommen wieder, flüstern, scherzen, freuen sich und strahlen. Als wären sie die vorbeiziehenden Figuren in einer Spieluhr, diese Damen und ihre Kavaliere. In mir tickt die Bitterkeit meines Herzens, und die treibt sie rundherum.«

»Wer kümmert sich dort um dich, Pál Einsam?«

»Wer sich um mich kümmert? Ach, es ist schon spät. Die Rollläden rattern herunter, die Auslagen werden finster, oben in den Fenstern gehen die Lichter an, das Flanieren verebbt, jeder geht wieder seiner Wege.«

»Siehst du, Pál Einsam, nur du bist allein geblieben.«

»Ganz allein, und jetzt mache ich mich auf, gehe langsam, wie ein armer Esel, dem man einen zu schweren Sack Weizen auf den Rücken gepackt hat.«

(1917 geschrieben, 1922 erschienen)

Antal Szerb (1901–1945)

Und noch ein Lebenslauf, der so verheißungsvoll beginnt und in Leid und Elend endet:

Als Spross einer seit Generationen zum jüdischen Bildungsbürgertum gehörenden Familie wurde Antal Szerb am 1. Mai 1901 in Budapest geboren. Sein Vater, Károly Szerb (ursprünglich Stern), war ein hochgebildeter, wohlhabender, international tätiger Geschäftsmann und Kosmopolit. Die längst assimilierte Familie konvertierte aus gesellschaftlichen Gründen schon vor der Jahrhundertwende zum Katholizismus. Wohl nicht von ungefähr wurde der Tónika genannte Antal von Ottokár Prohászka, Bischof und Schriftsteller, der sich als einer der Führer der Christlich-Sozialen Partei Ungarns hervortat und ein ausgewiesener klerikaler Antisemit war, übers Taufbecken gehalten.

Lesen und schreiben lernte der frühreife, kränkliche Junge von seinem Privatlehrer, die öffentliche Schule besuchte er erst ab der zweiten Klasse. Durch das kultivierte Elternhaus geprägt, kam der aufgeschlossene, schon früh an Kunst und Literatur interessierte Antal ins Gymnasium des Schulordens der Piaristen, damals das renommierteste und fortschrittlichste Erziehungsinstitut der Hauptstadt. Hier erhielt er, stets Klassenbester, seine fundierte naturwissenschaftliche, aber vor allem eine hervorragende literarische Bildung. Von nachhaltiger Wirkung auf seine Entwicklung waren auch die Gemeinschaftserlebnisse in den Sommerlagern der christlichen Pfadfinder. Sein Lehrer Sándor Sík, ein bekannter Dichter und Theologe, wurde zu seinem großen Vorbild. Unter dessen Einfluss machte er in jungen Jahren Bekanntschaft mit der Weltliteratur; als Mitglied eines ambitionierten literarischen Zirkels schrieb schon der Gymnasiast seine ersten Gedichte und Essays.

Nach der Matura ging Szerb nach Graz, um sein Deutsch zu perfektionieren, dort belegte er auch Vorlesungen zur klassischen Philologie und Germanistik. Ab 1920 studierte er an der Budapester Universität Ungarische Sprach- und Literaturwissenschaft sowie Germanistik und Anglistik. 1924 promovierte er zum Dr. phil. und unterrichtete ab 1925 Deutsch und Englisch an einer Schule in der Budapester Vorstadt, später an einer höheren Handelsschule in Pest. Ursprünglich hatte er mit dem Gedanken gespielt, die Theaterlaufbahn einzuschlagen, und Bühnenluft am Pester Lustspieltheater geschnuppert, dessen Direktor sein Onkel war, wollte Regisseur oder Dramaturg werden. Doch da die Eltern in finanzielle Schwierigkeiten gerieten und ihre Unterstützung weitgehend ausblieb, ging er zum Broterwerb in den Schuldienst.

Damals galt er in Literaturkreisen bereits als vielversprechender Dichter und Schriftsteller: In einer einzigen Ausgabe der renommierten literarischen Zeitschrift ›Nyugat‹ (Der Westen) erschienen, noch unter Pseudonym, gleich sechs Gedichte des gerade Zwanzigjährigen, im selben Jahr auch noch eine Novelle und mehrere Rezensionen aus seiner Feder; damit erhielt er sozusagen die höheren Weihen der schreibenden Zunft. Seine ersten nennenswerten lyrischen Kostproben datieren aus der Zeit kurz nach dem Ersten Weltkrieg, als er einer Gruppe von jungen Literaten angehörte, die vom deutschen Expressionismus inspiriert waren und sich *Barabások* (die Barabasse) nannten. Intellektuell prägend waren für Szerb Werk und Persönlichkeit Stefan Georges und Georg Trakls; über beide hat er von der Fachwelt beachtete wissenschaftliche Abhandlungen geschrieben.

In den Zwanzigern und zu Beginn der Dreißigerjahre fand der junge Dichter im Umkreis der vor allem geisteswissenschaftlich geprägten Literaturzeitschrift ›Minerva‹ eine geistige Heimat; hier erschienen eine Reihe seiner Aufsätze und literaturwissenschaftlichen Essays.

Dass sich Szerb im Alter von etwa fünfundzwanzig Jahren verheiratet hat, lässt sich nur vermuten, doch wie aus einem Brief des Jahres 1929 hervorgeht, war er in jenem Jahr auch schon wieder geschieden. Eine andere Quelle besagt ebenfalls, dass seine Ehe mit Lilla Lakner nur von kurzer Dauer gewesen ist; der erst kürzlich veröffentlichten Korrespondenz ist zu entnehmen, dass er Lillas Schwester, Klára Lakner, seit 1923 und über längere Zeit heiße Liebesbriefe geschrieben hat. Nun ist aber nur schwer einzuschätzen, wie tief die darin zum Ausdruck kommenden Gefühle wirklich gingen, hat Szerb doch auch mit einem Studienfreund aus seiner Pariser Zeit über Jahre eine schwärmerische Korrespondenz mit zärtlichen Anspielungen gepflegt, ohne dass es konkrete Hinweise auf homoerotische Neigungen gäbe. Andeutungen dieser Art finden sich allerdings auch in den kürzlich veröffentlichten Tagebuchaufzeichnungen aus seiner Jünglingszeit. Erst 1938 heiratete er die zwölf Jahre jüngere Klára Bálint. Diese Ehe gab ihm ein Zuhause, war für die bevorstehenden schwierigen Jahre eine sichere Basis und Kraftquelle.

Zwischen 1924 und 1929 weilte Szerb mehrere Male in

Paris und in Italien, für das akademische Jahr 1929/30 erhielt er ein Stipendium für einen Aufenthalt in London. In einem Brief vom Dezember 1929 aus Paris schreibt er an eine Bekannte: »Ich habe hier zurzeit viel Spaß; lernte allerlei interessante Leute kennen, zum Beispiel eine französische *agrégée de la philosophie* namens Simone de Beauvoir, die eine außerordentlich geistreiche Frau ist und der ich gelegentlich Deutschstunden gebe.« Eindrücke von seinen Auslandsaufenthalten finden sich mehrfach auch in den beiden Romanen ›A Pendragon legenda‹ von 1934 (›Die Pendragon-Legende‹, 2004) und ›Utas és holdvilág‹ aus dem Jahr 1937 (›Reise im Mondlicht‹, 2003).

1932 errang Szerb im Wettbewerb für eine moderne ungarische Literaturgeschichte, den die Zeitschrift ›Erdélyi helikon‹ (Siebenbürgisches Helikon) ausgeschrieben hatte, mit seiner anonym eingereichten Arbeit den ersten Preis.

Wegen seiner jüdischen Herkunft blieb ihm die wissenschaftliche Laufbahn an einer ungarischen Universität verwehrt. Erst 1937, mit Unterstützung einflussreicher Mentoren, gelang ihm die Habilitierung zum Privatdozenten an der Universität in Szeged, für ihn der längst überfällige akademische Ritterschlag.

Im Vorfeld seiner dreibändigen Geschichte der Weltliteratur (1941; ›A világirodalom története‹) war 1935 ein kritischer Überblick über die moderne westliche Romanliteratur unter dem Titel ›Hétköznapok és csodák‹ (1938; Die Suche nach dem Wunder) erschienen.

Szerbs letzter noch zu seinen Lebzeiten publizierter Roman war ›A királyné nyaklánca‹ (1943; ›Das Halsband der Königin‹, 2005). Erst posthum konnte ›Gondolatok a könyvtárban‹ (1946; ›In der Bibliothek‹, 2006) erscheinen, eine Sammlung von Erzählungen, in denen er sich kulturhistorischen Themen mit Humor, Hintersinn und intellektueller Brillanz widmet.

In den Vierzigerjahren (oder eigentlich schon seit 1938) wurden Szerbs publizistische Möglichkeiten immer stärker eingeschränkt, er sah sich genötigt, auch für Tageszeitungen und Wochenblätter zu schreiben. Dies bedeutete, dass er oft bewusst wegsah, in scheinbar ungerührtem Plauderton über Randthemen und -ereignisse berichtete und dabei die immer dramatischeren Umstände im Lande und in seiner eigenen Existenz aussparte. Mit sarkastischer Leichtigkeit plauderte er etwa über die Liebschaften des Sonnenkönigs, den Byron'schen Weltschmerz oder die Schönheit einer Schäferhündin.

Die Zeitschrift ›Nyugat‹ hatte ihr Erscheinen 1941 eingestellt, die Zahl der wissenschaftlichen und literarischen Blätter, in denen Szerb noch veröffentlichen konnte, nahm laufend ab. Seine erfolgreichen literarischen Rundfunksendungen waren abgesetzt, 1944 wurde seine ›Ungarische Literaturgeschichte‹ (1934; ›Magyar irodalom történet‹) verboten und als »wertezerstörendes« und »freimaurerischen Geist verbreitendes Machwerk« aus den Bibliotheken verbannt.

Stigmatisiert, erniedrigt und nach der Entlassung aus dem Schuldienst ohne geregeltes Einkommen, polemisierte er brieflich mit einem Diskussionspartner immer noch vorwiegend über ästhetische und philosophische Fragen und meinte am Ende voller Selbstironie: »Siehst Du, solche Sorgen plagen mich, wo ich jeden Augenblick damit rechnen muss, dass meine Wohnung beschlagnahmt wird und man mich verschleppt … Ich weiß, ich bin unverbesserlich, und das ist das Extra-Sympathische an mir.« So schrieb er am 19. Mai

1944; im nächsten Brief (vom 4. Juni 1944) an denselben Adressaten: »Morgen früh muss ich einrücken, und ich werde es statt mit geistiger mehr mit körperlicher Arbeit zu tun bekommen, was ja sehr gesund ist. Aber an die von Dir so vehement vertretene Entwicklungsidee kann ich trotzdem nicht glauben. Denk an mich, und wenn es einmal so weit ist, pflege mein wissenschaftliches Andenken mit Liebe.«

Für einige Monate war Szerb noch in Budapest stationiert und wurde zu schweren körperlichen Arbeiten abkommandiert, bis man seine Einheit am 27. November 1944 an die Westgrenze verlegte, wo sie beim Bau des sogenannten Südostwalls am Neusiedler See Richtung Wien Panzersperren errichten und Schützengräben ausheben musste.

Es ist Winter, die jüdischen Arbeitsdienstler sind in den zugigen Scheunen der Bauern untergebracht, auf Hungerrationen gesetzt, in Zivilkleidung und Sommerschuhwerk, insgesamt in beklagenswertem Zustand. In Szerbs vorletztem Brief vom 13. Dezember 1944 klingt noch Hoffnung an: »Hier redet man davon, dass wir um den 18. bis 20. verlegt werden sollen, angeblich weiter ins Landesinnere, also nicht außer Landes. Ich bin überzeugt, man bringt uns zurück nach Pest. An diese kleine Hoffnung klammere ich mich jetzt.«

Der letzte Brief vom 16. Dezember 1944 ging an eine Deckadresse (seine Frau war offenbar schon untergetaucht):

»Ihr Lieben, ich bin unendlich traurig; nicht nur, weil Euer Plan misslungen ist, auch die Pakete haben uns nicht erreicht. Überhaupt ist dieser Platz, wo wir jetzt sind, Balf, ein ganz verfluchter Ort, und es geht uns in jeder Beziehung sehr schlecht. Ich habe nun keine andere Hoffnung mehr, als dass der Krieg ganz schnell zu Ende geht; das allein hält mich noch aufrecht. Jetzt ist es hier schon dunkel, und auch mein Gemütszustand ist nicht danach, noch mehr zu schreiben. Hofft auch Ihr, dass wir uns bald wiedersehen, … und liebt Euren sehr unglücklichen

Tóni«

Für Mitte Dezember war mithilfe von zwei Armeeoffizieren, die für Szerb falsche Papiere besorgt hatten, ein Rettungsversuch geplant gewesen, aber missglückt. Szerb hatte darauf bestanden, dass zwei Kameraden, Jugendfreunde und ebenfalls bekannte Literaten, mit ihm gerettet würden; der dadurch hinausgezögerte Fluchtplan flog auf und hatte für ihn schwere Misshandlungen und seinen seelischen Zusammenbruch zur Folge.

Hoffnungslos, verzweifelt, mit erfrorenen Füßen, schwach und nicht mehr in der Lage zu essen, haben ihn, so wird berichtet, die Kameraden, um ihn vor den Prügeln der Pfeilkreuzlerschergen zu schützen, zu den Erdarbeiten mit hinausgenommen. Dort harrte er, auf seinen Spaten gestützt, bei den Leidensgenossen aus.

Schwer krank und völlig entkräftet starb er am 27. Januar 1945 auf seiner Pritsche, wie der überlebende jüdische Lagerarzt später berichtet hat. Zusammen mit vielen anderen wurde Szerb in einem Massengrab verscharrt.

Seine Witwe konnte schließlich zwanzig Monate später bei der russischen Besatzungsmacht durchsetzen, dass sein Leichnam identifiziert und in einem Ehrengrab des Kerepeser Friedhofs in Budapest beigesetzt wurde. Sein ehemaliger Lehrer, der Dichter und Pfarrer Sándor Sík, bestattete ihn nach katholischem Ritus.

Ernő Zeltner

Zwischen zwei Zigaretten

1

Wie viele Dinge heute anders heißen oder genannt werden! Das Nichtstun nennt man Abschalten, Pfannkuchen sind Palatschinken, Feigheit bedeutet Hemmung oder sogar Komplex, Gestalt ist die Statur und Dummheit eine zweifelhafte Ideologie.

Ein Freund von mir hat mit dem alltäglichen Leben nicht viel im Sinn. Seinen erlernten Beruf vernachlässigt er, weil er viel lieber liest, spazieren geht und über ernste Probleme parliert. Folglich fehlt es ihm oft an Geld, doch das stört ihn nicht; und wenn er zufällig doch einmal zu Geld kommt, kauft er sich Bilder, Aschenbecher oder eine Angelausrüstung; und wenn er zu noch mehr Geld kommt, verleiht er es auch. Er verliebt sich häufig, aber auf eine verträumte, harmlose Weise; die betroffene Dame merkt es oft gar nicht. Früher hätte man gesagt: ein Idealist – heute spricht man von einem infantilen Charakter.

Ein anderer, früher ebenfalls mein Freund, tut seine Meinung stets sehr freimütig kund; schluckt niemals runter, was er auf dem Herzen hat, spricht es aus, ja schreibt es unerschrocken auf, vor allem wenn er weiß, dass es bei den Leuten gut ankommt. Wahrheiten sagt er auch seinen Freunden und Gesinnungsgenossen ohne Umschweife ins Gesicht, und erstaunlicherweise handelt es sich dabei stets um unangenehme Wahrheiten. Er schwärmt im Allgemeinen nicht für seine Mitmenschen, doch am wenigsten erträgt er seinesgleichen, betrachtet sie als Verräter und plaudert deshalb all ihre Geheimnisse aus. Sonst ein Sprachkünstler, kennt er dann keinerlei Zurückhaltung. Früher nannte man so jemanden einen taktlosen Lümmel, heute gilt auch er, den ich im Auge habe, als sogenannter volkhafter Dichter – und wird geschätzt.

2

Ich las in einem Band mit orientalischen Märchen. In einem heißt es: »Oh, du armer Königssohn, wenn du zu dem Land gelangen willst, wo der güldene Vogel wohnt, so wirst du zweihundert Jahre reisen müssen.« Ja, für so groß hielt man einst die Welt, dass man selbst nach zweihundert Jahren noch nicht an ihr Ende gelangen würde. Heute wissen wir, dass der Königssohn auf dem Rücken eines zuverlässigen Kamels oder auch zu Fuß in einigen Jahren wieder dort ankommen würde, wo er aufgebrochen ist, wenn überall auf der Erde Festland wäre. Wie weit entfernt sind wir heute schon von jenen zweihundert Jahren! Oder selbst von den achtzig Tagen des Phileas Fogg! Alles ist nah. Die Erde ist klein geworden. Geschrumpft. Ich weiß gar nicht, ob es sich noch lohnt, in solcher Enge längere Zeit zu verweilen.

Alles ist wahr. Hauptanliegen der Wissenschaft im vergangenen Jahrhundert ist es gewesen, nachzuweisen, was alles falsch war und dass sich nichts so verhielt, wie es die Altvorderen glaubten. Homer hat nie gelebt; der Pharao ist gar nicht im Roten Meer ertrunken; der ungarische Heerführer Lehel zerschmetterte nicht mit seinem Horn das

Haupt des deutschen Kaisers; die Jungfrau von Orléans überlebte den Sprung aus dem Turm nicht unversehrt, und vielleicht war sie gar keine Jungfrau mehr; der brave, ehrliche Brutus verlieh Geld zu einem Zinssatz von achtundvierzig Prozent, und die Borgias waren verhältnismäßig ehrbare Herrschaften.

Heute wiederum beweist die moderne Wissenschaft, dass alles wahr ist. Die Atomphysiker stellen fest, dass die Alchimisten gar nicht so verrückt waren. Ich lese gerade das aufregende Buch des deutschen Universitätsprofessors Dacqué, in dem er nachweist, dass Drachen nicht nur existierten, sondern dass die Menschen auch mit ihnen gekämpft haben; die einäugigen Riesen habe es ebenso gegeben wie Menschen in Fischgestalt mit Schuppen und das Fabeltier Greif mit Adlerkopf und Löwenrumpf. Auch wenn es nicht Josua war, der die Sonne zum Stehen gebracht hat, so ist doch nicht ausgeschlossen, dass sie einmal stehen geblieben ist, dass schon Menschen lebten, als noch gar kein Mond am Himmel stand, und dass Atlantis tatsächlich im Meer versunken ist.

Ich werde es vielleicht noch erleben, dass sich herausstellt, Schneewittchen sei wirklich aufgewacht, Aschenputtel habe eine gute Partie gemacht und der Wolf sei von Rotkäppchen gefressen worden.

3

Mein Freund, ein Studienrat, berichtet:

»Gerade habe ich noch Klassenarbeiten korrigiert. Sechzehnjährige Buben schrieben über ein freies Thema, es ging um eine Exkursion oder dergleichen. Heutzutage sind die Arbeiten längst nicht mehr mit ›Die Mutterliebe im Epos Toldi‹ oder ›Vaterliebe in der Dichtung von Petőfi‹ überschrieben. Die Lehrpläne orientieren sich an der modernen Pädagogik und fordern, übrigens zu Recht, dass man die Schüler keine literarischen Abhandlungen schreiben lässt, das möge man Fachleuten überlassen, sondern besser ›erlebnishafte‹ Arbeiten. Und darüber will ich etwas sagen.

Es ist seltsam: Seit wir ›erlebnishafte‹ Klassenarbeiten schreiben lassen sollen, ist fast jedes zweite Wort in diesen Aufsätzen ›Erlebnis‹. Der Schüler schreibt über den ersten Schnee, und der war ein ›unvergessliches Erlebnis‹. Er fuhr mit dem Fahrrad und hatte eine Panne, plötzlich war das Hinterrad platt, auch das natürlich ein ›Erlebnis‹. Aber zum Glück gelangte er schließlich doch noch per Fahrrad ans Ziel, also zur Patin, wo es köstliche Topfennudeln gab, was dann erst recht zum ›großen Erlebnis‹ wurde. Nicht einmal sehr gefühlvolle Dichter kommen auf eine solche Zahl von Erlebnissen wie diese Schulkinder. Ich muss sagen, dass mich das maßlos ärgert. Das Wort ›Erlebnis‹ war zu meiner Zeit noch der wohlgehütete Schatz von Auserwählten. Wir begeisterten uns für unseren Lehrer – er hieß übrigens Sándor Sík – unter anderem deshalb, weil er in seine Vorträge Begriffe wie Erlebnis oder Persönlichkeit einfließen ließ, wir selbst trauten uns damals noch lange nicht, solche hehren Erwachsenenwörter in den Mund zu nehmen. Wie kam es dazu, dass das arme Wort ›Erlebnis‹ so auf den Hund gekommen ist, dass es heute selbst der dümmste Schulbub ohne Skrupel hinzuschreiben wagt, und zwar gerade dann, wenn ihm sonst nichts einfällt?

Nach einigen Recherchen ist es mir klar geworden. Seit

nämlich die moderne Pädagogik erlebnishaften Unterricht fordert, erziehen meine engagierten Kollegen die Schuljugend systematisch zum Erleben. Einerseits, weil jedes zweite Wort Erlebnis ist. Andererseits, weil sie ohne Unterlass bestrebt sind, dafür zu sorgen, dass Schüler überhaupt Erlebnisse erleben.

Ein Kollege zum Beispiel hat mir demonstriert, wie er das bewerkstelligt. Er führte seine Klasse auf den Schulhof und streute dort sorgfältig in Tütchen verpackte, für diesen Zweck gesammelte Brotkrümel aus. Vom benachbarten Kirchturm kamen die Tauben in großer Zahl herbeigeflattert, pickten mit einer für ihr sanftmütiges Naturell erstaunlichen Gefräßigkeit rasch alles auf und flogen dann an ihren Platz zurück. ›Sehen Sie, Herr Kollege‹, sagte der Lehrer, ›das ist jetzt für die Schüler ein Erlebnis. Nun gehen wir hinauf und schreiben darüber die Klassenarbeit.‹

Ein anderer engagierter Pädagoge war bei uns Prüfungsvorsitzender und brachte mit seinen ausgefallenen Fragen die Maturanten zur Verzweiflung. Bei der Schlusskonferenz erklärte er uns, was er damit bezweckt hatte: Er wollte erreichen, dass die Reifeprüfung für die jungen Leute zum bleibenden Erlebnis wurde. Und das war sie für die meisten tatsächlich. Sie werden davon träumen, solange sie leben.«

»Seltsam«, sagte ich nachdenklich, »Pädagogen dürften doch wissen, dass Schüler ihre wirklichen Erlebnisse nicht in die Klassenarbeit hineinschreiben; das könnten sie auch gar nicht, denn dazu müssten sie mindestens Rimbauds sein. Es ist doch anzunehmen, dass es auch unter den Pädagogen einige gibt, die einmal sechzehn waren. Wenn sie sich daran erinnern würden – zum Glück für sie haben sie es vergessen –, erinnern *könnten*, an das Fieber, die durchweinten Nächte, an die schrecklichen, liederlichen, dummen und wunderbaren Erfahrungen mit der Liebe … An das Schuldgefühl, das sie an den Rand des Selbstmords gebracht hat, an die wilden Fantasien beim Herumstrolchen in der Vorstadt, an die schwärmerische Besessenheit in den Budaer Bergen, wenn sie sich daran erinnern würden, wie nur eine Straße, ein geografischer Begriff erfüllt war von unaussprechlichen Ahnungen, wenn sie sich erinnern würden, was damals ein Gedicht von Ady oder Babits für sie bedeutete, was es für eine erdbebengleiche Erschütterung auslösen konnte, ob sie es dann noch für nötig halten würden, ihren Schülern Erlebnisse zu verschaffen? Denn der Sechzehnjährige lebt doch so, als agiere er zwischen zwei Akten in einem Drama der Shakespeare-Zeit, als trachte er, einen beiseitegelegten Dostojewski-Roman unbedingt zu Ende zu lesen. Zwischen Ruinen und Wüsten, in der gähnenden Tiefe eines Canyons, in Orkanen und Tornados, auf rotierender Drehbühne, losgerissenen Schiffen … Diese Erlebnis-Erziehung ist so, als wolle man den vorüberzischenden Flugzeugen die Geschwindigkeit erklären, als versuche man einen Fieberkranken im Delirium mit einem kleinen Mokka zu beleben … Was wohl die Natur mit uns im Sinn hatte, als sie es so einrichtete, dass wir schon in jungen Jahren, also gleich zu Beginn, verglühen und danach ein Leben lang nur noch die Asche hüten?«

4

Die schöne Frau steigt in die Straßenbahn ein. Du liest die Zeitung oder dein Buch und weißt eine Weile selbst nicht, warum du aufgehört hast zu lesen. Fängst wieder an und wirst dann gewahr: Ach ja. Dieses Gesicht … du solltest es dir genauer ansehen. Erneut hebst du den Kopf und suchst danach. Jetzt siehst du es nicht mehr gut, andere haben sich davorgestellt, ein boshafter Schaffner oder ein Fahrgast mit Stiernacken und unbedarftem Gesichtsausdruck schiebt sich zwischen euch. Lustlos kehrst du zu deinem Buch zurück. Man müsste sie aber doch in Augenschein nehmen. Sie erinnert dich an jemanden, ja. (Schönheit erinnert immer an jemanden. Oder an etwas. Du weißt nur nicht, an wen und was.) Für einen Augenblick taucht das Antlitz der Frau zwischen dem Schaffner und dem beleibten Zeitgenossen auf. Nicht das ganze Gesicht, nur ein Teil ihres Profils erscheint, so schön, dass es dich schmerzt. Ein schneller, vielgestaltiger Prozess kommt bei dir in Gang: Du ergänzt den Ausschnitt des Profils zu einem vollständigen, wunderbaren Gesicht. Dieses Gesicht »siehst du vor deinem geistigen Auge«, du könntest es nicht zeichnen, dieses Gesicht existiert nicht, es ist die Eventualität eines Gesichts, das in dir aufgeflammt ist, geradezu gebieterisch. Jetzt hebt die Frau ihre Hand, um sich das Haar zu ordnen. Leider trägt sie Handschuhe, doch auch so kannst du ihre fein geformten Hände erahnen; in deinem Kopf findest du eine Projektion göttlicher Hände. Du rutschst auf deinem Sitz hin und her, bis du die Gestalt der Frau mehr oder weniger komplett sehen kannst. Nein, auch da fehlt nichts. Tiefer Schmerz überkommt dich. Diese Frau ist schön, es gibt daran nichts zu deuteln, schön. Ja, einfach schön. Ein Herr steigt aus, und nun siehst du ihr ganzes Profil. Deine Traurigkeit verwandelt sich in ein immer noch schmerzliches, aber auch schon süßes Wohlgefühl. In deinem Innern eröffnen sich

Perspektiven, aus deiner Vergangenheit dämmern vage Bilder herauf und projizieren sich in deine märchenhafte Zukunft. Wie heißt es doch bei Stendhal: Die Schönheit ist die Verheißung der Glückseligkeit. Du könntest ergänzen: der unerreichbaren Seligkeit. Dir wird schwer ums Herz.

Jetzt steigt die Frau aus, du siehst ihr durchs Fenster nach, und als sie sich ein wenig dreht, gelingt es dir, sie auch *en face* zu sehen. Ihre Nase ist etwas zu breit, die Augen sind nicht gerade ausdrucksvoll. Mit großer Erleichterung seufzt du. Gott sei Dank, gar so schön ist sie doch nicht: Ich kann beruhigt weiterleben.

5

Schönheit ist ein ewiges Mysterium. Selbst dicke Wälzer zur Ästhetik werden dich der Entschlüsselung dieses Rätsels nicht näherbringen. Wer könnte schon sagen, weshalb und was wir als schön bezeichnen, warum wir etwas schön finden. Ziel und Zweck der Kunst, auch davon bin ich seit Langem überzeugt, ist nicht, Schönes zu produzieren. Die größten Meisterwerke der Baukunst beeindrucken nicht durch ihre Schönheit, sondern durch ihre imposante Großartigkeit. Musik packt uns, indem sie unsere Empfindungen aufwühlt. Die moderne Malerei verzichtet auf die im herkömmlichen Sinn schönen Gesichter oder schönen Landschaften, überlässt, was nur schön ist, als überholten Trödelkram den Öldrucken und Ansichtskarten; in der Literatur sind vielleicht manche Gedichte schön – Romanen und Novellen aber verleihen andere Kriterien ihren Wert. Bei den Frauen heißt es, sie seien schön, wenn wir sie begehren, sie gefallen uns also »nicht ohne Hintergedanken«. Ansichten, Landschaften mögen wir dann, wenn sie unsere Stimmungen widerspiegeln.

In meiner etwas weiter gefassten Familie besitzt jemand eine schottische Schäferhündin. Dieses Tier ist schön. Nicht nur so, wie man Hunde ganz allgemein als schön bezeichnet, also sagen wir ein schönes Exemplar seiner Spezies, weil es den Rassekriterien entspricht. Dieses Tier ist absolut schön. Es schreitet auf dem Trottoir einher, und selbst Kinder des einfachen Volkes halten inne und bewundern es.

»Molly, du bist schön wie Greta Garbo«, sagt man zu ihm. »Wie gut, dass du nicht weißt, wie schön du bist.«

Das Tier ist nicht deshalb schön, weil es Gedanken oder Stimmungen weckt, sondern weil es an irgendwelche süßen und vergangenen Dinge erinnert. Es ist auch nicht schön, weil es Begehrlichkeiten weckt, und schon gar nicht, weil es den Rassevorschriften entspricht. Dieser Hund ist das einzig pure Schöne, das ich bislang in meinem Leben gesehen habe. Denn seine Schönheit ist so ursprünglich und natürlich wie die Tatsache, dass er vier Beine hat und bellt.

(1944)

Menschen und Länder

Der Engländer von heute ist, wie wir wissen, kaltblütig und phlegmatisch. Einem Menschen, der es eilig hat, wird man in London selten begegnen. Die großartigste Errungenschaft der englischen Zivilisation ist ihr bewunderungswürdiges Zeitgefühl. Die Leute kommen ohne Hektik aus, schaffen es vielmehr, auch bei möglichst bequemer Lebensweise stets pünktlich zu sein. Wenn ein Engländer zum Dinner geladen ist, erscheint er auf die Minute genau zu dem Zeitpunkt, der auf der Einladung steht. Einladungen weisen präzise die Uhrzeit aus, zu der man erscheinen soll, zum Beispiel 20:20 Uhr. Kein Engländer würde mir glauben, wenn ich ihm erzählte, dass es in Ungarn eine Ungezogenheit wäre, vor halb zehn zu erscheinen, wenn man für halb neun eingeladen ist.

Aber das Phlegma der Engländer bedeutet nicht nur, dass sie besonnen sind und es nie eilig haben. Es ist wirklich nicht leicht, einen Briten aus der Fassung zu bringen. Er kann mit geradezu beängstigender Geduld einen halben Tag am selben Fleck verbringen, wenn dort ein besonderes Ereignis zu erwarten ist, zum Beispiel der König von irgendwoher zurückkehrt oder der Lord Mayor von London in festlichem Aufzug durchs Stadtviertel zieht. Vor einer wichtigen Theaterpremiere reihen sich die Engländer, um preiswerte Plätze zu ergattern, in die Menge der Wartenden ein und stehen oder sitzen auf einem mitgebrachten Schemel die ganze Nacht lang für die gewünschten Karten an, wenn nötig auch noch den gesamten nächsten Tag. Die Franzosen sind ja ebenfalls begabte Schlangesteher, doch die Engländer können sich ein Leben ohne Schlangestehen überhaupt nicht vorstellen.

Und sie verlieren nie den Kopf. Deshalb sind sie zum Beispiel im Falle eines Schiffbruchs, bei einem Kaufhaus- oder Theaterbrand oder auch wenn ein wankendes Weltreich gerettet werden muss, unübertroffen. Es passt einfach nicht zu ihnen, sich von Zorn oder Panik überwältigen zu lassen. Sie zollen demjenigen Respekt, der über ihnen steht, der Snobismus ist vielleicht nirgendwo so verbreitet wie in England, doch wenn sie es persönlich mit Leuten von höherem Rang zu tun haben, bewahren sie eine würdevolle Ruhe, sind nie devot oder ängstlich oder gar unterwürfig. Der hierzulande aus dem Film bekannte Butler ist ein Paradebeispiel dafür. Die englische Gelassenheit ist eigentlich nur mit künstlerischen Mitteln darzustellen, zum Beispiel die Art, wie der Hotelportier mit einem Gast umgeht. Jede seiner Gesten ist die gesittete Anerkennung der Tatsache, dass er sich stets verpflichtet fühlt, mir zu Diensten zu sein, zugleich bringt er aber mit seiner Ruhe und Gelassenheit zum Ausdruck, dass er Wert auf seine menschliche Würde legt und wünscht, dass auch ich das nicht vergesse.

So ist das heute.

Als aber 1725 der Schweizer Beat Muralt ein Buch über die unterschiedliche Wesensart von Engländern und Franzosen schrieb, stellte er noch fest, dass, im Gegensatz zur zivilisierten Gemessenheit der Franzosen, England die Heimat der Leidenschaften und Katastrophen war. Wenn man die englische Geschichte und Literatur auch nur ansatzweise kennt, wird man diese These kaum bestreiten können. Das England der Roten und der Weißen Rose, des Gattinnen- und Priestermörders Heinrich VIII., das Reich der rachsüchtigen Bloody Mary, das Land, in dem Cromwells Ironsides ausdauernd und mit Lust die königlichen Kavaliere dezimierten, bis sich das Blatt wendete und die Kavaliere begannen, ihre Gegner abzuschlachten – wahrlich, dieses Land war nicht die Heimat von »ruhig Blut«, wie man zu sagen pflegt.

Die englische Geschichte ist die leidenschaftlichste, und Heine hatte keineswegs recht, als er sagte, es sei eine Ironie des Schicksals gewesen, dass Shakespeare als Engländer geboren wurde. Die Tragödien Shakespeares und seiner Zeitgenossen konnten tatsächlich nur in England, der Heimat der Dramen und Katastrophen, entstehen, wo die Chroniken, die den Dramatiker inspirierten, noch von den uralten Leidenschaften kündeten und die Ereignisse des Tages von der vernichtenden Gewalt der neuen Gefühlsausbrüche sprachen. Der kaltblütige Engländer von heute ist ja nicht einmal mehr fähig, Shakespeare-Dramen zu spielen. Ich sah in London eine Aufführung des ›Othello‹: Der Hauptdarsteller hat einigermaßen überzeugend gespielt, er war allerdings kein Engländer, sondern ein leibhaftiger Neger – Desdemona dagegen, eine wohlerzogene Engländerin, warf sich, Schreie ausstoßend, graziös im Bett herum, während ihr Gemahl sie erwürgte.

Betrachtet man die Weltliteratur *in toto* bezüglich des Nationalcharakters eines Volkes, könnte man vielleicht feststellen, dass den Angehörigen jeder großen Nation die Fähigkeit zu eigen ist, einen bestimmten menschlichen Wesenszug zum Ausdruck zu bringen: den Franzosen der Scharfsinn; den Spaniern Glaube und Wahnsinn; den Italienern die strahlenden hehren Visionen; den Deutschen die dunkle Ahnung der Rätsel unserer Existenz; den Russen die Tiefe der Seele ...; den Engländern dagegen, dass sie, wie in ihrer alten Literatur, menschlicher Leidenschaft eine Stimme geben.

Der altenglische Autor hat zu einem ihm seelenverwandten Publikum gesprochen, was ja auch nur zu natürlich ist. Die Geschichte des englischen Theaters ist, was ihre Vehemenz und Leidenschaftlichkeit angeht, mit dem Theater keiner anderen Nation zu vergleichen. Denn nicht selten war es schon abenteuerlich, wie das Publikum der Shakespeare-Zeit zu den Aufführungen gelangte, weil die Theater am südlichen Themseufer standen, also auf dem Boden der Grafschaft Middlesex, wohin der Arm der jedes Schauspiel verachtenden puritanischen Londoner Stadtbehörde nicht reichte. Das Theaterpublikum musste also die oft sehr unruhige Themse überqueren, und noch größere Gefahr drohte auf dem Heimweg, denn inzwischen war es später Abend geworden; selbst wenn jemand nur bis nach Islington kommen wollte (das heute mitten in der Stadt liegt), erwies sich das als ein gewagtes Unternehmen, denn in der Umgebung von London wimmelte es stets von Wegelagerern. Man wartete also, bis sich ein Trupp von fünfzehn, zwanzig Leuten angesammelt hatte und das Glockenzeichen zum Aufbruch gegeben wurde.

Sogar im Theater waren Schlägereien an der Tagesordnung. Das gemeine Volk nahm seine Plätze im Parterre ein, und es war tatsächlich gemein. Nicht umsonst ist bei Shakespeare vom Zwiebelmief die Rede, denn sie fraßen und soffen pausenlos, auch während der Vorstellung, und demonstrierten ihre Anwesenheit durch den Geruch. Um die guten

Plätze gab es wilde Handgemenge, oft nur aus Übermut. Doch die Aggression richtete sich weniger gegeneinander, vielmehr galt sie dem Geschehen auf der Bühne.

Fiel ein Stück durch, gab es ziemlich lautstarke unmittelbare Turbulenzen, und es ging nicht ohne Sperrfeuer ab. Bierhumpen, Knackwürste, Orangen, alles, was man gerade zur Hand hatte, wurde auf die Bühne geschleudert. In der englischen Theatergeschichte sind viele Aufführungen verzeichnet, bei denen das Publikum die Bühne gestürmt hat, die die Theaterbauer in weiser Voraussicht oft durch eine mit Dornen gefüllte Abzäunung vor übertriebenen Gefühlsbezeugungen schützten. Es ist überliefert, dass sogar ein Mitglied des Königshauses, der Prinz von Cumberland, einmal einen Sturmtrupp enttäuschter Zuschauer angeführt hat. Vom empörten Publikum wurde in mehreren Fällen die Einrichtung des Theaters demoliert, einmal hat man das Haus sogar in Brand gesteckt, und es kam vor, dass Schauspieler zu ihrer Verteidigung tatsächlich zum Degen griffen und das Ganze zu einer wahren Schlacht ausartete. Aus dem Grund wurde später, in der zweiten Hälfte des 18. Jahrhunderts, eine königliche Verordnung erlassen, wonach der Bühnenausgang stets von zwei Hellebardieren zu bewachen sei.

Für diese Verordnung gab es allerdings noch einen weiteren Grund. Zu Shakespeares Zeit genossen englische Schauspieler oft die Patronage hochrangiger Herrschaften; Shakespeares Truppe stand beispielsweise im Dienst von Lord Chamberlain. Natürlich nahm der hochgestellte Patron, wenn er selbst im Theater erschien, direkt auf der Bühne Platz, vermutlich mitsamt seinem Gefolge. Diese Unsitte artete im 18. Jahrhundert so sehr aus, dass der Anhang wie selbstverständlich auf der Bühne saß und, von der Vorstellung unbeeindruckt, Konversation machte. Die Schauspieler waren davon naturgemäß wenig angetan. Einmal geschah es, dass ausgerechnet Quin, einer der größten Mimen seiner Zeit, in Shakespeares ›Macbeth‹ auftrat – er spielte die gruselige Szene, in der vor ihm der Dolch erscheint und ihn mit der Anziehungskraft eines Magneten zum Mord verleitet. Just in diesem Augenblick kam ein Edelmann auf die eine Seite der Bühne, setzte sich, sah sich ungeniert um und entdeckte dann auf der anderen Seite einen guten Bekannten. Er erhob sich und überquerte die Bühne, um den Freund zu begrüßen. Quin, dessen großer Monolog damit geschmissen war, brachte dies so auf, dass er sich mit dem Dolch in der Hand auf den edlen Herrn stürzte. Ein Tumult entbrannte, ich entsinne mich nicht mehr der Opferzahl, doch seitdem war es verboten, dass außer den Schauspielern jemand auf der Bühne Platz nahm.

Nun, so verhielt sich einst das Theaterpublikum in England. Umso stummer bleibt es heute. Höchst selten lässt es sich zum Applaus hinreißen.

Als wichtigster Wesenszug der Engländer von heute, wie wir sie uns vorstellen, gilt ihre humane Einstellung, und diese Charaktereigenschaft heben sie auch selbst stets hervor. Der Engländer ist mitfühlend und bestrebt, Leidenden beizustehen, er liebt friedliche Lösungen. Niemals attackiert er in Schwierigkeiten geratene Menschen. Seine Warmherzigkeit und Menschlichkeit schließt auch die Tiere ein, eine mächtige Organisation kämpft in England gegen die Vivisektion, ja, in der Tat lässt sich der Engländer durch nichts besser charakterisieren als durch seine grenzenlose Liebe zu Hunden und Pferden.

England ist ein Paradies für Hunde. Die echte englische Dame lauert, wenn sie sich im Ausland aufhält, ständig voller Argwohn, ob die Eingeborenen dort auch nicht ihre Pferde quälen, und wenn sie ein solches Delikt beobachtet, ist sie sofort bereit, es zum Schutz der Tiere selbst mit hundert verrohten Ausländern aufzunehmen. Ein holländischer Autor schreibt, dass er im Rahmen einer Studie einmal eine Reihe von Briten befragt habe, wen sie aus einem brennenden Haus zuerst retten würden, einen Menschen oder einen Hund; ohne langes Überlegen entschieden sich die meisten für das Tier. Sie haben ja für ihre Hunde sogar Gasmasken fertigen lassen, und wöchentlich stirbt ein begüterter Herr oder eine reiche alte Dame, die den größten Teil ihres Vermögens einem Hundehospital oder einer anderen Wohlfahrtseinrichtung für Tiere vererben.

Dagegen verhielten sich die Urahnen der Engländer weitaus weniger menschlich gegenüber ihren Tieren. Über Jahrhunderte war die Tierhatz der nationale Zeitvertreib schlechthin und stand damit in echter Konkurrenz zum Theater. Beliebt waren vor allem Hahnenkämpfe, der eine oder andere Kampfhahn hatte einen Bekanntheitsgrad wie heute ein großer Fußballheld. Wobei der Hahnenkampf ein geradezu humanes Amüsement war, verglichen mit der Bärenhatz, bei der man Hunde auf den zuvor gereizten Bären hetzte. Auch die Wettleidenschaft der Engländer überschritt manchmal die Grenzen des Humanen. Wenn im 18. Jahrhundert in den Straßen von London jemand zusammenbrach, umstanden ihn die Passanten, und man schloss Wetten darauf ab, ob der Betroffene überleben oder sterben würde. Dabei harrten die Leute oft stundenlang aus und warteten auf die Entscheidung. Wer auf den Exitus gesetzt hatte, bemühte sich natürlich am wenigsten um ärztlichen Beistand, denn dies wäre ja eine parteiische Einmischung gewesen.

Der Engländer von heute ist ein großer Frauenverehrer – nur in Amerika ist die Wertschätzung der Frau vielleicht noch größer. Besonders ältere Damen genießen hohes Ansehen; alte und junge Frauen spielen nirgends auf der Welt eine so wichtige Rolle für die Gesellschaft, in Geschmacksfragen und sogar in der Politik wie im Vereinigten Königreich. Man achtet die Frauen, aber man liebt sie nicht. Darin sind sich alle England-Experten einig. In anderen Ländern werden Frauen weniger verehrt, dafür aber mehr geliebt. Indem sie ihnen eine größere gesellschaftliche Rolle zugestehen, wollen die Engländer die Frauen instinktiv dafür entschädigen, dass sie ihnen weniger leidenschaftliche Liebhaber sind als die Männer des Festlands. Der Engländer bleibt kühl, auch gegenüber dem weiblichen Geschlecht. Richtig wohl fühlt er sich nur in Männergesellschaft.

So verhält es sich heute; zur Zeit unserer Urgroßväter war auch das noch ganz anders. Der Engländer von einst zeigte sich im Umgang mit Frauen alles andere als kühl, aber er schätzte sie dafür nicht allzu sehr. Wenn man den alten Komödien glauben darf, die ein Bild von der Moral im England des 17. und 18. Jahrhunderts vermitteln, kommen wir zu dem Schluss, dass die Männer nirgends so verantwortungslos böse, ja grausam gegenüber Frauen waren wie in England. Der Sportsgeist der Engländer offenbarte sich früher anscheinend darin, dass sie junge Mädchen verführten und verdarben, um sie danach im Stich zu lassen, bei den englischen Männern galt das offensichtlich als eine Art Sport, bei dem es nur auf das zahlenmäßige Resultat ankam.

Der Brite von heute ist, wie man weiß, Sportsmann durch und durch. Große Fußball- und Rugby-Wettkämpfe bewegen das ganze Land. Zum Match England gegen Schottland reisen fünfzigtausend Schotten mit Fahrpreisermäßigung nach London; ein nicht weniger bedeutsames nationales Ereignis ist die Ruder-Regatta, bei der die Boote der beiden wichtigsten Universitäten gegeneinander antreten, und natürlich gibt es das große Derby – das ist der Tag, an dem die Banken geschlossen bleiben und in England alles stillsteht, überhaupt der wichtigste Nationalfeiertag. Jeder Engländer, der auf sich hält, spielt in seiner Freizeit Tennis oder Golf, und er ist viel stolzer auf eine gute Leistung beim Golf als auf seine segensreiche Tätigkeit als guter Arzt, Anwalt oder Ingenieur. Aber das alles ist ja bekannt.

Seine Ahnherren waren allerdings weniger sportlich. Sie ritten bestenfalls zur Fuchsjagd, allerdings auch nur die ganz Vornehmen, doch dabei treibt ja hauptsächlich der Fuchs Sport. Die Engländer erwidern nämlich, wenn man ihnen die Grausamkeit der Fuchsjagd vorhält, die sich mit ihrer sonst so nachdrücklich betonten großen Tierliebe nicht verträgt, dass doch auch der Fuchs diesen Sport liebe und dankbar sei, weil er sich dabei einmal richtig auslaufen könne. Früher haben die Männer in England keinen Sport getrieben, im Gegenteil, sie saßen lieber. Heute achtet jedermann sorgfältig auf seine Linie, Dickleibigkeit ist ein größerer Makel als Dummheit. Früher dagegen waren die Engländer durchweg beleibt und behäbig; man braucht nur einen Blick auf die Konterfeis der Herzöge und Generäle zu werfen, wie sie Reynolds, Gainsborough und Zeitgenossen gemalt haben. Auch ihre Damen waren wohlgenährt. So wirkt etwa die berühmte Lady Hamilton, die letzte Liebe des Lord Nelson, nicht gerade schlank. Dick und gichtgeplagt waren sie, angeblich vom unmäßigen Genuss des Portweins, und weil der Gichtzeh so schmerzte, waren sie erst recht nicht bereit, sich zu bewegen.

Unbestritten ist allerdings, dass man sich im alten London viel besser amüsieren konnte als in der englischen Hauptstadt unserer Tage. Aber das ist ja auch nichts Neues. Möchte man heutzutage mit einer Bekannten in London ausgehen, zum Abendessen vielleicht oder auch, um ein wenig zu tanzen, sollte man mindestens fünf Pfund in der Tasche haben, was etwa hundert Pengő entspricht. Und das Abendessen wird längst nicht so gut sein, wie man es in Pest für fünf, sechs Pengő bekäme; zum Tanzen bietet sich auch nur ein verräucherter Nightclub an. Im London von heute gibt es keine richtigen Kaffeehäuser. Alkoholische Getränke werden nur zu vorgeschriebenen Zeiten, gegen Mittag und abends bis elf Uhr, ausgeschenkt, und selbst dann nur zu unverschämten Preisen. Nach elf haben ausschließlich die unbezahlbaren Nightclubs geöffnet und die schrecklich öden Lyons' Corner Houses genannten Speisebetriebe, gelegentlich »mit Musik«. In den Halls der Studentenhotels kann man sich mit Freunden bis Mitternacht unterhalten; sobald die Uhr zwölf schlägt, erscheint die Hausdame, wünscht *good night* und schaltet das Licht aus.

Wie anders war das einst in London, etwa zur Zeit Casanovas, also vor hundertfünfzig Jahren. Das alte London hatte eine höher entwickelte Kaffeehaus-Kultur als Budapest heute. Das gesamte gesellschaftliche Leben fand im Kaffeehaus statt, und zwar getrennt nach Professionen. Es gab Kaffeehäuser für Politiker, solche für Seefahrer, für Literaten, für Sportbegeisterte, aber auch ziemlich berüchtigte für Spieler und Falschspieler. Große Vergnügungsparks standen den Menschen für ihre Freizeit zur Verfügung, zum Beispiel Vauxhall und Ranelagh; jeder Stadtteil veranstaltete an einem bestimmten Tag im Jahr einen großen Markt, dorthin strömte das erlebnishungrige Volk von weit her.

Wenn man die Texte älterer Schriftsteller liest, zum Beispiel Casanovas – der beschreibt, wie er durch die Gassen von Vauxhall schlenderte, links und rechts Bekannte grüßte und eifersüchtig nach der kleinen französischen Tänzerin Ausschau hielt, die ihm so große Qualen beschert hatte, als sie sich für das ganze weibliche Geschlecht an ihm rächte –, man könnte meinen, London habe zu jener Zeit einige Breitengrade weiter südlich gelegen als heute, damals muss es viel sonniger und wärmer gewesen sein. Denn der überwiegende Teil des Amüsements fand unter freiem Himmel statt, die Engländer lebten auf der Straße wie die Italiener; von den berüchtigten Nebeln findet sich in alten Büchern keine Spur.

Andererseits aber gewinnt man den Eindruck, wenn man die Autoren des 19. Jahrhunderts liest, sagen wir Dickens, dass London zu ihrer Zeit um einige Breitengrade nördlicher gelegen haben muss, weil damals ständig Winter geherrscht zu haben scheint, über der Stadt lag ewig brauner Nebel, und es war stets Abend, die Sonne schien demnach fast nie. Und tatsächlich war London zu Dickens' Lebzeiten viel nebliger als in unseren Tagen. Der Nebel stieg damals nämlich aus den Themse-Sümpfen auf, doch seit man diese trockengelegt hat, gab es den wirklich dicken Londoner Nebel sehr viel seltener, kaum öfter als ein- oder zweimal im Jahr.

Wenn also nicht einmal das Klima von Beständigkeit ist – es verändert, wandelt und entwickelt sich im Laufe der Zeit, passt sich den Menschen und den Umständen an –, so brauchen wir uns doch nicht darüber zu wundern, dass sich auch die Menschen und der Charakter von Nationen oft und in mancherlei Hinsicht ändern.

(1938)

Warum der Engländer so schweigsam ist

Eine gelehrte deutsche Dame hat kürzlich ein Buch mit dem Titel ›Die Psychologie der englischen Schweigsamkeit‹ geschrieben. Ich bestellte es mir umgehend, denn schon seit Langem möchte ich wissen, warum der Engländer so wortkarg ist beziehungsweise warum er denn so viel redet, wenn er doch im Grunde schweigsam ist.

Meine Erfahrung lehrt mich nämlich, dass ein Engländer, zumindest dieser spezielle Engländer, unter gewissen Umständen viel redseliger ist als die Söhne anderer Nationen. Ich beziehe mich auf den schlichteren Engländer, auf einen, den man in England mit dieser speziell geometrischen Ausdrucksweise untere Mittelklasse nennt. Und hier sollte ich noch Folgendes anmerken: In England liegt die Grenzlinie, die den einfachen Mann, also den aus der unteren Mittelschicht, von dem aus der oberen Mittelklasse trennt, viel weiter oben als bei uns. Dort rechnet man die Hälfte derer zu den einfachen Leuten, die sich hier bei uns bereits sehr große Herren dünken. Also der einfachere Engländer, so erfuhr ich, ist gar nicht schweigsam, wenn er zum Beispiel vor dem Lunch oder nach dem Abendessen an der Bar stehend sein Glas Bier genießt. Natürlich ist damit nicht so etwas wie eine Pester Bar mit Stimmungsbeleuchtung und -musik gemeint, sondern die Eckkneipe, die der Engländer treffend als Club des einfachen Mannes bezeichnet. Und in diesem Club wird dieser dann gesprächig. Er macht Bekanntschaften und erzählt nach zwei Bier seinen ganzen Lebenslauf, und zwar derart ausführlich, dass man sich ihm nur mühsam entziehen kann. Ähnliches geschieht, wenn man in England dritter Klasse reist. Das Bekanntwerden mit den Mitreisenden ist da unumgänglich, und man muss sich ihre sämtlichen familiären Sorgen anhören. Von Einsilbigkeit kann also beim einfachen Engländer keine Rede sein. Der mag nämlich Worte oder besser das Gespräch noch genauso gern wie einst seine Vorfahren zu Shakespeares Zeit.

Denn wer die wortreich fließende Sprache der Shakespeare-Dramen hört oder liest, dem wird offenkundig, dass dieser Shakespeare kein Kind einer schweigsamen Nation gewesen ist. Die britische Einsilbigkeit hat sich erst später ausgebildet. Allerdings beklagt sich schon Milton darüber, wie ungern seine Landsleute den Mund aufmachen, weil ihre lateinische Aussprache so miserabel sei, und er empfiehlt ihnen, sich bei der Bildung lateinischer Laute die Italiener zum Vorbild zu nehmen. Die Wortkargheit der Engländer muss also irgendwo in der Zeit zwischen Shakespeare und Milton angefangen haben. Das dichterische Wirken der beiden trennt lediglich ein halbes Jahrhundert, doch gerade in diese fünf Dezennien fällt die große geistige Wende in England, der Puritanismus nämlich.

Höchstwahrscheinlich sind die Wurzeln der englischen Schweigsamkeit im Puritanismus zu suchen. Bekanntlich hielten die Puritaner jeglichen Anflug von Fröhlichkeit für moralisch verwerflich, sie versagten sich lautes Lachen, verachteten selbst das kleinste Lächeln. Gewiss haben in dieser Zeit auch die sittlichen Bedenken gegen Gesprächigkeit ihre Wurzeln, ebenso die gegen zwanglose Selbstdarstellung. Lehrt uns doch schon die Bibel: »Deine Rede aber sei: ja-ja, nein-nein.«

Die Schweigsamkeit wurde also erst später zur Nationaltugend der Engländer. Mit den Büchern von Jules Verne kam dann das Bild vom wortkargen Engländer ins europäische Bewusstsein. Wir alle erinnern uns an jenen legendären Briten unserer Kindertage, der im karierten Anzug an der Reling lehnt, die sportlich-karierte Mütze auf dem Kopf, mit einer Pfeife, die er äußerst selten aus dem Mund nimmt, und auch dann nur, um *well* oder *alright* zu sagen oder sich zu einem *Wetten, dass* hinreißen zu lassen. In unserer Fantasie verschmilzt seine Figur mit der eines anderen außerordentlich populären Engländers, nämlich des geheimnisvollen Sherlock Holmes. In der Vorstellung der Leute vom Kontinent ist dieser Sherlock Holmes der wahre Brite. Phlegmatisch, einsilbig, ein Detektiv eben.

Jules Verne und Arthur Conan Doyle brachten den Briten des Viktorianischen Zeitalters, also von der Mitte bis zum Ende des 19. Jahrhunderts, ins europäische Bewusstsein. Um diese Zeit prägte sich die englische Schweigsamkeit in ihrer wahren Form aus. Vorher war der Engländer noch nicht derart einsilbig, und danach gab er einiges von seiner Schweigsamkeit wieder auf. Doch was waren die geistigen und praktischen Ursachen, die ihn im Laufe des 19. Jahrhunderts zu einem so einsilbigen Wesen gemacht haben? Die Meinung der Fachleute geht dahin, dass die englische Highschool die wichtigste Rolle dabei gespielt hat. Genauer gesagt ein bestimmter Typ der Highschool, nämlich die sogenannte Public School. Rugby, Eton, Harrow sind die berühmten Internatsschulen, in denen der Nachwuchs der englischen Eliten erzogen wird, also jene Knaben, denen, wenn sie erwachsen sind, die Rolle zufällt, England zu führen, das britische Empire zu lenken, über die Welt zu herrschen. Solche Männer werden seit der Mitte des 19. Jahrhunderts hier ausgebildet, sie haben künftig in fernen Erdteilen ihren Mann zu stehen, wo sie die einzigen Weißen unter Abertausenden von Eingeborenen sein werden und in einsamer Größe die geheimnisvolle Aufgabe zu erfüllen haben, die der Brite die »Last des weißen Mannes« nennt. Sonnenklar, dass die ausgezeichneten Lehrer an den Public Schools die kleinen Engländer und zukünftigen Statthalter, kolonialen Richter, Offiziere der Marine und der Army in erster Linie dazu erzogen haben, sich selbst zu beherrschen. Denn wenn der Sahib, der weiße Herr, sich gleichsam preisgibt, also mit seinen farbigen Untertanen vertraulichen Umgang pflegt, plaudert und tratscht, dann verblasst das Mysterium seiner Macht, dann ist es aus mit ihm, und auch Waffen und sonstige Gewalt können ihn nicht mehr retten; die einzigen wirksamen Mittel des weißen Mannes sind Selbstdisziplin, Schweigen und das Geheimnis, das ihn umgibt.

Ein Prophet der Schweigsamkeit war der große und besessene schottische Essayist und Historiker Thomas Carlyle. Seine lästermäuligen Kritiker haben ihm zwar vorgeworfen, er rühme das Schweigen mit übertriebener Beredsamkeit, doch übte er großen Einfluss auf seine Zeitgenossen aus, machte den Engländern deutlich, welche Kraft und Überlegenheit der Kunst des Schweigens innewohnt.

Carlyle pries die wortkarge Zurückhaltung mit der Spitzfindigkeit des Philosophen: Der Mensch muss sich in sich selbst versenken, sich lösen von der schwatzhaften Welt, wenn in seiner Seele die große Vision, der erlösende Gedanke und die Tat erwachsen sollen. Wer schwatzt, vergeudet seine besten Kräfte.

Don't give yourself away: Offenbare dich nicht, gib dich nicht preis, dies wurde zum nationalen Wahlspruch. Solche Zurückhaltung sollte sich nicht nur auf Worte beziehen; denn was die Begleitumstände der Sprache angeht, schweigt sich der Engländer noch beredter aus. Eine der größten Verfehlungen, die man gegen die britische Wohlerzogenheit begehen kann, besteht darin, zu gestikulieren. Auch in ihren Filmen ist zu sehen, dass Engländer das Gestikulieren für die amüsanteste Eigenschaft von Franzosen und Italienern halten. Schon das Achselzucken gilt als kolossale Ungezogenheit, und das bewegte Mienenspiel ist fast so unmöglich wie das Reden mit Händen und Füßen. Es schickt sich einfach nicht, die Braue hochzuziehen, die Stirn in Falten zu legen, den Mund zu verziehen. Eine eiserne Miene ist fast obligatorisch. So erklärt sich vielleicht auch, dass es unter den Engländern so wenige große Mimen gibt und ihre Schauspielkunst eher mittelmäßig ist: Der Engländer geniert sich, mit Gestik und Mienenspiel zu agieren, selbst als Schauspieler, so etwas sieht auch das Publikum nicht gern; die ganze Erziehung des Engländers ist darauf gerichtet, dass er lernt, sich zurückzunehmen, als Person möglichst wenig in Erscheinung zu treten – im Grunde sind die Briten ein gänzlich untheatralisches Volk.

Was ist es, worüber der Engländer nicht redet? Was hat er vor allem zu verschweigen?

Das Schweigegelöbnis, das ein Brite zwar nicht abgelegt hat, aber im Allgemeinen strikt einhält, betrifft in erster Linie sein Gefühlsleben. Eine der wichtigsten Ursachen für seine Schweigsamkeit ist die seinem Charakter innewohnende hochgradige Prüderie. Baldwin, der ehemalige Premierminister, sagte einmal, dass sich der Engländer die schüchterne Zurückhaltung des heranwachsenden Jünglings bis an sein Lebensende bewahre.

Er sagt sich: »Über Dinge, die tiefer liegen als die Tränen, reden wir nicht.«

Und in der Tat, bei uns genieren sich sechzehn-, siebzehnjährige Jungen wegen ihrer Rührung und Sanftmut, in England auch noch im Erwachsenenalter.

Der Engländer kann ein wunderbarer und zuverlässiger Freund sein, doch wird er seine freundschaftlichen Gefühle nicht zeigen und schon gar nicht über sie sprechen. Ihm ist es furchtbar peinlich, wenn er erleben muss, wie sich Menschen vom Kontinent bei der Begrüßung oder Verabschiedung umarmen und küssen. Unter englischen Jungen gilt es als rührselige Geste, den Vater auf die Wangen zu küssen. Im Allgemeinen mögen sie kein großes Verabschiedungszeremoniell, sie ziehen den Rückzug auf die feine englische Art vor und sagen nur dann »Auf Wiedersehen«, wenn sie für Jahre nach Kanada oder Australien gehen. Lehrer geben sich in England drei Mal jährlich die Hand, nämlich bei der Verabschiedung in längere Ferien. Das Wort Freund meiden sie sogar in der brieflichen Anrede.

Zurückhaltend und schweigsam ist der Engländer auch der Dame seines Herzens gegenüber. Ich weiß es nicht genau, aber vermutlich liebt er tatsächlich von Natur aus weniger leidenschaftlich als die Männer anderer Völker, auf jeden Fall spricht er viel seltener über die Liebe. Mit schönen Worten einer Dame den Hof zu machen ist ihm fremd. Englische Frauen nehmen schon das schlichteste Kompliment mit Überraschung und Freude entgegen, sind diesbezüglich überhaupt nicht verwöhnt. Gut, sie halten vermutlich den Ausländer, der ihnen mit großen Worten schöntut, für ein bisschen verrückt. Der Engländer überzeugt eher durch Höflichkeit in der Tat.

»Meine Landsleute agieren bei einem Zugunglück großartig, sind aber im Ballsaal kaum zu gebrauchen«, sagte eine englische Dame.

Als zurückhaltend erweisen sie sich natürlich auch, wenn sie ihrer guten Laune oder Trauer Ausdruck geben. Schon im 18. Jahrhundert empfahl Lord Chesterfield in einem seiner berühmten Briefe, wir sollten öfter lächeln, aber niemals laut lachen. Traurigkeit ist übrigens noch weit mehr eine Privatangelegenheit als die Freude. Ihre Kümmernisse können Engländer bis zur Selbstverleugnung für sich behalten, wenn sie eine schlechte Nachricht erhalten, teilen sie diese nicht mit, über ihre Krankheiten pflegen sie nicht zu reden. Gänzlich unpassend erscheint es ihnen, mit anderen über ganz persönliche Angelegenheiten zu sprechen.

»Er spricht nicht viel, weil er niemals über sich selbst redet«, konstatiert Čapek treffend über den Briten.

Und da es sich nicht schickt, über Persönliches zu sprechen, ist die diesbezügliche Nachfrage erst recht fehl am Platz. Trifft man in Pest einen Bekannten, fragt der aus purer Freundlichkeit: »Wohin gehst du?« In England kann ein solcher Zeitgenosse nicht erwarten, für einen Gentleman gehalten zu werden. Ein Bekannter in Pest fragt mich in den ersten zwei Minuten, was ich so treibe, wovon ich eigentlich lebe, was ich verdiene, pro Monat, im Durchschnitt, und wie ich davon überhaupt existieren kann. In England unvorstellbar! Der Engländer verschluckt eher seinen eigenen Kopf, als so etwas zu fragen. Man kann wochenlang mit ihm zusammenwohnen, ohne zu erfahren, welchem Beruf er nachgeht, auch nicht, ob er Familie hat und was er macht, wenn ich nicht mit ihm bin. Das geht einem ziemlich auf die Nerven, doch will er andererseits auch von mir nichts Überflüssiges wissen.

In Gesellschaft gehört es sich nicht, über geschäftliche und berufliche Angelegenheiten zu sprechen. Man redet nur über Dinge, die alle interessieren und zu denen jeder eine Meinung hat. So könnte es zwar sein, dass beispielsweise in Gesellschaft eines Arztes die eine oder andere medizinische Bemerkung für alle aufschlussreich und nützlich wäre, doch der Doktor würde sich dadurch, dass er über etwas redet, von dem er mehr weiß als die anderen, über diese stellen, und das wäre der Gipfel der Unschicklichkeit.

Deshalb sollte man also keinerlei fachliche Gespräche führen, was natürlich die auch sonst nicht gerade sprühende britische Konversation noch viel langweiliger macht. Hocherfreut, wenn einen beispielsweise eine Einladung mit einem namhaften Historiker zusammenführt, wird man enttäuscht die Erfahrung machen, dass der Wissenschaftler ausschließlich über das Angeln sprechen möchte und ein berühmter Schauspieler über nichts anderes als die Qualität der Hotellerie in Südfrankreich zu plaudern wünscht.

Der merkwürdigste Aspekt der englischen Schweigsamkeit aber ist, dass es in Gesellschaft einfach verpönt ist, klug und geistreich zu reden. Der Grund ist derselbe, der auch jegliches fachliche Gespräch verbietet: könnten sich doch die übrigen Anwesenden möglicherweise durch die Überlegenheit einer sich geistreich oder klug artikulierenden Person beschämt fühlen. Intelligenz und Esprit werden bei den Engländern nicht so sehr estimiert, beides betrachten sie mit Argwohn. Keine dieser beiden Gaben ist für einen wahren Gentleman zwingend notwendig. Was seinen geistigen

Horizont betrifft, ist der echte Gentleman guter Durchschnitt; Überdurchschnittlichkeit kaschiert er lieber, als sie herauszustreichen. Intellektuelle Eitelkeit ist beim Engländer unterentwickelt. Er zieht es vor, als gewitzter Bridgespieler statt als Geisteskapazität zu brillieren. Graf Sforza führt die Erfolge britischer Diplomaten auf ebendiese bei Engländern nicht vorhandene geistige Eitelkeit zurück. Der britische Diplomat macht sich, wenn es der Sache dient, auch zum Trottel – sein französischer oder italienischer Kollege bringt das nicht fertig, seine intellektuelle Arroganz verbietet es ihm.

Und natürlich hüllt sich ein Engländer in allen Angelegenheiten, die das Schamgefühl auch nur im Mindesten verletzen könnten, in tiefes Schweigen. Allerdings ist er heutzutage nicht mehr ganz so tugendhaft wie noch zu Zeiten von Königin Victoria, als man selbst den Tischbeinen ein Höschen verpasste, damit sie nicht gar so nackt daständen. In einer reinen Männergesellschaft aber hat übrigens auch der Brite ein ziemlich loses Mundwerk.

Wenn man über so viele Dinge nicht reden darf – worüber sollte man dann Konversation machen? Die Antwort auf diese Frage ist nicht so einfach, selbst Engländer sind sich da nicht einig, das lässt sich aus einem Buch schließen, das eine vornehme englische Dame verfasst hat, um ihren Landsleuten behilflich zu sein; sein deutscher Titel lautet: ›Wie man ein Gespräch beginnt und beschließt‹.

Der Beginn einer Unterhaltung ist besonders heikel. Sehr gut geeignet für diesen Zweck ist das Wetter. In England gilt es nicht als Symptom einer gewissen Verblödung, wenn jemand das Gespräch mit dem Wetter einleitet, im Gegenteil, so verlangt es die Höflichkeit, beispielsweise von einem Kaufmann, seine Kunden mit Bemerkungen über das Wettergeschehen zu unterhalten. Was ja ganz natürlich ist, denn nirgends sonst beeinflusst die Wetterlage die Stimmung der Menschen so sehr wie im verregneten England. Weiter ist auch die königliche Familie ein ausgezeichnetes Gesprächsthema. Sie verdankt ihre große Popularität vermutlich nicht zuletzt dem Umstand, dass sie passenden neutralen Gesprächsstoff liefert. Aus meinem ersten Londoner Quartier bin ich jedenfalls auch deshalb schon nach wenigen Wochen geflohen, weil ich die endlosen und gänzlich uninteressanten Einzelheiten aus dem Leben der Royals zum Frühstück wie zum Abendessen nicht mehr ertragen konnte.

Doch aller Anfang ist schwer. Wenn man in der Eisenbahn einen englischen Gentleman anspricht, wird der erst einmal in höchst reserviertem Ton antworten: *Pardon?* Doch wenn man sich davon nicht abschrecken lässt und weiterredet, stellt sich meist heraus, dass er ein netter, umgänglicher Mensch und glücklich ist, dass er angesprochen wurde.

Ich erinnere mich an ein Gespräch, das ich in Paris auf dem Platz vor der Bibliothek mit einem Engländer begann, der wie ich dort arbeitete. Von ihm stellte sich nach anfänglich befremdlichem *Pardon?* heraus, dass er ein Lehrerkollege von mir war, und wir sind seither auch richtig gute Freunde. Er lebte damals schon drei Monate in Paris und hatte sich dort noch nie mit irgendjemandem unterhalten, und er wäre gewiss nach Hause abgereist, ohne mit einem Menschen ins Gespräch gekommen zu sein, wenn ich ihn nicht angesprochen hätte. Er schaffte es einfach nicht, die ersten Hürden zu überwinden.

Ergibt es überhaupt Sinn, sich so zu verschließen, sich vor anderen so abzuschirmen, mit keinem Menschen Freude oder Leid zu teilen? Natürlich nicht. Gewiss übertreiben die Engländer hier maßlos. Machen einen Sport, eine nationale Tugend aus ihrer Wortkargheit. Der Gentleman, der aus seinem Club austritt, weil dort immer wieder jemand Guten Morgen zu ihm gesagt hat; oder der alte Brite, der seit Jahrzehnten im selben Clubsessel neben einem anderen alten Briten sitzt, ohne dass die beiden je ein Wort gewechselt hätten; sie haben gewiss eine seltsame, närrische Freude an dieser rekordverdächtigen Schweigsamkeit. Vernünftigere Inselbewohner finden sie inzwischen übertrieben.

»Engländer sind steif wie Schürhaken« – hat einmal jemand behauptet –, »nur dass sie sich niemals erwärmen können.«

Aus seiner Scheu und Schüchternheit hat der Engländer längst einen Sport gemacht. Er ist der Meinung, dass jeder anständige Mensch schüchtern und zurückhaltend sein sollte. Ein leichtes Stottern gilt als Zeichen der Wohlerzogenheit. Es ziemt sich nicht, etwas ganz genau zu wissen und mit Entschiedenheit zu behaupten. Deshalb gibt es im englischen Sprachgebrauch ja so viele abschwächende Wendungen wie: *I should think, I suppose, I am afraid, sort of, in a way, somehow.* Am Anfang fast jedes Satzes steht *I think*.

Das hat vielleicht auch damit zu tun, dass wir Ungarn beispielsweise immer ein bisschen mehr behaupten als die Wahrheit, der Engländer aber etwas weniger. Der Ungar sagt zur Dame seines Herzens: Ich bete dich an – anders der Brite: *I rather like you*. Das ist die in England übliche Liebeserklärung.

Wir bezeichnen unsere Hundehütte mit Zwischenwand als Villa, sie nennen ihr Schloss mit Park schlicht Landhaus. Unser Bötchen auf der Donau heißt Schiff, sie bezeichnen das seetüchtige Schiff, mit dem sie den Ärmelkanal überqueren, als Boot. Ein bemerkenswerter Unterschied.

Natürlich, das alles ist Geschmackssache. Doch *I think*, auch mir steht nun ein wenig englische Schweigsamkeit wohl an.

(1938)

Der Sonnenkönig

Zum dreihundertsten Mal jährt sich in diesem Herbst der Tag, an dem Ludwig XIV., der Sonnenkönig, das Licht der Welt erblickte. Seine Gestalt hat in unserer Vorstellung schärfere Konturen als die der meisten anderen bedeutenden Herrscher. Fällt sein Name, so denken wir unwillkürlich an die riesigen Parks mit in Form gestutzten Bäumen, weißen Götterfiguren, an galante Höflinge und Hofdamen, an Etikette und Perücken. Zudem war Ludwig, wie man weiß, sehr empfänglich für schöne Frauen. Mit seiner Person verbinden die meisten Menschen fälschlicherweise auch die berüchtigte Madame Pompadour, sogar einem seriösen Journalisten ist es dieser Tage passiert, dass er in seinem Artikel für eine große Tageszeitung die Pompadour zur Favoritin Ludwigs XIV. gemacht hat. Dabei war sie die Mätresse Ludwigs XV. Die Tragik Ludwigs XIV. liegt nicht zuletzt darin, dass ihn die Nachwelt häufig mit dem frivolen Müßiggänger Ludwig XV. in einen Topf wirft.

Überhaupt geht die Nachwelt mit Ludwig XIV. im Allgemeinen nicht sehr gerecht um, auch die Geschichtsschreibung lässt ihm keine Gerechtigkeit widerfahren und noch weniger die auf beinahe fanatische Weise republikanisch gesinnten französischen Historiker; ich kenne kein anderes Beispiel dafür, dass eine Nation so pietätlos mit einer ihrer glorreichsten Persönlichkeiten umgeht. Die Franzosen unserer Tage sind bestrebt, diesen Fehler wiedergutzumachen. Allmählich erkennen sie, dass Ludwig XIV. die glanzvollste

Figur ihrer Geschichte, ja einer der größten Herrscher der Welt gewesen ist.

Ludwig XIV. hat nämlich sein Amt, oder das Metier des Königs, wie er es nannte, wichtiger genommen als all seine Vorfahren. Schon in der Kindheit, als er immer wieder das Wort von den französischen *rois fainéants*, den gekrönten Faulpelzen, hören musste, schwor er sich, nicht so zu werden wie diese. Seit er selbst König war, arbeitete er unermüdlich. Zweimal täglich hielt er Ministerrat, in allen wichtigen Angelegenheiten entschied er persönlich, er war der erste Beamte des Landes. Ihm stand auch nicht, wie seinem Vater Ludwig XIII. in der Person des berühmten Kardinals Richelieu, ein allmächtiger Minister zur Seite. Er verabscheute es, sich von jemandem lenken zu lassen, galt als ein Fanatiker der selbstständigen Entscheidungen; vielmehr war er sein eigener Ministerpräsident und lud sich die ungeheure Arbeitslast, die damit verbunden war, selbst auf. Dieser König fühlte sich in höchstem Maße und mit religiöser Inbrunst für das Schicksal Frankreichs verantwortlich. Wenn er wirklich gesagt hätte (vermutlich hat er es nie gesagt): »L'état c'est moi«, dann wäre dies aus seinem Mund vermutlich so zu verstehen gewesen, dass er mit Haut und Haar dem Staat gehörte, nicht umgekehrt. Das Folgende aber hat er in der Tat gemeint und damit die Wahrheit gesagt: »Je suis seul à aimer l'État«, ich allein liebe den Staat. Denn die kleinen Leute dachten an ihren eigenen Nutzen; Liebe zur Heimat und Gemeinsinn waren zu jener Zeit noch nicht sehr ausgeprägt. Auftrag und Schicksal des Königs aber war es, die Belange des Staates, also Frankreichs, über alles zu stellen.

Im Allgemeinen gehen wir davon aus, dass Ludwig den

überwiegenden Teil seines Lebens in einem der großen Schlösser verbracht hat: im Pariser Louvre (den er wegen der schlechten Luft, des darin angesammelten Schmutzes und der Nähe zum Pariser »Mob« verlassen hatte), in Fontainebleau, Saint-Germain, Versailles oder in Marly, das er selbst erbauen ließ. Doch das stimmt nicht. Denn Ludwig XIV. war unermüdlich im Land unterwegs. Er erkundete persönlich alle Landesteile, und er hat, solange seine Gesundheit dies erlaubte, sämtliche Kriege persönlich angeführt und die Strapazen mit seinen Soldaten geteilt. Auch wenn er nicht im Land herumreiste, hielt er sich nicht immer zu Hause auf, einen wichtigen Teil seines Tagesablaufs bildete die Jagd. Denn dieser König, den wir uns vornehmlich in marmorvertäfelten, verspiegelten und von tausend Kerzen erleuchteten Prunksälen vorstellen, fühlte sich nur in der freien Natur wirklich wohl; deshalb galt seine Passion neben der Jagd auch vorwiegend den Gärten und Parkanlagen.

Ein prägender Charakterzug des so galanten und prunkliebenden Herrschers war eine tiefe, feierliche Ernsthaftigkeit. Er lehrte die leichtsinnigen, impulsiven, fröhlichen und unzuverlässigen Franzosen mit ihrem »gallischen Laissez-faire« den römischen Ernst, und er machte das gesamte 17. Jahrhundert zum großen Zeitalter Frankreichs, zum Jahrhundert der menschlichen Würde. Die zahllosen Feste bei Hof, das scheinbare Versinken in den Details der höfischen Etikette, die lange Reihe der kaum verheimlichten Liebschaften des Herrschers waren häufig auch geschickte diplomatische Finten: Der König, dessen Gesichtszüge tatsächlich an einen Fuchs erinnerten, wollte die Feinde Frankreichs in Sicherheit wiegen, während er insgeheim (denn er war ungeheuer verschwiegen) den entscheidenden Schlag gegen sie vorbereitete. Die einzigartige königliche Prachtentfaltung, die Zurschaustellung seiner Schätze, das ständige Preisen von Frankreichs Glorie waren keineswegs »Selbstzweck«; der König hatte seinen Ruhm »organisiert«, um mit seinen pompösen Auftritten das ganze feindliche Europa zu blenden und einzuschüchtern.

Und die vielen Mätressen? Hielt er sich auch die zu diplomatischen Zwecken? Nein. Ludwig XIV. besaß tatsächlich ein leicht entflammbares Herz. Wirklich geliebt hat er in seinem ganzen Leben aber nur zwei Frauen, seine Mutter und Maria Mancini, und beide waren nicht gut zu ihm: Die Mutter vernachlässigte ihn, als er ein Kind war, und blieb ihm auch im Jünglingsalter fremd; und seine erste Liebe, die hässliche, aber kluge und leidenschaftliche Maria Mancini, eine Nichte des Kardinals Mazarin, liebte ihn nur, solange sie glaubte, sie würde seine Königin; doch Ludwig hat nach bitterem Ringen mit sich selbst auf sie verzichtet, um die innere Ruhe des Landes nicht zu gefährden.

Ihr folgten die berühmteren Mätressen. Allerdings hat Ludwig bei keiner von ihnen gefunden, was er suchte. Louise de La Vallière war schön, aber dumm und ungebildet, ihre Nachfolgerin, die schöne und auch kluge Madame de Montespan, erwies sich als ungemein bösartig und heimtückisch; sie schreckte nicht einmal vor Giftmischerei zurück, um ihre Rivalinnen loszuwerden. Als sie auch dem König nach dem Leben trachtete, verstieß Ludwig sie voller Abscheu. Ihr folgte Madame de Maintenon, die Liebe des alternden Königs und schließlich seine heimliche Gemahlin, deren einzige Sorge dem Seelenheil des Königs galt. Ihrem kleinbürgerlichen Gemüt ging jegliches Verständnis für

Schönheit und Kunst ab, wie es sich in den Schlössern von Versailles und Marly widerspiegelte; auch verstand sie nicht die unersättliche Gier des Königs nach Ruhm, die das Land zwar in endlose, blutige Kriege stürzte, dem französischen Königreich aber schließlich seine natürlichen Grenzen und die endgültige Einheit bescherte. Seine Königin, die spanische Infantin Maria Theresia, hat Ludwig nie geliebt, auch deshalb nicht, weil sie von den verhassten spanischen Habsburgern abstammte; geheiratet hat er sie aus Staatsraison, während sein Herz noch für Maria Mancini blutete; die kränkliche, hässliche und unbedeutende Königin konnte ihm nicht einmal gesunde Nachkommen schenken; dennoch ist ihr Ludwig, obwohl er sie nicht zu lieben vermochte, stets mit ausgesuchter Höflichkeit begegnet. Auch im Umgang mit seinen Mätressen zeigte er sich respektvoll und wahrte die Formen des Anstands. In seinen Erinnerungen beschwor er seinen Nachfolger, Stärke zu zeigen und möglichst keine Frau zu seiner Favoritin zu machen; sollte er dazu nicht fähig sein, müsse er stets zwei Grundsätze beachten: Niemals dürfe er um der Liebe willen die Regierungsgeschäfte vernachlässigen und ebenso wenig zulassen, dass sich eine Mätresse in die Staatsangelegenheiten einmischt.

Ludwig XIV. liebte die Künste und förderte die Literatur. In jenem großen Jahrhundert, das die glanzvollste Periode der französischen Sprache war, bediente er sich des gepflegtesten Französisch, und man nannte ihn sogar den König der Sprache.

Er ließ die Residenzen Marly und Versailles erbauen, Schloss und Park, was in den Augen vieler unserer Zeitgenossen bis heute als die herausragende Leistung westlicher

Kultur gelten kann, vergleichbar der Bedeutung der Akropolis für die Antike. Aber er war auch selbst ein Künstler, seine Kunst – das Königsein. Unter allen Königen war er der Königlichste, er hob jede Minute seines Tages, jede Regung seines Körpers, jeden Augenblick des Lebens auf ein königliches Niveau. All seine Schritte wurden durch die von ihm selbst aufgestellten feierlich-schönen Regeln bestimmt, nichts um ihn geschah zufällig, alles war vorgeschrieben und wurde von ihm beispielhaft gelebt, sein Tun galt augenblicklich als Norm für alle. Sein Leben präsentierte sich als ein großartiges Meisterwerk königlicher Regentschaft; ein ganzes Jahrhundert lehrte er, dass es im Leben auch glanzvolle Höhepunkte geben muss, dass der Mensch mehr ist als das, was er im Alltagsleben von sich preisgibt.

Ein Jahrhundert lang stellte Ludwig XIV. gleichsam den Sonntag dar, er war ein Mittler zwischen irdischen Pflichten und hehren Freuden.

(1938)

Die Zeitung und die Literatur

Das Feuilleton, so sagt man, sei keine Literatur, weil es nur den vergänglichen Ansprüchen des Tages diene, ihm fehle das Kriterium der Beständigkeit, es verzichte von vornherein auf Unsterblichkeit, also könne es auch nicht erwarten, dass ihm der Literaturhistoriker, Anwalt literarischer Unvergänglichkeit, seine Aufmerksamkeit schenke.

Am Sonntagvormittag, wenn ich mir, der großen Pester Tradition frönend, im Kaffeehaus alle Blätter, die mir der aufmerksame Ober herbeigeschafft hat, zu Gemüte führe, überkommt mich eine tiefe Melancholie; es ist die gleiche, die mich überfällt, wenn ich, ebenfalls am Sonntagvormittag und gegen Frühlingsende, draußen spazierengehe und sehen muss, dass die Obstbäume ihre schöne, kurzlebige Blütenpracht abwerfen. Nicht der abgelesene Weinberg im Herbst, ja nicht einmal die etruskischen Nekropolen in Italien lassen mich so sehr an Vergänglichkeit denken wie die Sonntagszeitungen. Wie viele Gedanken, Einfälle, wie viel Wissen, wie viele gekonnt formulierte, seltene Sätze entschwinden da ins Nichts – denn am Montag will all das Wissen, die viele Kunst kein Hund mehr haben.

Auch die Kunst des Schauspielers und der Tänzerin hat etwas ähnlich tragisch Vergängliches wie das Schaffen des Feuilletonisten. Doch wird dem Schauspieler und der Tänzerin von niemandem ihre Kunst streitig gemacht, weil ihre Leistungen nicht von Dauer sind, noch weniger als die der fürs Feuilleton schreibenden Journalisten, deren Arbeiten der Forscher doch wiederfinden kann, wenn auch meist sehr verstaubt irgendwo im Archiv oder in einer Bibliothek; ja, seit einiger Zeit sorgt die Theatergeschichte, die sich inzwischen zu einer ernst zu nehmenden Wissenschaft ausgewachsen hat, dafür, dass sie von den Großen der Bühne so viel wie möglich für die Nachwelt bewahrt. Keiner wird in Zweifel ziehen, dass der Schauer, der *thrill*, der uns beim Genuss eines Dramas erfasst, zu den kostbarsten menschlichen Regungen gehört; er ist ein vielleicht unwiederholbares Augenblicksphänomen, und was ihn auslöst, oft nichts weiter als ein Tonfall, eine Geste. Doch ihre Bindung an den Augenblick, ihr unmittelbares Vergehen vertiefen die Konturen des soeben Erlebten umso mehr. Was also gibt uns das Recht, ein Feuilleton, das im Augenblick des Lesens eine ebensolche Erschütterung in uns auslöst, so stiefmütterlich zu behandeln?

Und dann kommt noch hinzu, dass bei uns die Presse, also die Publizistik, verglichen mit jener der meisten Länder, eine viel wichtigere literarische Rolle spielt und das Feuilleton eine so lange Tradition hat. Die großen Namen und die wichtigsten Ereignisse unserer Geschichte hängen alle irgendwie mit der Publizistik zusammen. Die Begründung der periodischen Publikationen geht in Ungarn auf die Initiative von Fürst Franz II. Rákóczi zurück: Der ›Mercurius Hungaricus‹ (1705–1810), das vom Kuruzen-General Antal Esterházy begonnene und in der fürstlichen Hofkanzlei weitergeführte lateinische Periodikum, verfolgte das Ziel, das Ausland über die Feldzüge Rákóczis in Kenntnis zu setzen. Am Ende des 18. Jahrhunderts, als der Geist Ungarns nach langer Lethargie wieder zu neuem Leben erwachte, haben die damals entstehenden ungarischen Blätter eine wesentliche, bis heute noch gar nicht ganz zu ermessende Rolle gespielt. Im 19. Jahrhundert war praktisch jeder Große der Nation auch in der Presse aktiv: Die meisten historisch bedeutenden Schriften des Lajos Kossuth sind als Artikel in ›Pesti Hírlap‹ (Pester Zeitung) erschienen; István Graf Széchenyi und sein politischer Widersacher Kossuth tauschten ihre kontroversen Meinungen in der Presse aus; auch der Dichter János Arany, einer der Giganten der ungarischen Literatur, redigierte ein Blatt. Große wie Jókai, Mikszáth, später Herczeg, Kosztolányi und auch Márai waren stets auch als Publizisten für die Presse tätig.

Erwähnenswert ist zudem – und dies dürfen wir vielleicht ohne nationale Voreingenommenheit feststellen –, dass die ungarische Presse in literarischer Hinsicht ein höheres Niveau hat als die englische, französische, italienische und die amerikanische. Womit aber nicht gesagt sein soll, dass ungarische Presseorgane per se besser wären als die westlichen – möglicherweise sind sie in der Übermittlung aktueller Nachrichten weniger rührig, ist ihre außenpolitische und wirtschaftliche Kompetenz weniger weitreichend. Doch die ungarische Presse ist dafür einigermaßen frei von manchen negativen Eigenschaften der ausländischen Organe. Die französischen Zeitungen enthalten, abgesehen von den ausgezeichneten Morgenblättern, kaum etwas anderes als Reportagen, die außenpolitischen Berichte sind voreingenommen, oft hysterisch, egal, worum es geht, sie hetzen stets gegen irgendetwas, bedienen den Geschmack der Massen. Etwas ganz anderes aber ist es erst, italienische Zeitungen aufzuschlagen. Immerhin gelten auch wir Ungarn als ein heißblütiges Volk; doch was ist unser Blut gegen das eines italienischen Journalisten? Der ist ständig in

Ekstase, und er findet immer einen Grund dafür. Und verglichen mit den englischen Zeitungen, ist all das noch gar nichts. Der größte Teil der englischen Blätter besteht aus einer riesigen, aufgeblähten Sonntagsbeilage für Kinder. Sie unterrichten über die unwichtigste Banalität, über jede Geste jedes einzelnen Royals, informieren über wichtige und unwichtige Vorgänge in der Gesellschaft, berichten, welches Kleid die Braut getragen und was der Bräutigam empfunden hat. Gelegentlich schreiben sie auch über bedeutende Persönlichkeiten, Künstler, Wissenschaftler, dann aber lediglich Dinge von *human interest*, also wie jemand Golf spielt oder was er am liebsten frühstückt. Außerdem veröffentlichen sie Leserzuschriften, in denen Abonnenten nachfragen, ob auch die Hunde anderer Leser wie der ihre zu pfeifen pflegen – Ereignisse von weltweitem Interesse werden dagegen in wenigen Zeilen abgetan.

In unseren Blättern wirkt alles literarischer. Bezeichnend ist auch zum Beispiel, dass viel mehr mit Namen gezeichnete Artikel erscheinen, was an sich schon vom größeren Ehrgeiz der Publizisten, aber auch der Leserschaft zeugt. Die ungarische Presse und ihre Leser sind mit schöner Literatur, mit Feuilletons, Glossen und Humoresken, mit Essays und Lyrik sogar reicher gesegnet als italienische Blätter, obwohl die sich mangels politischer Diskussion im Land genötigt sehen, mehr Literarisches zu publizieren.

Unsere Presse ist so literarisch ausgerichtet, dass sie für die Buchverlage fast schon zu einer gefährlichen Konkurrenz wird.

Den Standpunkt, die Publizistik sei nicht Teil der Literatur und folglich der Literaturgeschichte, können wir absolut nicht teilen. Auch nicht, was die ästhetische Bewertung betrifft, denn auf bestimmten Feldern der Publizistik sehen wir, sowohl in der Vergangenheit wie in unseren Tagen, zweifellos literarische Inspiration, also schöpferisches Potenzial am Werk. Auch aus einem weiteren Grund wäre dieser Standpunkt inakzeptabel: Der Literaturhistoriker soll die Bewusstseinsinhalte der ungarischen Gesellschaft, die geistigen Strömungen und wie sie sich im Volk widerspiegeln, mithilfe der Literatur aufzeigen, und dabei kann er auf kein Instrument so sicher bauen wie auf die aktuelle Presse, die doch allen Lebensäußerungen getreulich auf der Spur ist und in vieler Hinsicht sogar lenkende Wirkung hat.

(1938)

(Keine) Kleider machen Leute

Mein Freund, der Schriftsteller, sagt:

Von der allgemeinen Wirtschaftslehre verstehe ich wenig, doch ich glaube, ich bin jetzt auf ein wichtiges ökonomisches Prinzip gekommen, habe nämlich das eherne Wirtschaftsgesetz der Literatur entdeckt. Und das sieht leider ziemlich traurig aus. Hör zu!

Seit einiger Zeit verdiene ich auffallend viel mehr als früher. Das ist kein Wunder, denn es herrscht eine solche Konjunktur für Bücher, wie sie unser tausendjähriges Ungarn noch nie erlebt hat. Verlage schießen nur so aus dem Boden, fieberhaft bringen Händler unter die Leute, was die Büchermacher produzieren, und fieberhaft werden die Bücher gekauft – von diesem wilden Rummel fällt auch für den Autor etwas ab. Nicht viel, aber doch mehr als sonst. Es kommt durchaus vor, dass ich die Miete bezahle, die Rechnungen für Strom, Gas und dergleichen, also alles, was sich zu zahlen schickt, und mir immer noch etwas Geld übrig bleibt.

So ergab sich für mich folgendes Problem, ehrlich gesagt zum ersten Mal in meinem Leben: Was mache ich mit dem Geld, das mir geblieben ist? Bücher, Theaterkarten kaufen wie das »Publikum«, nein, das wäre unter meiner Würde, so etwas muss ich gratis haben oder gar nicht. Also ist mir der naheliegende Gedanke gekommen, dass ich vielleicht meine Garderobe ergänzen könnte. Ich werde mir, sagen wir, ein Hemd oder zwei Taschentücher zulegen. Vielleicht auch noch eine Krawatte. Handschuhe kämen ebenfalls in Betracht. So etwas ist mir seit Jahren nicht mehr in den Sinn gekommen. Eines Morgens habe ich mich also kurz entschlossen zum Einkaufen aufgemacht.

Das Weitere brauche ich dir gar nicht mehr zu erzählen. Es hat sich herausgestellt, dass der für mich so überraschende Aufschwung in diesem Ausmaß bei Weitem nicht dazu reicht, mir davon ein Hemd oder Taschentücher zu kaufen. Für das Geld *kann ich mir überhaupt nichts Lohnendes kaufen*. Da ist mir klar geworden, dass die Menschen deshalb meine Bücher kaufen, weil sie sich kein Hemd, keine Krawatte oder Strümpfe leisten können.

»Das ist doch nichts Neues«, bemerkte ich. »Das soll also das berühmte Gesetz der Wirtschaft sein, auf das du gekommen bist? Weißt du was, du solltest lieber bei der Literatur bleiben.«

»Nein, warte«, sagte der Schriftsteller. »Das Wesentliche dieses Gesetzes lautet in meiner Fasson: Geld hat der Schriftsteller, wenn er sich nichts dafür kaufen kann, und wenn er sich etwas fürs Geld kaufen könnte, hat er keines. Denn es ist doch offensichtlich, dass die Menschen, die deshalb jetzt Bücher kaufen, weil sie sich keine Hemden und Strümpfe leisten können, in dem Moment keine Bücher mehr kaufen werden, da sie sich wieder Hemden und Strümpfe leisten können. Sind also Hemden und Strümpfe wieder zu erschwinglichen Preisen zu bekommen, werde ich das nicht haben, wofür ich mir diese kaufen könnte.

Die von Büchern Lebenden denken schon mit Schaudern an die Zeit, da die Welt wieder ein wenig in Ordnung kommt und die Menschen auch in der Lage sein werden, so viel für ihre Garderobe auszugeben wie zuvor. Sie denken, dass die Bücherkonjunktur früher oder später erneut wie ein Kartenhaus zusammenfallen wird und diese Katastrophe zwangsläufig ist. Denn wer in diesem Land soll Bücher kaufen, wenn man nicht nur Hemden und Strümpfe, sondern sogar schon wieder Kleider und Schuhe bekommen kann?

Meine Überlegung geht nun dahin, dass Schriftsteller, Verleger, Buchhändler sich mit diesem ehernen Gesetz der Wirtschaft nicht fatalistisch abfinden und nicht mit den Händen im Schoß darauf warten sollten, bis das Unheil über sie hereinbricht. Sorgfältig und vor allem rechtzeitig müssen Verteidigungsmaßnahmen getroffen werden. Und ich glaube auch, dass sich aus dem zuvor Gesagten eindeutig die einzige Möglichkeit zur Verteidigung ergibt.

Es ist ja kein Geheimnis, dass die bestgekleideten Männer bei uns zu finden sind. Nirgendwo sonst auf der Welt legen diese so viel Wert auf ihre Kleidung wie in Ungarn. Begegnest du im Ausland einem wirklich gut gekleideten Mann, kannst du fast sicher sein, dass es sich um einen Ungarn handelt. Ich will es gar nicht bestreiten, auch für die Engländer machen Kleider Leute, doch deren Eleganz liegt darin, dass du ihnen nicht ansiehst, dass ihnen etwas an ihrer Garderobe liegt. Ein wahrer Engländer würde um nichts in der Welt mit einer Krawatte auf die Straße gehen, die nicht ein wenig verrutscht ist. In den romanischen Ländern wiederum kümmert man sich wirklich und wahrhaftig nicht darum, was und wie man etwas trägt. Für einen Ungarn, der einmal in Paris gewesen ist, bedeutete es stets eine große Erschütterung, zu sehen, wie dort die Männer üblicherweise, mit Schal um den Hals und einer Baskenmütze schief auf dem Kopf, Arm in Arm mit ihren eleganten Damen auf den Boulevards flanierten.

Nein, es ist ja nichts dagegen zu sagen, dass das ausgeprägte Stilempfinden unserer Landsleute von ihnen verlangt, sich stets korrekt und elegant zu kleiden – aber weißt du, ich fürchte, deshalb reicht es dann unter normalen Umständen bei ihnen nicht mehr für ein Buch. Das Geld, das man andernorts für Bücher ausgibt, geht bei ihnen für die Eleganz drauf. Diesbezüglich müsste sich, nicht wahr, zum Wohle der ungarischen Kultur wirklich etwas ändern.

Mit dieser Angelegenheit sollte sich das Parlament beschäftigen. Denn es ist ja nicht mehr wie früher, unsere Landesväter ergreifen heutzutage häufig in Sachen Literatur und Kunst das Wort. Sie melden sich immer wieder mit Vorschlägen und Forderungen, man möge dieses oder jenes Buch dem Feuer übergeben, diese oder jene Ausstellung schließen, dieses oder jenes Theaterstück aus dem Programm nehmen. Allmählich wird ja ein Schriftsteller, von dem man noch kein einziges Buch verbrennen wollte, gar nicht mehr als solcher gelten können.

Wäre ich Abgeordneter, ich würde den Entwurf für ein literarisches Kleidergesetz ins hohe Haus einbringen. Und zwar zu dem Zweck, die Zustände von heute bezüglich der Kleidung zu stabilisieren. Man müsste verordnen, dass die Menschen sich auch in Friedenszeiten nicht mehr Kleider zulegen dürfen als in Zeiten wie diesen.«

»Mein lieber Freund«, wende ich ein, »das wäre ja die pure Grausamkeit.«

»Keineswegs. Wir rennen ja auch heute nicht nackt herum. Die meisten von uns haben doch mindestens so viel anzuziehen, wie es das sittliche Empfinden verlangt. Ich bestehe nicht darauf, dass wir in Lumpen gehen, obwohl, grundsätzlich hätte ich selbst dagegen nichts einzuwenden.

Fordern würde ich allenfalls, dass die ungarische Herrenausstattung sich, sagen wir, auf das Pariser Niveau in Friedenszeiten beschränkt. Und wir uns lieber, was das gedruckte Wort angeht, mit den Parisern messen.«

»Ich meine«, sage ich, »eine solche Denkweise verträgt sich nicht sehr gut mit der Würde eines Schriftstellers, mein Freund. Der Dichter hat, das ist er seiner Berufung schuldig, ein Verfechter persönlicher Freiheit zu sein. Man sollte den Menschen doch nicht vorschreiben wollen, wie sie sich zu kleiden haben. Von da wäre es ja nur noch ein Schritt zur obligatorisch verordneten Uniform.«

»Ja, da muss ich dir recht geben«, meinte der Schriftsteller nachdenklich. »Warte, dann würde ich meinen Antrag vielleicht dahin gehend abändern, dass ein Kunde beim Einkauf jedes einzelnen Kleidungsstücks verpflichtet wäre, ein gewisses Quantum Bücher mit zu kaufen, natürlich entsprechend dem Wert seiner Anschaffung. Wer sich neue Handschuhe kauft, verpflichtet sich, auch ein Bändchen Novellen mitzunehmen. Wer sich einen Anzug anmessen lässt, abonniert zugleich eine wissenschaftliche Buchreihe, und der Käufer eines Herrenpelzes erweitert gleichzeitig seine Bibliothek um die Gesamtausgabe von Jókai. Nein, glaub mir, die Idee ist kein bisschen weltfremd. Und zwar deshalb nicht, weil man so die nötige Kleidung mit dem ebenso notwendigen Lesen in Verbindung bringt und dadurch die Attraktivität des Buches immens wachsen würde. Oder? Die Möbelverkäufer könnten beispielsweise kombinierte Schränke anbieten, eine Hälfte für die Garderobe, die andere für Bücher. Damit brächte der Käufer sowohl die gleichzeitig erstandenen Bücher wie seine Kleider auf die praktischste Weise unter.

Mit der Zeit würden wir dann die Kleidungsstücke vielleicht sogar nach den Büchern benennen, mit denen zusammen wir sie kaufen mussten. Überleg einmal, welch kolossale Werbewirkung sich so entfalten würde. ›Ich habe mir wunderbare Kosztolányi-Halbschuhe zugelegt‹, könnte der eine dem anderen berichten. ›Tatsächlich? Wo bekommt man die?‹ ›Nun im Warenhaus bei Krúdy.‹ ›Ich kaufe eigentlich stets bei Zsigmond Móricz. Ein solides Haus. Bietet gediegene und haltbare Ware.‹ ›Ich ziehe Krúdy vor. Das ganze Ambiente dort sagt mir mehr zu.‹ Und so kämen wir nach und nach dahin, dass auch die Literatur ein unverzichtbarer Artikel des täglichen Lebens würde.«

Dabei haben wir es schließlich belassen.

(1944)

Die Geschichte der unerfüllten Liebe

Die unerfüllte Liebe hat vermutlich so angefangen, dass einmal ein Mann in eine Frau verliebt war, und die liebte ihn nicht, oder ein Mädchen liebte einen Jungen, und der liebte sie nicht. Es ist anzunehmen, dass der erste unglücklich Liebende schon zu einer Zeit lebte, die von der Wissenschaft als die vorgeschichtliche bezeichnet wird, und dass er noch ein Höhlenmensch war. Womit gesagt sein soll, dass die unerfüllte Liebe wahrscheinlich so alt wie die Menschheit oder noch älter ist. Man darf auch annehmen, dass die Dichter sich über die Hartherzigkeit der geliebten Dame beklagen, seit es Dichter auf Erden gibt. Aber Dichter sind wie die Papageien, welche ein weiblicher Robinson, die Heldin in Jean Giraudoux' Roman, auf einer Südseeinsel fand, auf der nur Vögel lebten; diese Papageien hatten zuvor noch nie einen Menschen gesehen, deshalb konnten sie auch die Stimmen der Menschen nicht nachahmen, sie machten sich also gegenseitig nach. Auch die Dichter ahmen stets nur einer den anderen und nicht die Menschen nach.

Der Poet, der über seine unerfüllte Liebe klagt, hat für gewöhnlich viel von einem früheren Dichter gelernt, der schon über unerfüllte Liebe geklagt hat, und dieser wiederum hatte sich gewiss einen noch früheren zum Vorbild genommen, welcher gleichermaßen über sein Unglück in der Liebe klagte, und so weiter. Ja, es gibt auch Dichter, die selbst vielleicht gar nicht unglücklich verliebt waren und nur deshalb über die unerfüllte Liebe klagten, weil sie es so von ihren Meistern gelernt hatten. Daraus entwickelte sich im Laufe der Jahrhunderte ganz allmählich die dichterische Formenlehre von der unerfüllten Liebe. Traditionelle und strenge Regeln legten fest, auf welche Weise der Dichter leiden musste, zumindest in seinen Gedichten. Unter den zahlreichen Traditionen in der Dichtung des westlichen Europas war die der unerfüllten Liebe die beständigste. Die Herrschaft dieser Tradition dauerte fast siebenhundert Jahre, und unvergänglich schöne Verse geben davon Zeugnis.

Wenn wir zumindest in groben Zügen über ihre Geschichte berichten wollen, müssen wir natürlich wie alle historischen Übersichten so beginnen: »Schon die alten Griechen kannten ...« (Denn was hätten die alten Griechen nicht gekannt?) Als Volk zeichnete die alten Griechen, wie bekannt, eine große Affinität zur Philosophie aus, sie forschten nach Ursache und Sinn der Dinge und sannen oft und lange darüber nach, was für eine Bewandtnis es mit der Liebe hatte. In Kreisen der griechischen Ärzteschaft hatte sich diesbezüglich die Ansicht durchgesetzt, dass Verliebtheit ein Leiden sei, ungefähr so etwas wie eine ansteckende Krankheit. Es kommt also zu einer Infektion, und zwar über die Augen, denn das Verlieben fängt stets damit an, dass man die oder den erblickt, die oder den man liebt, und bald darauf spürt man auch schon die Symptome der Krankheit, die Liebe genannt wird. Die Griechen haben sich den Vorgang des Sehens so vorgestellt, dass von dem betrachteten Gegenstand kleine Abbilder seiner selbst ausströmen und ins Auge des Betrachters eindringen: Wenn wir also eine Rose betrachten, so geschieht das, indem viele winzige Röschen ausströmen und zwei von ihnen in unsere Augen eindringen. Bei der Liebesinfektion dringt also das

Bild des geliebten Wesens in die Augen des Betrachters und über die Augen in den ganzen Körper, es verursacht dort eine Entzündung, eine krankhafte Veränderung. Die Griechen haben auch die Symptome der Liebeskrankheit sorgfältig beschrieben: Der Patient wird blass, verliert den Appetit und schläft nicht, ist traurig und lebt nur auf, wenn er das Objekt seiner Sehnsucht erblickt, er denkt stets daran, doch wenn er ihm begegnet, verstummt er, ist verwirrt usw. Wozu sollen wir weiter in die Einzelheiten gehen. Was schon die alten Griechen wussten, wissen wir doch auch.

Um die Beschreibung von Symptomen der Verliebtheit hat sich das Regelwerk der unerfüllten Liebe herausgebildet. Die antike Welt kannte diese Symptome zwar recht gut, doch lag es ihren Denkern fern, daraus einen Kult werden zu lassen. Griechen und Römer sind uns gefühlsmäßig deshalb so fern, weil ihnen die Sentimentalität noch fremd war. Umso mehr aber entsprach der leidgewohnten mittelalterlichen Seele die Stimmung der unerfüllten Liebe, der Entsagung, der Sehnsucht nach Ferne und selbst auferlegtem Schmerz. Die Dichter des Mittelalters entdeckten die Beschreibung der Liebe bei den alten Griechen, und was die noch als Krankheit gedeutet hatten, war für das Mittelalter bereits moralische Verpflichtung. Zumindest für die Dichter. Und dies bezeichneten sie als hehre Liebe.

Die dichterische Einstellung zur hehren Liebe entwickelte sich zuerst in der Provence, und sie verbindet sich bis heute im allgemeinen Bewusstsein mit dem Sammelbegriff für die provenzalischen Dichter, den Troubadouren. Diese selbst, also Guilhelm de Montanhagol, der von Dante besungene Sordello, und seine Gefährten, gerieten in Vergessenheit. Es sind auch nicht einmal ihre Dichtungen, die so bedeutsam waren, sondern vielmehr die Anstandsregeln, die sie in ihren Versen aufgestellt und propagiert haben. Mit diesem Verhaltenskodex befassten sich nicht mehr nur die Dichter, er wurde regelrecht zum bevorzugten Zeitvertreib, diente zur geistigen Ertüchtigung der vornehmen Damen und Herren; man setzte sich zusammen und palaverte über die Gesetze der Hehren und der höfischen Liebe, diskutierte, wie sich der wahrhaft verliebte und wohlerzogene Ritter zu verhalten habe. Solche oft in feierlicher oder fast bühnenhafter Form arrangierten Gespräche nannte man *cours d'amour*, Gerichtshöfe der Liebe, denn zum Abschluss einer solchen Sitzung verkündete in der Regel die präsidierende Dame ein Urteil.

Diese provenzalische Gepflogenheit und Sitte fand nach und nach auch in andere Länder Eingang. Der Franzose André le Chapelain fasste das sich allmählich herausbildende Regelwerk in einem Buch zusammen. Der Titel der uns überlieferten Handschrift lautet ›De Arte Honesti Amandi‹ (Die Kunst der ehrbaren Liebe). Das Buch enthält viele interessante Kapitel, einige nicht ganz ohne Pikanterie; am kurzweiligsten behandelt der Autor die Gesetze der Liebe, die dem bretonischen Dichter direkt von Gott Amor mitgeteilt wurden. Chapelain zufolge gelten in der Liebe einunddreißig Gesetze; einige davon seien hier aufgeführt:

Die Ehe entbindet nicht von der Liebe.
Wer keine Eifersucht empfindet, ist auch nicht verliebt.
Liebe ist in immerwährendem Zunehmen oder Abnehmen begriffen.
Der toten Geliebten gebührt eine zweijährige Trauer.
Eine öffentlich gewordene Liebe ist selten von Dauer.

- Jeder Verliebte pflegt blass zu werden, wenn er der Geliebten ansichtig wird.
- Auch schnürt es ihm das Herz zusammen, wenn er die Angebetete erblickt.
- Eine neue Liebe verdrängt die alte.
- Wenn die Liebe erst einmal zu schwinden beginnt, ist sie bald am Ende und wird nur selten wieder zu entfachen sein.
- Ein Verliebter ist immer schüchtern.
- Echte Eifersucht steigert die Liebe.
- Wer an seine Geliebte denkt, isst und schläft wenig.
- Der wahrhaft Verliebte schätzt nur das, womit er die Gunst seiner Angebeteten gewinnen kann.
- Liebe vermag der Liebe nichts zu verwehren.

Die Lehre von der Hehren Liebe ist nicht allein in Worte gefasste Hilfestellung, sie besteht auch nicht nur aus schönen Sentenzen und Dichtung. Es gab so abenteuerlustige Seelen, die den hohen Anforderungen der Liebesgerichte auch im wahren Leben entsprechen wollten, sie spielten die Rolle des unerfüllt verliebten Ritters, verschwendeten ihr ganzes Vermögen und ihr Leben, um die verqueren Liebesträume und Launen der Dichter Wirklichkeit werden zu lassen.

Besonders abenteuerlich und lehrreich ist die Lebensgeschichte des österreichischen Adelsherrn und Dichters Ulrich von Lichtenstein aus dem 13. Jahrhundert. Schon als zwölfjähriger Knappe hatte Ulrich sein Leben einer edlen Dame gewidmet. Diese wusste damals womöglich noch gar nichts davon, beachtete ihn aber auch später kaum, als Ulrich schon zum Ritter geschlagen worden war. Der junge

Mann hat bei Ritterturnieren zur Ehre dieser seiner Dame viele Lanzen gebrochen; einmal wurde ihm dabei ein Finger durchbohrt. Doch selbst diese Blessur hat das grausame Herz der Dame nicht erweichen können, sie verdächtigte den Freier überdies, sich die schmerzende Wunde gar nicht ihr zu Ehren zugezogen zu haben. Worauf sich Ulrich den Finger abtrennen und ihn der Holden, in ein schmuckes Kästchen verpackt, überbringen ließ. Die Dame war von dem Geschenk, das wahrlich vom Opfermut des Freiers zeugte, doch beeindruckt und öffnete das Kästchen täglich einmal, was Ulrich erfreut zur Kenntnis nahm. Aber die Angebetete ließ ihn zugleich wissen, dass sie ihm trotzdem den Minnelohn verweigere, selbst wenn er ihr tausend Jahre getreulich dienen würde.

Doch Ulrich gab nicht auf, sann vielmehr darüber nach, welch imposante ritterliche Tat er zur Eroberung der Dame noch vollbringen könnte. Mit dreißig Begleitern zog er nach Venedig, ließ für alle Frauenkleider anfertigen und in der Lombardei, in Kärnten, Österreich und Böhmen verkünden, dass Venus, die Königin der Liebe, höchstselbst durch alle diese Länder reisen und ebendort die Ritter zum Kampfe fordern werde. Wer am Turnier teilnähme, solle einen wundertätigen Ring erhalten. Der Sieger über Venus dürfe all ihre Pferde in Besitz nehmen; wen aber Venus besiege, der werde verpflichtet, sich in alle vier Himmelsrichtungen verbeugend, einer bestimmten Dame zu huldigen. Sodann brach Ulrich, in Gestalt der Venus, aus dem nahe Venedig gelegenen Mestre auch tatsächlich auf und zog, während er sich an allen Ritterturnieren, die am Wege lagen, beteiligte, in Richtung Prag, seinem endgültigen Ziel entgegen. Sein merkwürdiger Einfall fand riesigen Beifall: Venus sandte eine nach der anderen weitere freundliche Botschaften aus, und die Ritter strömten von überall her, um sich mit der »Dame« zu messen, insgesamt brach sie 307 Lanzen und verschenkte 271 Ringe; als Venus und ihr Tross in Wien eintrafen, bestand das Gefolge bereits aus achtzig Rittern. Unterwegs traf Ulrich auch seine geliebte Gemahlin (denn er war ja vermählt und hatte sogar eine Schar Kinderchen), und sie verbrachten einen reizenden Tag miteinander.

Der große Aufzug verfehlte seinen Eindruck auf die Angebetete nicht. Sie war nun bereit, Ulrich zu empfangen, wenn auch nur unter der Bedingung, dass der Ritter als aussätziger Bettler in ihrer Burg erscheinen müsse. Ulrich nahm selbst das auf sich und wartete mit vielen anderen Bettlern vier Tage vor dem Tor auf Einlass, bis man ihn endlich auf höchst romantische Weise, in ein Laken gehüllt, zum Schloss hoch oben auf dem Fels hinaufhievte. Doch die Schlossherrin ließ ihn bald wieder hinausbefördern, ohne seine Huldigung entgegenzunehmen.

Das brachte sogar den Ritter Ulrich von Lichtenstein zur Verzweiflung, er ging nach Wien, vergnügte sich daselbst mit hübschen Damen, bis ihn die Botschaft ereilte, dass seine Herzensflamme nun doch bereit sei, ihm ihre Gunst zu schenken, wenn er zuvor noch eine große Fahrt nach Übersee auf sich nähme. Ulrich begann auf der Stelle mit den Reisevorbereitungen, doch irgendwann hatte er, wieso und wieso nicht, von den Grausamkeiten der Dame die Nase voll, begab sich nicht nach Übersee, sondern erwählte eine andere Dame, die weniger grausam war. Das hätte er natürlich schon viel früher tun können. Berichtet hat Ulrich selbst dies alles in seiner fiktiven Autobiografie ›Frauendienst‹.

Etwa ein halbes Jahrhundert später lebte in der Stadt Zürich der Meister Johannes Hadlaub, der es Ulrich von Lichtenstein gleichtun wollte, doch nur zu seiner Parodie geriet. Hadlaub war tatsächlich ein Meister, nämlich Bürgermeister, und er schmachtete nach einer gewissen edlen Dame. Wenn diese seiner ansichtig wurde, pflegte sie ihm den Rücken zuzukehren, worauf Hadlaub sich noch heftiger nach ihr verzehrte. Anscheinend amüsierte sich die ganze Stadt über das Herzeleid des geschätzten Minnesängers, und die Nobilitäten arrangierten, um sich daran zu weiden, spaßeshalber immer neue Begegnungen der Dame mit Hadlaub. Und sie kamen dabei stets auf ihre Kosten: Der wackere Meister brach vor Kummer und Gram zusammen, wenn sich die Angebetete wieder einmal ostentativ von ihm abgewandt hatte, und als er einmal zu sich kam und die Edle schließlich nach gutem Zureden durch die vornehmen Herren Hadlaub die Hand reichte, drückte der in seinem Überschwang der Dame das Händchen so fest, dass sie ihn vor Schreck in die Hand biss.

Lichtenstein, Hadlaub und zahlreiche andere, ähnlich empfindsame Seelen waren Don Quijotes der Hehren Liebe; sie konnten keinen Unterschied machen zwischen Dichtung und Wirklichkeit, und das ist ihnen übel bekommen, als sie mit der Realität kollidierten wie Don Quijote, der gegen die Windmühlen-Riesen anstürmte.

Meister Hadlaub war ein Bürgerlicher, er lebte in der Stadt und nicht in einem Kastell: In den späteren Jahrhunderten des Mittelalters gaben in der Dichtkunst eben nicht mehr die Ritter den Ton an, sondern Bürger. Die Lehre von der Hehren Liebe aber war untrennbar mit dem Stand und der Gedankenwelt der Ritter verbunden; die neue bürgerliche Literatur hat diese Lehre in Nachahmung des alten Ideals später aber doch übernommen (wie das Beispiel Hadlaubs zeigt), sie sogar weiterentwickelt und vertieft und mit ihr einen echten Höhepunkt der bürgerlichen Dichtung erreicht. Ihre großen Protagonisten waren jedoch nicht die provenzalischen oder deutschen Ritter, sondern die italienischen Schüler der Ritter aus der Provence, obwohl das Rittertum eigentlich in Italien nie tiefe Wurzeln geschlagen hat.

Am Ende des 13. Jahrhunderts begannen einige florentinische Poeten in heimischer Sprache zu dichten statt wie bislang auf Lateinisch, und sie schufen den sogenannten *dolce stil nuovo*, mit dem sie das süße neue Gefühl, die Hehre Liebe, besangen. Die Nachwelt hat die Namen der großen Meister dieses »neuen, süßen« Stils nicht vergessen, sie nennt die beiden Größten bis heute voll Ehrfurcht und Ergriffenheit, nämlich Dante und Petrarca.

Dantes gestrenge Riesengestalt verkörpert für uns den Wanderer, der alle drei Reiche des Jenseits durchschritten hat. Aber er gilt zugleich als der dichterische Inbegriff der Hehren Liebe. Seine Liebe zu Beatrice, der er in der ›Divina Commedia‹ ein unsterbliches Denkmal setzte und deren Leben er detailliert in der ›Vita Nuova‹ beschrieben hat, war viel hoffnungsloser als die der provenzalischen Ritter, eine transzendente, aussichtslose Liebe, denn Beatrice starb, bevor die Liebe Dantes bis zur Erfüllung reifen konnte, und Dante sah die Dame seines Herzens erst auf dem Gipfel des Purgatoriumsberges wieder, als Beatrice ihren Schleier lüftete und der Dichter erneut die große Macht der alten Sehnsucht verspürte.

Aber es war nicht der unnahbare und unnachahmliche

Dante, sondern Petrarca, der die nachfolgenden Jahrhunderte die Kunst der unerfüllten Liebe wirklich lehrte, denn Petrarca hat die klassische Versform der unerfüllten Liebe, das Sonett, geschaffen. Er war ein hochgelehrter Dichter, mit seinen Versen schenkte er dem sehnsüchtigen Schmachten der alten lateinischen und der späteren provenzalischen Dichter wieder eine Stimme, eine noch schönere, fasste das Leid all seiner Vorgänger zusammen und goss es in eine bis heute gültige Form. Keiner vor ihm verstand es, so elegant am gebrochenen Herzen zu leiden wie er. Seither hat jahrhundertelang jeder Dichter so gelitten, wie es Petrarca vorgemacht hat, und die Gesichtszüge aller später besungenen Damen erinnern ein wenig an Petrarcas Laura.

Petrarcas elegante Dichtung der unerfüllten Liebe ist nach zweieinhalb Jahrhunderten literarischer Wechselfälle und gefiltert durch viele Vermittler gegen Ende des 16. Jahrhunderts in Ungarn angekommen. Unser Petrarca war Bálint Balassa, er hat, in klangvollem Ungarisch intoniert, die Grausamkeit der Anna Losonczy besungen und damit die Kunst der unerfüllten Liebe ins Land gebracht. Aus seinen Gedichten erfuhren die Ungarn zum ersten Mal, dass die Augen des Verliebten zwei lebendige Brunnen sind, die nie versiegen, das Herz des Liebenden glühende Kohle ist, er selbst aber ein Pelikan, der seine Leidenschaft mit dem eigenen Blute nährt; jedes Tier lässt sich zähmen, nicht aber eine Frau, die liebt; Felsen und Paläste stürzen ein, nur das Herz des Verliebten wandelt sich nicht: Mit Balassa hat Petrarcas Arsenal der Gleichnisse in die ungarische Dichtung Einzug gehalten.

Die Zeit verging, die Welt erfuhr große Veränderungen, und doch, das Herz der Dichter blutete noch immer zur gleichen Melodie und mit denselben Gleichnissen, wie sie der italienische Meister einst eingeführt hatte. Erst zu Anfang des 19. Jahrhunderts meldeten sich in Ungarn zwei Poeten zu Wort, die die schönsten Verse für ihre unerfüllte Liebe fanden: Sándor Kisfaludy und Mihály Csokonai Vitéz. Mit ihnen flammte die alte Tradition kurz vor ihrem Ende noch einmal auf und triumphierte.

Die wenigen Dichter, die wir namentlich angeführt haben, sind auch selbst Beispiele dafür, dass unerfüllte Liebe nicht ganz und gar, mit totalem Schmerz und Vereinsamung ihr Leben bestimmte, wie man aufgrund ihres dichterischen Schaffens annehmen könnte. Ulrich von Lichtenstein war glücklich verheiratet und Vater einer großen Kinderschar. Dante führte ein ruhiges Familienleben mit ebenfalls vielen Kindern, während er die himmlische Beatrice anbetete; selbst Petrarca lebte als glücklicher Familienvater. Bálint Balassa war zwar verheiratet, schrieb aber auch Liebesgedichte an andere Frauen – obwohl ihn die Liebe zu Anna Losonczy von Anfang an und sozusagen sein ganzes Leben hindurch begleitete –, und diese anderen waren keineswegs immer gesellschaftlich hochgestellte Damen; mit seinen Liebesgedichten huldigte er auch einer polnischen Zitherspielerin und leichten Wiener Mädchen, und es ist nicht einmal sicher, dass Julia, der er seine schönsten Gedichte gewidmet hat, tatsächlich mit Anna Losonczy identisch war. Sándor Kisfaludy, der von seinen verschiedenen österreichischen Standorten aus laufend ›Himfys Leiden‹ an Rosa Szegedy nach Hause sandte, hatte überall und immerfort Liebesaffären mit Gräfinnen und Tänzerinnen, denn es zog ihn nun mal zum weiblichen Geschlecht, und die Leidenschaft war wohl stets gegenseitig. Allein der arme Csokonai zerbrach an der Treulosigkeit seiner Lilla, doch gehörte er auch schon einer anderen, aufrichtigeren Richtung an. Wichtigstes Merkmal der Petrarca-Tradition ist, dass die unerfüllte Liebe für den Dichter nicht eigene Empfindung, sondern sein Thema ist, wie der Frühling oder der Krieg.

Doch wenn sie selbst es nicht so empfanden, warum haben sie dann gerade dieses Thema gewählt, jahrhundertelang?

Die unerfüllte Liebe ist natürlich viel poetischer, für lyrische Ergüsse geeigneter als eine glückliche, erfüllte Liebe. Sie inspiriert den Dichter viel eindringlicher: Denn nichts nährt seine Fantasie mehr als die Sehnsucht, sein Verlangen, und der Mann sehnt sich nun mal nicht nach der, die er sowieso an seiner Seite hat, sondern nach einer Liebsten, die weit oder gar unerreichbar fern von ihm ist.

Und auch die Macht der Tradition ist in Betracht zu ziehen. Die Dichter besangen stets die aussichtslose Liebe, weil auch ihre Vorgänger diese schon besungen haben, weil sie wussten, dass unerfüllte Liebe ein lyrisches Thema und eine dem Poeten angemessene Empfindung ist. Die Macht der dichterischen Tradition ist unermesslich – es bedurfte weitgehender gesellschaftlicher und weltanschaulicher Veränderungen, um sie ins Wanken zu bringen.

Zu solchen Umbrüchen kam es im Laufe des 19. Jahrhunderts: der Zusammenbruch der feudalen Gesellschaft, das positivistische Weltbild, die Entwicklung der Naturwissenschaften, die industrielle Revolution, der Freiheitsgedanke und tausend andere Ereignisse; es bedurfte dieses massiven Frontalangriffs, um die Dichter von Petrarca abzubringen. Der Mitte des 19. Jahrhunderts einsetzende Realismus brachte den Alltag der Menschen und die Lyrik einander näher.

In unserer ungarischen Literatur steht der Name Sándor Petőfi für diese revolutionäre Erneuerung. Er war es, der mit der Tradition brach und in seiner Lyrik zum Ausdruck brachte, was er selbst fühlte und nicht seine literarischen Vorfahren oder Petrarca. Er holte die hehre Dame vom Sockel auf den Boden des »blonden Mädchens«, der »Brünetten«, er besang gespielte und echte Liebeserlebnisse, nicht nur die ferne Schöne, sondern auch die unmittelbare Wirklichkeit. Petőfis Genie gelang etwas, das sonst nur wenigen der Weltliteratur gelungen ist: Er hat wunderschöne Liebesgedichte an die eigene Frau geschrieben. Dies bedeutete das endgültige Ende der Petrarca-Tradition, mit ihm beginnt die Epoche einer neuen Lyrik.

(1937)

Die Krankheit des Jahrhunderts

Mal du siècle, also die Krankheit des Jahrhunderts, war ein Leiden, das wir heute gar nicht mehr verstehen, so weit liegt dieses 19. Jahrhundert nun schon zurück. Nichts ist so überholt wie das, was gestern war; das griechische Altertum erscheint uns keineswegs altmodisch, wohl aber die Zeit unserer Großväter.

Die Krankheit des Jahrhunderts wurde auch »Weltschmerz« genannt. Man leidet Schmerz an der Welt; es tut weh, dass sie ist, wie sie ist, und nicht so, wie die Dichter sie sich erträumt haben; dass das Leben eine Kette kleiner grauer Wirklichkeiten ist und nicht nur aus edlen, erhabenen Empfindungen besteht.

Haupturheber und Inbegriff der Epoche des Weltschmerzes war der große englische Dichter Lord Byron. Viele, viele Jahrzehnte waren die Menschen fasziniert von Byron: István Graf Széchenyi begann sein Tagebuch zu Beginn des 19. Jahrhunderts mit Byron-Zitaten, und Königin Elisabeth von Ungarn, vulgo Sisi, streute in der zweiten Hälfte des Jahrhunderts noch immer Byron-Gedichte in ihr Tagebuch ein. Macaulay hat geschrieben, dass alle Feen an Byrons Wiege geladen waren, bis auf eine. Die Feen erschienen auch allesamt und brachten dem Kind ihre Gaben dar: Die eine schenkte ihm den Adel, die andere schöpferische Kraft, die dritte seine Schönheit. Die böse Fee aber, die nicht hinzugebeten worden war, kam zum Schluss, und da sie das, was die Schwestern für ihren Liebling getan hatten, nicht mehr ungeschehen machen konnte, mischte sie unter jede segensreiche Gabe einen Fluch. Byron entstammte einer vornehmen alten Familie, die aber durch Dummheit und allerlei Verfehlungen jeglichen gesellschaftlichen Glanz eingebüßt hatte … er verfügte über großes Talent, doch war sein Geist angekränkelt … seinen Kopf haben Bildhauer mit Vorliebe in Marmor gemeißelt, aber eines seiner Beine war missgestaltet wie das eines bettelnden Krüppels an der Straßenecke …

Doch die Ursache für die Krankheit des Jahrhunderts trägt Byron im Herzen. Er lebt stets im Zenit des Daseins. Sein Leben läuft ab wie ein Monumentalfilm, man feiert und verfolgt ihn. Liebesabenteuer und Skandale begleiten jeden seiner Schritte, er ist Mann von Welt und bewunderter Freiheitsheld in einer Person. Frauen fallen in Ohnmacht, wenn er unerwartet irgendwo erscheint, ein junges Mädchen verliebt sich zehn Jahre nach seinem Tod so leidenschaftlich in ihn, dass sie seinetwegen Selbstmord begeht.

Er bekam alles, was das Leben zu bieten hatte, Glanz, Reichtum, Dichterruhm, wie er keinem außer ihm zuteilgeworden ist, dazu auch noch den Ruhm als Galan, völlig selbstlos umgaben ihn Freunde, Frauen, und es war ihm vergönnt, sein Vermögen, sein Leben in den Dienst einer großen Idee zu stellen – dennoch, er war nicht glücklich.

Bewusst und aus Überzeugung unerfüllt. Als er in Rom den weltberühmten Bildhauer Thorvaldsen aufsuchte, um eine Skulptur von sich anfertigen zu lassen, stellte dieser überrascht fest, dass sich Byron auf seinem Stuhl in einer ganz eigenartigen, dramatischen Pose vor ihm präsentierte, und er bat ihn, doch bitte so zu sein wie immer. »Aber ich bin immer so!«, empörte sich Byron. Und als das Werk fertig war, gefiel es Byron nicht. »Es trifft mich nicht«, sagte er, »ich bin sehr viel unglücklicher.«

Und wie viele sind ihm in diese gewollte und sorgsam gepflegte Schwermut gefolgt! Männer erschienen mit düsterem Gesichtsausdruck in der Gesellschaft und verheimlichten auffallend ihr verborgenes Leid. Die Frauen verzehrten essigsaure Salate oder schluckten Kreide, um sich die gewünschte Blässe zu geben, oder stellten das Essen gänzlich ein. Byron selbst neigte zur Korpulenz, war aber als Engländer und Weltmann sehr auf seine Linie bedacht. Von Zeit zu Zeit unterzog er sich einer strengen Diät und nahm kaum etwas anderes als Zwieback und Mineralwasser zu sich; allerdings entschädigte er sich, wenn er die Kasteiung satt hatte, mit maßlosem Essen und Trinken. Seine massiven und planlosen Abmagerungsexzesse strapazierten seine Nerven über die Maßen, steigerten seine Reizbarkeit und bildeten zugleich die körperliche Grundlage für seinen Weltschmerz. Schließlich hielt er sättigende Genüsse überhaupt für seiner unwürdig und verachtenswert; eine Marchesa desillusionierte ihn, weil sie sichtlich mit Genuss ein Kalbskotelett verzehrte; von seiner »großen Liebe«, der Gräfin Teresa Guiccioli, hieß es, sie habe überhaupt nicht gegessen. So kam unter Byrons Einfluss in vornehmen Kreisen das Essen ganz aus der Mode; man verzichtete nicht darauf, weil man die Korpulenz fürchtete, wie unsere Damen von heute, sondern weil guter Appetit nicht zum Weltschmerz passte.

Unser Jahrhundert ist in jeder Beziehung weniger glücklich als das sich friedlich entwickelnde, wohlsituierte, sanfte und bürgerlich selbstgewisse, rechtschaffene 19. Jahrhundert. Aber in der einen Hinsicht war es doch begünstigt, es hat nämlich die »Krankheit des Jahrhunderts« überwunden. Nach den blassen, angekränkelten Träumern und von Ohnmachtsanfällen geplagten Fräulein mit hängenden Schultern kamen in unserer Zeit sportliche, sonnengebräunte Männer und Frauen in Mode. Trübsal und Bitterkeit bedeuten heute nichts Positives mehr, ganz im Gegenteil, gute Laune und *keep smiling* sind obligatorisch, und auch wer Kummer hat, ist redlich bestrebt, ihn vor seinen Mitmenschen zu verbergen, damit sich seine Situation nicht noch durch geringschätziges Bedauertwerden verschlimmert.

Eigenartig, aber es ist so: Das Glück, dass wir die »Krankheit des Jahrhunderts« hinter uns haben, verdanken wir dem Umstand, in einer so glücklosen und unruhigen Zeit zu leben. Im glücklichen und friedlichen 19. Jahrhundert hatten die Menschen Zeit und Muße, sich mit ihrem Seelenleben zu beschäftigen – und die Seele ist eben im Allgemeinen traurig, weil sie in der materiellen Welt sich selbst überlassen bleibt. Doch wer kann sich in unseren Tagen noch den Luxus erlauben, sich seiner Seele zu widmen? Die schwierig gewordenen Zeiten nehmen unsere ganze Kraft in Anspruch. Tag für Tag, Stunde für Stunde müssen wir mit dem siebenköpfigen Drachen der Realität kämpfen, für uns, für unser Land. Wir spüren nur den unmittelbaren Schmerz und haben keine Zeit, das große, über das Private hinausgehende Leid zu empfinden, von dem Byron und seine Zeitgenossen geplagt wurden. Und das ist in all dem Unglück ein großes Glück.

(1940)

Anmerkungen des Herausgebers

15 In: Zsuzsa Krúdy: ›Apám Szindbád‹ (Mein Vater Sindbad), 1975

21 *Honvéd*, Landwehrmann; Bezeichnung für die ungarischen Soldaten des Freiheitskrieges gegen die Habsburger (1848/49)

27 *Thököly*, Imre (1657–1705), führte 1678 die Kuruzentruppen gegen die Habsburger; für kurze Zeit Fürst von Siebenbürgen, danach im türkischen Exil

46 *Callabra*, auch Klabrias genannt, Kartenglücksspiel für zwei bis drei Personen; vermutlich aus Kalabrien stammend

54 *Bácsi*, Kurzform von Nagybácsi (Onkel), aber auch vertrauliche Anrede von nicht miteinander verwandten älteren Männern durch Jüngere oder Kinder

56 *Betyár*, ursprünglich Strolch, mittelloser Wegelagerer; heute auch harmloser Schlingel

59 *Kisfaludy*, Sándor (1772–1844), ungarischer Dichter; Verfasser romantischer Gedichte sowie zahlreicher Sagen und Legenden aus der ungarischen Vergangenheit

60 ›*Himfys Liebe*‹, eine Sammlung romantischer Gedichte von Sándor Kisfaludy

61 *Podmaniczky*, Frigyes, Baron (1824–1907), ungarischer Politiker, Schriftsteller und schillernde Persönlichkeit des öffentlichen Lebens der Hauptstadt

61 *Notar von Peleske*, humoristische Figur aus dem satirischen Gedicht von József Gvadányi (1725–1801); ein etwas altmodisch denkender Ungar vom Land mit gesundem Menschenverstand

68 *Vázsonyi*, Vilmos (1868–1926), ungarischer Publizist und Abgeordneter; während des Ersten Weltkriegs Justizminister

68 *Tisza*, István, Graf (1861–1918), Großgrundbesitzer und einer der führenden Politiker Österreich-Ungarns; Parteiführer und über zwei Amtsperioden Ministerpräsident

69 *Kossuth*, Lajos (1802–1894), Anwalt, Politiker und ungarischer Freiheitskämpfer, der 1849 in Debrecen die Unabhängigkeit Ungarns ausrief; ungarischer Nationalheld

69 *Apponyi*, Albert, Graf (1846–1933), ungarischer Aristokrat und Politiker; begnadeter Redner

70 *Wekerle*, Sándor (1848–1921), ungarischer Politiker und Wirtschafts-

fachmann; erster nicht adeliger Ministerpräsident, insgesamt drei Amtszeiten

70 *Hentzi*, Heinrich (1785–1849), österreichischer General; 1848 Kommandant der Festung Ofen (Buda), fiel bei der Erstürmung der Burg durch ungarische Truppen

71 *Baross*, Gábor (1848–1892), österreichisch-ungarischer Wirtschaftspolitiker und Verkehrsminister; begründete ein modernes Verkehrs- und Handelswesen in Ungarn

75 *Patikárius*, Ferkó (um 1830–1870), ungarischer Zigeunerprimas aus einer berühmten Musikerdynastie; um die Mitte des 19. Jahrhunderts weit über Ungarns Grenzen hinaus bekannte Künstlerpersönlichkeit; komponierte zahlreiche ungarische Tänze

75 *Nagy*, Ignác (1810–1854), ungarischer Schriftsteller und Journalist; verfasste Dramen und satirische Romane

75 *Vörösmarty*, Mihály (1800–1855), bedeutender ungarischer Lyriker und Dramatiker, bis heute aktuell sind sein patriotisches Gedicht »Szózat« (Aufruf) und das romantische Märchenspiel ›Csongor és Tünde‹

75 *Pharaospiel*, Glücksspiel mit französischen Karten

76 *Laborfalvi*, Róza (1817–1886), gefeierte Schauspielerin ihrer Zeit; verheiratet mit dem Romancier Mór Jókai

76 *Mimi de Caux* (1823–1906), berühmte ungarische Sängerin; Engagements in Paris, London und Berlin; Primadonna an der Mailänder Scala

76 *Barabás*, Miklós (1810–1898), ungarischer Maler; vor allem bekannt durch seine Porträts von Persönlichkeiten des öffentlichen Lebens und seine Darstellungen biedermeierlicher Landschaften

76 *Indali*, Gyula (1851–1880), Verfasser volkstümlicher, sentimentaler Lieder über Liebe und Tod; im Alter von 29 Jahren wurde der Barde tot aus der Donau gezogen

78 *Paulay*, Erzsébet (1888– ?), Schauspielerin am Budapester Nationaltheater; nach ihrer Heirat mit einem adeligen italienischen Diplomaten vor allem berühmt als mondäne Gesellschaftsdame der Hauptstadt

79 *Przemyśl*, polnische Stadt in Galizien; im Ersten Weltkrieg heftig umkämpfte Festung

79 *Görgey*, Artúr (1818–1916), General im ungarischen Freiheitskrieg gegen die Habsburger von 1848/49; musste bei Világos vor der russischen Übermacht kapitulieren

81 *Vác*, Kleinstadt nördlich von Budapest; Sitz eines berüchtigten Staatsgefängnisses

86 *Hűvösvölgy*, von Wäldern gesäumtes malerisches Tal in den Budaer Bergen; bevorzugtes Ausflugsziel der Hauptstädter

89 *Jókai*, Mór (1825–1904), Schriftsteller und Journalist; meistgelesener ungarischer Erzähler seiner Zeit, auch heute noch populär; im Zentrum seiner Werke stehen historische Themen und der Freiheitskampf der Ungarn

90 *Isaszeg*, Ort einer Schlacht gegen das Heer der Habsburger im April 1849

95 *Britschka*, auch Sandläufer genannt; Pferdefuhrwerk mit Kutschbock und Faltverdeck über den Sitzen der Reisenden

107 *Petőfi*, Sándor (1823–1849), größter und volkstümlichster ungarischer Dichter; verband in seiner patriotischen Lyrik jünglingshafte Begeisterung mit genialer Sprachkunst

110 In: Endre Nagy: ›A kabaré regénye‹ (Roman aus der Welt des Kabaretts), 1935

121 *Gentry*, in Ungarn Angehörige des mittleren und Kleinadels, eine Art christliche Herrenklasse mit ausgeprägtem Standesdünkel; bis zum Ende des Zweiten Weltkriegs vor allem in der Verwaltung und beim Militär tätig

163 *Tihany*, Halbinsel am Nordufer des Plattensees mit einer zweitürmigen Abteikirche aus dem 18. Jahrhundert; in der romanischen Unterkirche (aus dem Jahr 1055) befindet sich das Grab Königs Endre I.

164 *Karbatsche*, aus Lederriemen geflochtene Peitsche mit kurzem Holzgriff

205 *Volkhafte Dichter*, in der ungarischen Literaturgeschichte auch Populisten genannt; die Autoren setzten sich für Reformen ein und beschrieben unter Verwendung folkloristischer Elemente das einfache Leben auf dem Land

206 *Dacqué*, Edgar (1878–1945), deutscher Paläontologe und Theosoph

207 ›*Toldi*‹, 1846 von János Arany (1817–1882) verfasstes Epos, das als bedeutendes Meisterwerk der ungarischen Literatur gilt; im Mittelpunkt steht die Geschichte eines Helden aus dem Volk

207 *Sík*, Sándor (1889–1963), ungarischer Lyriker und Pädagoge; setzte sich unter anderem für einen sozialen Katholizismus ein

209 *Ady*, Endre (1877–1919), ungarischer Dichter der Moderne; wichtiger Mitarbeiter der Zeitschrift ›Nyugat‹ (Der Westen); revolutionierte die ungarische Lyrik mit seiner Synthese aus modernen westeuropäischen Strömungen und ungarischer Tradition

209 *Babits*, Mihály (1883–1941), ungarischer Dichter, Essayist, Übersetzer; zeitweise Herausgeber der Zeitschrift ›Nyugat‹ (Der Westen) und einflussreiche Persönlichkeit im literarischen Leben des Landes

231 *Lord Chesterfield*, Philip Dormer Stanhope (1694–1773), britischer Staatsmann und Schriftsteller; heute vor allem bekannt durch die Briefe an seinen unehelichen Sohn

233 *Sforza*, Carlo, Graf (1872–1952), italienischer Politiker, 1947–51 Außenminister

244 *Franz II. Rákóczi* (1676–1735), ungarischer Nationalheld, 1705 vom aufständischen Adel zum Fürsten von Siebenbürgen gewählt; kämpfte gegen die Habsburger für ein unabhängiges Königreich Ungarn; starb im türkischen Exil

245 *Széchenyi*, István, Graf (1791–1860), adeliger Reformpolitiker und Schriftsteller; förderte durch seine Initiativen und Schriften die wirtschaftliche und kulturelle Entwicklung Ungarns

245 *Arany*, János (1817–1882), einer der bedeutendsten ungarischen Dichter; berühmt durch sein Meisterwerk ›Toldi‹ (1846) und zahlreiche Balladen; wies mit seiner symbolträchtigen Alterslyrik der ungarischen Dichtkunst neue Wege

245 *Mikszáth*, Kálmán (1849–1910), ungarischer Schriftsteller, Journalist und Politiker; bekannt durch seine politischen Satiren, humoristischen Erzählungen und historischen Romane

245 *Herczeg*, Ferenc (1863–1954), gebürtiger Donauschwabe (Franz Herzog); Romancier, Dramatiker und Journalist; zwischen den Weltkriegen wichtigster Repräsentant der ungarischen Literatur

245 *Kosztolányi*, Dezső (1885–1936), ungarischer Dichter, Romancier und Publizist; Verfasser impressionistisch-symbolistischer Lyrik; bedeutender Sprachkünstler

245 *Márai*, Sándor (1900–1989), ungarischer Lyriker, Prosa- und Bühnenschriftsteller; ab 1948 im Exil; seine Gesellschaftsromane sind in viele europäische Sprachen übersetzt; wichtigstes literarisches Anliegen war ihm die Bewahrung bürgerlicher Werte

253 *Móricz*, Zsigmond (1879–1942), ungarischer Romancier, Dramatiker, Essayist; unter anderem verantwortlicher Redakteur der Zeitschrift ›Nyugat‹ (Der Westen); sein gewichtiges Œuvre umfasst eine große Zahl gesellschaftskritischer und historischer Romane

257 *André le Chapelain*, auch Andreas Capellanus (um 1200), Schriftsteller; vermutlich Kaplan von Louis Capet und Marie de Champagne, verfasste in lateinischer Sprache das Regelbuch ›De amore‹ über die höfische Liebe im Hochmittelalter

258 *Ulrich von Lichtenstein* (um 1200–1275), hoher Verwaltungsbeamter in der Steiermark, aber auch Minnesänger und Dichter; schrieb in mittelhochdeutscher Sprache

260 *›Frauendienst‹* entstand im Jahr 1255 und gilt als erster Ich-Roman in deutscher Sprache

261 *Johannes Hadlaub* (1302–1340?), Minnesänger aus der Schweiz; Verfasser epigonaler Lyrik

263 *Balassa*, Bálint, auch Balassi (1554–1594), ungarischer Dichter der Re-

naissance; verfasste religiöse, patriotische und vor allem Liebesgedichte; modernisierte die ungarische Lyrik seiner Zeit

264 *Csokonai Vitéz*, Mihály (1773–1805), bedeutender Lyriker der ungarischen Aufklärung; Höhepunkt seines dichterischen Schaffens sind die Liebeslieder des ›Lilla‹-Zyklus

267 *Macaulay*, eigentlich Thomas Babington (1800–1859), Historiker, Essayist, Politiker; populärster liberaler Schriftsteller seiner Zeit; sein mehrbändiges Werk ›History of England‹ blieb unvollendet

Quellenverzeichnis

Gyula Krúdy

»Rosina oder Ich liebte eine schöne Frau« *(Rozina)*
In: ›Szerenád. Válogatott elbeszélések‹. Budapest: Szépirodalmi könyvkiadó, 1979.

»Zum Roten Ochsen« *(Vörös Ökör)*
In: ›Az ecetfák pirulása. Szindbád-történetek‹. Budapest: Osiris kiadó, 2000.

»Mai – Monat der Liebe« *(Májusi csodák)*
In: ›Szindbád és társai. Válogatott novellák‹. Budapest: Európa könyvkiadó, 1991.

»Ein Porträt von mir« *(Arcképemhez)*
In: ›Összegyűjtött művei: Elbeszélések 2‹. Pozsony: Kalligram könyvkiadó, 2005.

»Die Frau mit den grünen Strümpfen« *(A zöld harisnyás nő)*
In: ›Szerenád. Válogatott elbeszélések‹. Budapest: Szépirodalmi könyvkiadó, 1979.

»Pest« *(Pest)*
In: ›Pest-Budai séták‹. Budapest: Magyar Helikon, 1958.

»Über den Dächern – Abschied vom alten Jahr« *(Búcsú az ó-évtől a háztetők felet)*
In: ›Pest 1916‹. Békéscsaba: Tevan kiadás, 1917.

»Cello-Töne« *(Gordonkázás)*
In: ›Pest 1916‹. Békéscsaba: Tevan kiadás, 1917.

»Nagybotos Viola« *(Nagybotos Viola)*
In: ›Szerenád. Válogatott elbeszélések‹. Budapest: Szépirodalmi könyvkiadó, 1979.

»Zwetschgenbaums Asche« *(Szilvafa hamva)*
In: ›Szerenád. Válogatott elbeszélések‹. Budapest: Szépirodalmi könyvkiadó, 1979.

»Blumenpflücken« *(Minden órának virágát)*
In: ›Szerenád. Válogatott elbeszélések‹. Budapest: Szépirodalmi könyvkiadó, 1979.

»Blanka« *(Blanka)*
In: ›Szerenád. Válogatott elbeszélések‹. Budapest: Szépirodalmi könyvkiadó, 1979.

Ernő Szép

»Sie führen eine feine Feder, mein Sohn« *(Jó tolla van, kedves öcsém)*
In: ›Két kezdő bohóc‹. Budapest: Szépirodalmi könyvkiadó, 1985.

»Der vierte Hasenfuß« *(A negyedik nyúlláb)*
In: ›Az Isten is János és más elbeszélések‹. Budapest: Unikornis kiadó, 1998.

»Wo liegt gleich wieder dieses Quebec?« *(Hol is van az a Quebec?)*
In: ›Két kezdő bohóc‹. Budapest: Szépirodalmi könyvkiadó, 1985.

»Unter Ehrenmännern« *(Úriemberek vagyunk)*
In: ›Két kezdő bohóc‹. Budapest: Szépirodalmi könyvkiadó, 1985.

»Smurglitsch« *(Smurglics)*
In: ›Az Isten is János és más elbeszélések‹. Budapest: Unikornis kiadó, 1998.

»Summ-Summ oder wie hieß sie doch gleich?« *(Zümzüm)*
In: ›Zümzüm‹. Herausgegeben im Selbstverlag, Budapest, 1943.

»Schauerlich-schöne Erinnerung« *(Emlék)*
In: ›Az Isten is János és más elbeszélések‹. Budapest: Unikornis kiadó, 1998.

»Jancsi« *(Jancsi)*
In: ›Az Isten is János és más elbeszélések‹. Budapest: Unikornis kiadó, 1998.

»Seneca« *(Seneca)*
In: ›Két kezdő bohóc‹. Budapest: Szépirodalmi könyvkiadó, 1985.

»Ich gebe nichts« *(Nem adok)*
In: ›Zümzüm‹. Herausgegeben im Selbstverlag, Budapest, 1943.

»Pál Einsam« *(Árva Pál)*
In: ›Két kezdő bohóc‹. Budapest: Szépirodalmi könyvkiadó, 1985.

Antal Szerb

»Zwischen zwei Zigaretten« *(Két cigaretta közt)*
In: ›A varázsló eltöri pálcáját‹. Budapest: Magvető kiadó, 1978.

»Menschen und Länder« *(Apák és fiúk)*
In: ›A varázsló eltöri pálcáját‹. Budapest: Magvető kiadó, 1978.

»Warum der Engländer so schweigsam ist« *(Miért hallgat az angol?)*
In: ›A varázsló eltöri pálcáját‹. Budapest: Magvető kiadó, 1978.

»Der Sonnenkönig« *(A napkirály)*
In: ›A varázsló eltöri pálcáját‹. Budapest: Magvető kiadó, 1978.

»Die Zeitung und die Literatur« *(Újságírás és irodalom)*
In: ›A varázsló eltöri pálcáját‹. Budapest: Magvető kiadó, 1978.

»(Keine) Kleider machen Leute« *(Ruhahiány teszi az embert)*
In: ›Gondolatok a könyvtárban‹. Budapest: Magvető kiadó, 1971.

»Die Geschichte der unerfüllten Liebe« *(A reménytelen szerelem története)*
In: ›A varázsló eltöri pálcáját‹. Budapest: Magvető kiadó, 1978.

»Die Krankheit des Jahrhunderts« *(A század betegsége)*
In: ›A varázsló eltöri pálcáját‹. Budapest: Magvető kiadó, 1978.

Von Antal Szerb sind im
Deutschen Taschenbuch Verlag erschienen:
Reise im Mondlicht (13620, 19132, 24370, 25291)
Die Pendragon-Legende (13712, 24425)
Das Halsband der Königin (13365)
In der Bibliothek (24562)

Von Ernő Szép ist im
Deutschen Taschenbuch Verlag erschienen:
Die Liebe am Nachmittag (13942, 24688)

Die Titel sind teilweise auch als E-Book erhältlich.